教育部哲學社會科學研究重大課題攻關項目（20JZD047）階段性成果

令狐楚集

【唐】令狐楚 撰

尹占華 楊曉靄 箋校

鳳凰出版社

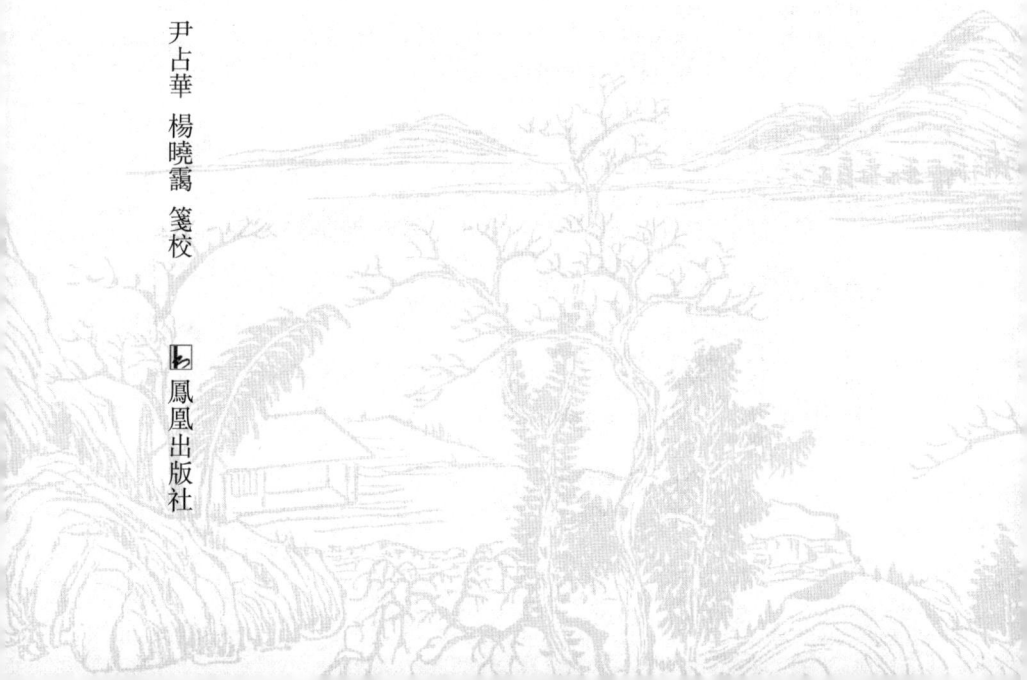

圖書在版編目（CIP）數據

令狐楚集 / (唐) 令狐楚撰 ; 尹占華，楊曉靄箋校 .
-- 南京 : 鳳凰出版社，2024.6

ISBN 978-7-5506-4181-5

Ⅰ. ①令… Ⅱ. ①令… ②尹… ③楊… Ⅲ. ①中國文學—古典文學—作品綜合集—唐代 Ⅳ. ①I214.22

中國國家版本館CIP數據核字(2024)第071262號

書　　名	令狐楚集
著　　者	(唐)令狐楚 撰　尹占華　楊曉靄 箋校
責任編輯	蔡芳盈
裝幀設計	陳貴子
責任監製	程明嬌
出版發行	鳳凰出版社(原江蘇古籍出版社) 發行部電話 025-83223462
出版社地址	江蘇省南京市中央路165號,郵編:210009
照　　排	南京凱建文化發展有限公司
印　　刷	安徽省天長市千秋印務有限公司 安徽省天長市鄭集鎮向陽社區邱莊隊真武南路168號
開　　本	890毫米×1240毫米　1/32
印　　張	13.125
字　　數	229千字
版　　次	2024年6月第1版
印　　次	2024年6月第1次印刷
標準書號	ISBN 978-7-5506-4181-5
定　　價	88.00圓
	(本書凡印裝錯誤可向承印廠調換,電話:0550-7964049)

目録

目録

前　言

在中國文學史上，一般都是在論及李商隱時提到令狐楚，至於令狐楚本人的文學成就則極少涉及。但在唐憲宗元和至文宗大和時的二三十年間，令狐楚在官場、文壇都各領風騷。他「一生雙得」的佳績，曾使著名文學家劉禹錫、白居易都感佩不已。劉禹錫《同樂天送令狐相公赴東都留守》詩曰：

尚書劍履出明光，居守旌旗赴洛陽。世上功名兼將相，人間聲價是文章。衙門曉闢分天仗，賓幕初開辟省郎。從發坡頭向東望，春風處處有甘棠。

白居易《宣武令狐相公以詩寄贈傳播吴中聊用短章用伸酬謝》亦云：

新詩傳咏忽紛紛，楚老吴娃耳遍聞。盡解呼爲好才子，不知官是上將軍。辭人命薄多無位，戰將功高少有文。謝朓篇章韓信鉞，一生雙得不如君。

兩詩都如實地反映了令狐楚在當時文壇、官場的影響和地位。

一

令狐楚，字慤士，祖籍燉煌（今屬甘肅省），家居太原。生於唐代宗大曆三年（七六八），卒於唐文宗開成二年（八三七），享年七十。貞元七年（七九一）進士登第。桂管觀察使王拱辟爲從事，因父官并州，滿歲謝歸。李説、鄭儋、嚴綬相繼鎮太原，引在幕府，由掌書記至判官，表狀多出其手。入朝爲監察御史、右拾遺、太常博士、禮部員外郎。丁母憂去官，服闋，以刑部員外郎徵，轉職方員外郎、知制誥。又爲翰林學士，遷中書舍人。出爲華州刺史，轉河陽節度使。元和十四年（八一九）七月，自朝議郎授朝議大夫、中書侍郎、同平章事。憲宗崩，爲山陵使，坐親友隱官錢，出爲宣歙觀察使，再貶衡州刺史。量移郢州刺史，遷太子賓客、分司東部。改河南尹。爲汴州刺史、宣武軍節度使。大和二年（八二八）徵爲户部尚書。又爲東都留守，鄆州刺史、天平軍節度使。大和六年（八三二）改太原尹、北都留守、河東節度使。入爲吏部尚書。大和九年（八三五）兼太常卿，守尚書左僕射，封彭陽郡開國公。「甘露事變」後，以本官領鹽鐵轉運等使。開成元年（八三六）任檢校左僕射、興元尹、充山南西道節度使。卒於鎮。册贈司空，謚曰文。兩《唐書》皆有傳。

令狐氏在唐代并非望族，令狐楚可引以爲榮的同宗唯有唐太宗時爲弘文館學士的令狐德棻，然也不是直系。令狐楚只有走讀書求仕的道路。楚「生五歲，能爲辭章」（《新唐書·令狐楚傳》），後由鄉貢赴京應進士試。貞元七年，杜黄裳知貢舉，訪尹樞，問場中名士，樞即言子弟崔元略，孤寒有林藻、令狐楚數人，令狐楚被擢居甲科（見《玉泉子》），時年二十四歲。出身孤寒的令狐楚能一舉及第，當然與杜黄裳的賞識分不開，但更主要的是靠他文才的出類拔萃。甫一及第，「識於童稚」的桂管觀察使王拱即表授令狐楚校書郎，聘其爲幕府從事，令狐楚從此邁出了踏入仕途的第一步。楊巨源《别鶴詞送令狐校書之桂府》即以「高程」爲喻，期之「含情九霄際，顧侣五雲前」。可以説，後來的令狐楚没有辜負這個預言。

令狐楚很重孝道，他的父親在太原爲官，因感王拱厚意，禀命而赴桂州，「不預宴游，乞歸奉養，即還太原」（《舊唐書·令狐楚傳》）。先後任河東節度使的李説、鄭儋、嚴綬皆高其才行，辟爲從事。這樣，令狐楚既可爲官，又不誤奉養父母，是再好不過的了。李説、嚴綬都是依附宦官而得勢的，特别是嚴綬，一切唯宦官鼻息是仰，白居易《論太原事狀》曾激言指斥：「右，嚴綬、（李）輔光太原事迹，其間不可，遠近具知……其嚴綬早須與替，不可更遲，緣與輔光久相交結，軍中補署職掌，比來盡由輔光……」（《白居易集》卷五八）《舊唐書·裴垍傳》亦云：「嚴綬在太原，其政事一出監軍李輔光，綬但拱手而已。」令狐楚周旋於這些人之中，也是很不容易的。《舊唐書・令狐楚傳》載：「鄭儋在鎮暴卒，不及處分後事，軍中喧嘩，將有急變。中夜十數騎持刃迫楚至軍門，諸將環之，令草遺表。楚在白刃之中，搦管即成，讀示三軍，無不感泣，軍情乃安。自是聲名益重。」此遺表今已不存，但可推測其主要内容不外乎推薦行軍司馬嚴綬繼任河東節度使，雖然爲唐代慣例，但也反映了令狐楚隨機應變的能力。孫梅《四六叢話》卷一〇説：「令狐文公於白刃之下，立草遺表，讀示三軍，無不感泣，遂安一軍。與宣公（陸贄）草興元赦書，山東將士讀之流涕，同一手筆。」却未免有些評價過高。

「永貞革新」時，在逼迫順宗内禪、擁立憲宗登極的鬥争中，嚴綬是出了大力的方鎮之一。當時嚴綬的表狀不斷地發至朝廷，向唐順宗及革新派施加壓力。這些表狀出自令狐楚之手者計有：《爲鄭尚書賀册皇太子狀》《賀册太子赦表》《賀皇太子知軍國表》《賀皇太子知軍國箋》《代鄭尚書賀登極表》《代鄭尚書賀册太后禮畢赦表》《賀順宗謚議表》《奉慰過山陵表》《賀南郊表》（文中諸「鄭尚書」皆爲「嚴尚書」之誤）；還有爲李輔光所作的《爲監軍賀赦表》。這是否説明令狐楚就是「永貞革新」的反對派呢？這個問題恐怕不能輕易下結論。史書中没有留下令狐楚對於「永貞革新」態度的直接記述。劉禹錫《彭陽唱和集後引》中有這樣一段話：「貞元中，予爲御史，彭陽公從事於太原，以文章相往來有日矣。」可見在「永貞革新」之際令狐楚與劉禹錫已結下深厚的友誼。當時劉禹錫是王伾、王叔文集團中的重要成員，如果令狐楚的政見與他們是敵對的，劉禹錫怎麽可能會與他結交呢？這倒至少可以説明，令狐楚是「永貞革新」的同情者，與白居易的立場是一致的。當時令狐楚身爲幕府從事，掌箋奏是他的職責，幕主之命不可不從，代嚴綬所作的表狀只能説是受命而已，不足以證明令狐楚的政治立場。

令狐楚於元和四年入朝，《新唐書》本傳説是「憲宗聞其名，徵拜右拾遺」。此後官職穩步升遷，這使令狐楚深深感戴憲宗皇帝的知遇之恩。李商隱《代彭陽公遺表》中説：「憲宗皇帝以臣行多餘力，忠絶它腸，進無所因，静以有立，過蒙顧問，深降褒稱，乃於同列之中，獨許非常之拜。」及至憲宗崩後，其所撰《憲宗皇帝哀册文》抒發内心之悲，寫得聲情並茂，傳布一時。

元和十二年二月，職方郎中知制誥、翰林學士、賜緋魚袋令狐楚充承旨學士，獨承密命。唐代翰林學士一職極其重要，凡赦書、德音、立后、建儲、大誅討、任免三公宰相、命將等重要詔令，皆出於斯。王鳴盛《十七史商榷》卷七四論翰林學士云：「於是進退人才，機務樞密，人主皆必與議，中書門下之權，爲其所奪，當時謂之内相，見《新唐書·百官志》及范祖禹《唐鑒》、陳埴《木鍾集》。」承旨學士出身者絶大多數都可做到宰相，元稹《承旨學士院記》云：「用是十七人之間，由鄭（絪）至杜（元穎），十一人而九參大政。」（《翰苑群書》）即謂此。這對於令狐楚一生的仕途來説是跨上了一個極其重要的臺階。但却在征討淮西之際引起了裴度的猜疑。《舊唐書·令狐楚傳》載其事云：「楚草度淮西招撫使制，不合度旨，度請改制内三數句語。憲宗方責度用兵，乃罷（李）逢吉相任，亦罷楚内職，守中書舍人。」《册府元龜》卷五五三記載較詳，云：「（元和）十二年七月丙辰，以中書舍人、平章事裴度爲門下侍郎、平章事，充彰義軍節度使，申光蔡等州觀察、淮西宣慰處置等使。其制，翰林學士、中書舍人令狐楚所草也。度以是行兼招撫，請改其辭中『未翦其類』爲『未革其志』；又以韓弘爲都統，請改『更張琴瑟』爲『近輟樞軸』，又改『煩我臺席』爲『授以成算』。憲宗皆從之，乃罷楚學士。」

此事完全可以説是裴度的吹毛求疵，藉故整人。《資治通鑒》卷二四〇唐憲宗元和十二年：「李逢吉不欲討蔡，翰林學士令狐楚與逢吉善，度恐其合中外之勢以沮軍事，乃請改制書數字，且言其草制失辭。（八月）壬戌，罷楚爲中書舍人。」這裏道出了事情的真相，乃是裴度害怕李逢吉、令狐楚「合中外之勢以沮軍事」。既然是「恐」，就不能説是事實。令狐楚與李逢吉交誼頗深，令狐楚由太原赴京應試時，李逢吉作詩《送令狐秀才赴舉》爲其送行，可見二人年輕時在太原就已成爲好友。令狐楚入爲京職後，李逢吉亦在長安，二人詩酒唱和甚密，從這一點來説，裴度的擔心是有道理的。當時反對淮西用兵的人甚多，有宰相韋貫之，刑部尚書權德輿，翰林學士錢徽、蕭俛，右拾遺獨孤朗，吏部侍郎韋顗，考功員外郎韋處厚等（參見《資治通鑒》卷二三九、二四〇）。當時身居宰相之職的李逢吉也是「競言師老財竭，意欲罷兵」。獨裴度力主征討，唐憲宗支持裴度，故反對用兵者皆先後被罷去。在這場鬥爭中令狐楚其實没有表示什麽意見，與李逢吉私交好并不能説明二人的政治見解完全相同，這一點唐憲宗心裏也明白，只不過爲了表示支援裴度，解除其後顧之憂，纔罷免了令狐楚的學士之職。後來元稹在《貶令狐楚衡州刺史制》中説：「密隳討伐之謀，潛附奸邪之黨」，恐帶有個人泄憤的性質。

然唐憲宗對令狐楚恩顧未衰，元和十四年七月，召楚入京爲中書侍郎、同中書門下平章事。劉禹錫《唐故相國贈司空令狐公集紀》即云：「又七月，急召抵京師，拜中書侍郎、同中書門下平章事，天下然後知上心倚以爲相，非一朝也。」李商隱《代彭陽公遺表》亦云：「憲皇帝求輔相，既記姓名，果遣急徵，仍加大用。」關於這次拜相，史書却云因皇甫鎛的汲引。《舊唐書·令狐楚傳》：「十四年四月，裴度出鎮太原。七月，皇甫鎛薦楚入朝，自朝議郎授朝議大夫、中書侍郎、同平章事。與鎛同處臺衡，深承顧待。」《新唐書》本傳同。《資治通鑒》卷二四一亦云：「（七月）丁酉，以河陽節度使令狐楚爲中書侍郎、同平章事。楚與皇甫鎛同年進士，故鎛引以爲相。」在此事上皇甫鎛的確替令狐楚說了好話，但只能説明他善於察顔觀色，迎合皇帝的心意。皇帝既然有意用令狐楚爲相，何不做個順水人情？《舊唐書・皇甫鎛傳》：「裴度用兵伐叛之功，鎛心嫉之，與宰相李逢吉、令狐楚合勢擠度出鎮太原。」這段記載尤不符合史實。皇甫鎛爲相時李逢吉早已罷相出朝；裴度出鎮太原在元和十四年四月，令狐楚入相是在此年七月，何來三人合力排擠裴度之事？

史書中對李逢吉、皇甫鎛二人都頗多貶抑，如《舊唐書・李逢吉傳》云：「逢吉天與奸回，妒賢傷善。」《皇甫鎛傳》則云：「鎛雖有吏才，素無公望，特以聚斂媚上，刻削希恩。」這二人一個是令狐楚多年的朋友，一個是他的同年，這自然也影響了令狐楚的名聲。其實有交情并不説明一定就「臭味相投」。令狐楚與李逢吉、皇甫鎛都不是一路人，他既没有與李逢吉結成朋黨，也與皇甫鎛的施政方略根本不同，只能説明令狐楚的名望爲他們所連累。就事觀事，裴度出朝，令狐楚入朝，這一行動本身已將楚置於裴度的對立面，令狐楚恐怕是「跳進黄河也洗不清」了。所以穆宗一即位，皇甫鎛遭貶，令狐楚得罪，這一後果就在所難免了。

關於令狐楚遭貶，《舊唐書》本傳記載事件的經過説：「其年（元和十五年）六月，山陵畢，會有告楚親吏贓污事發，出爲宣歙觀察使。楚充奉山陵時，親吏韋正牧、奉天令于翬、翰林陰陽官等同隱官錢，不給工徒價錢，移爲羨餘十五萬貫上獻，怨訴盈路。正牧等下獄伏罪，皆誅。楚再貶衡州刺史。」《舊唐書・穆宗紀》元和十五年七月：「楚爲山陵使，縱使于翬刻下，不給工徒價錢，積留錢十萬貫爲羨餘以獻，故及於貶。」依舊傳看，親吏隱没官錢（即克扣工餉）、移爲羨餘上獻之事令狐楚并不知情，是其下屬瞞着他幹的；就舊紀看，這一切是令狐楚「縱使」的。這件事的真相看來是無法判斷清楚了，倒是劉禹錫《令狐公集紀》説得好：「恩顧一異，媒孽隨生。」這纔是被貶的根本原因。新皇帝一登基，自然要更換一批舊臣，還要展現出一些新氣象。首先遭殃的就是皇甫鎛，令狐楚緊隨其後，接下來輪到的是蕭俛，段文昌、崔植、杜元穎、王播、元稹先後爲相，算是完成了一次朝廷官員的更替，正所謂「一朝天子一朝臣」。假若穆宗皇帝真要重用裴度，何以也僅給他一個「守司空」的空名號？若穆宗真要厲行清廉，減輕民衆負擔，何以與皇甫鎛一樣苛薄聚斂、大修貢奉的王播得以爲相？可見，令狐楚被貶出朝廷，只是新天子即位後例行的新舊交替的公事，「移爲羨餘十五萬貫上獻」云云，僅是藉口而已。

再看令狐楚與元稹之間的一段公案。《舊唐書・令狐楚傳》：「時元稹初得幸，爲學士，素惡楚與鎛膠固希寵。稹草楚衡州制，略曰：『……密隳討伐之謀，潛附奸邪之黨，因緣得地，進取多門，遂忝臺階，實妨賢路。』楚深恨稹。」在此之前，令狐楚是很看重元稹的。《舊唐書・元稹傳》:「爲膳部員外郎。宰相令狐楚一代文宗,雅知稹之辭學,謂稹曰:『嘗覽足下製作,所恨不多,遲之久矣。請出其所有,以豁予懷。』稹因獻其文,自叙曰……楚深稱賞,以爲今代之鮑、謝也。」二人結怨之緣由,《册府元龜》卷九二〇記令狐楚與元稹矛盾的來龍去脉最爲詳盡,云:「令狐楚以宰相爲憲宗山陵使,以其下隱没官錢,罷爲宣州觀察使,又貶爲衡州刺史。先是,元稹爲山陵使判官,稹以他事求知制誥,事欲就,求楚薦之,以掩其迹。楚不應。稹既得志,深憾焉。楚之再出,稹頗有力。復於詔中發楚在翰林及河陽舊事以詆訾之。」看來令狐楚對於元稹走宦官門路求爲知制誥頗爲不滿,所以没有答應元稹的請求,使得元稹對令狐楚懷恨在心,故在楚下屬隱没官錢之事上添油加醋,大作文章。二人的矛盾没有什麽是非曲直可言。

令狐楚與元稹有隙,已如上述。其與李紳亦不睦。《新唐書·令狐楚傳》:「會逢吉復相,力起楚,以李紳在翰林沮之,不克。敬宗立,逐出紳,即拜楚爲河南尹。」此事雖曰主要反映了李逢吉與李紳的矛盾,但令狐楚與李紳的關係也可想而知。因元稹、李紳皆爲李黨集團中的重要人物,遂將令狐楚劃入牛黨之中。牛李黨争起因於穆宗長慶元年之科考事件,但其白熱化則是在文宗朝,以至文宗皇帝有「去河北賊易,去朝廷朋黨難」之嘆(見《資治通鑒》卷二四五唐文宗大和八年)。文宗朝,令狐楚累年外任,無任何與李宗閔、牛僧孺有聯繫之記載,已完全從黨爭中超脱出來。將令狐楚看作牛黨中人，實爲無根之論。再者，令狐楚視李宗閔、牛僧孺、李德裕等皆爲後進，豈屑於同他們糾纏不已？論情論理，亦不可信。

在李德裕與李宗閔、牛僧孺的黨爭最爲激烈之時，令狐楚基本上遠離政治鬥爭的中心，發生於大和九年的「甘露事變」，纔將他再次推到政治鬥爭的風口浪尖。《新唐書·令狐楚傳》：「會李訓亂，將相皆繫神策軍。文宗夜召楚與鄭覃入禁中，楚建言：『外有三司御史，不則大臣雜治，内仗非宰相繫所也。』帝頷之。既草詔，以王涯、賈餗冤，指其罪不切，仇士良等怨之。始，帝許相楚，乃不果，更用李石，而以楚爲鹽鐵轉運使。……開成元年上巳，賜群臣宴曲江。楚以新誅大臣，暴骸未收，怨沴感結，稱疾不出。」《資治通鑒》卷二四五唐文宗大和九年叙此事件經過：「上御紫宸殿，問：『宰相何爲不來？』仇士良曰：『王涯等謀反繫獄。』因以涯手狀呈上，召左僕射令狐楚、右僕射鄭覃等升殿示之。上悲憤不自勝，謂楚等曰：『是涯手書乎？』對曰：『是也。』『誠如此，罪不容誅。』因命楚、覃留宿中書，參決機務。使楚草制宣告中外。楚叙王涯、賈餗反事浮泛，仇士良等不悦，由是不得爲相。」令狐楚對於「甘露事變」的立場再清楚不過，只不過懾於宦官的淫威，不敢明白表示自己的態度，但却通過自己的行爲表明了對宦官專横跋扈、濫殺無辜的不滿。其臨終前，上給文宗皇帝的《遺疏》中尚言：「然自前年夏秋以來，貶譴者至多，誅戮者不少。伏望普加鴻造，稍霽皇威，殁者昭洗以雲雷，存者霑濡以雨露，自然五稼嘉熟，兆人樂康。」希望爲在「甘露事變」之中冤死者昭雪。令狐楚對宦官專權一直不滿，如劉蕡在大和二年對策中憤然指斥宦官的惡行，爲考官所不敢取，令狐楚在興元，「辟爲從事，待如師友」（《舊唐書・文苑傳下・劉蕡》），皆可説明他對閹人弄權的痛恨。葛立方《韻語陽秋》卷九論及「甘露事變」中的令狐楚時説：「嗚呼！觀望腐夫閹人，而誣置人於死地，楚忍爲是乎？」實在是他誤讀了《資治通鑒》中唐文宗語「誠如此，罪不容誅」以爲令狐楚語，所論自然也就是無的放矢了。

令狐楚長年擔任地方軍政長官，連爲方鎮，治績卓著。《舊唐書》本傳云：「楚長於撫理。前鎮河陽代烏重胤，（重胤）移鎮滄州，以河陽軍三千人爲牙卒，卒咸不願從，中路叛歸，又不敢歸州，聚於境上。楚初赴任，聞之，乃疾驅赴懷州，潰卒亦至，楚單騎喻之，咸令櫜弓解甲，用爲前驅，卒不敢亂。及莅汴州，解其酷法，以仁惠爲治，去其太甚，軍民咸悦，翕然從化，後竟爲善地。」爲天平軍節度使時，「屬歲旱儉，人至相食，楚均富贍貧，而無流亡者」。鎮太原，「楚久在并州，練其風俗，因人所利而利之，雖屬歲旱，人無轉徙」。劉禹錫《客有話汴州新政書事寄令狐相公》詩曰：「天下咽喉今大寧，軍城喜氣徹青冥。庭前劍戟朝迎日，筆底文章夜應星。三省壁中題姓字，萬人頭上見儀形。汴州忽復承平事，正月看燈户不扃。」當是不虛之言。大要唐自安史亂後，方鎮跋扈，戰亂頻仍，唐憲宗征伐四方，雖取得了一系列成功，但也使得國庫空虛，民生凋敝。《資治通鑒》卷二四二唐穆宗長慶二年：「初，上在東宫，聞天下厭苦憲宗用兵，故即位，務優假將卒從求姑息。」憲宗與穆宗之孰得孰失姑且不論，綏撫政策對於治國之道來説却也是不可或缺的。令狐楚治理地方，以仁政爲本，以撫理爲主，這對當時，生産荒弊、生民困苦的現實來説，當是一種高明的施政方略，從而取得了安定人心、發展生産的實際效果。令狐楚雖然以文名世，自稱「代業儒素，心游文史」（《讓中書侍郎表》），但絶不是只會空談的書生，其於行政方面的實際才幹，恐怕是在同時代許多人之上的。《新唐書·賈耽杜佑令狐楚傳贊》曰：「耽、佑、楚皆惇儒，大衣高冠，雍容廟堂，道古今，處成務，可也；以大節責之，蓋珉中而玉表歟？」對令狐楚來説，恐非確評。

二

令狐楚的文學成就，主要體現在兩個方面：一是駢文，二是詩歌。以下分别論述之。

洪邁《容齋三筆》卷八「四六名對」條説：「四六駢儷，於文章家爲至淺，然上自朝廷命令、詔册，下而搢紳之間箋書、祝疏，無所不用。則屬辭比事，固宜警策精切，使人讀之激昂，風味不厭，乃爲得體。」令狐楚現存之駢體文以表狀居多，其中絕大多數又是其爲四府（王拱、李説、鄭儋、嚴綬）從事時所作。《唐六典》卷九：「凡王言之制有七：一曰册書，二曰制書，三曰慰勞制書，四曰發日敕，五曰敕旨，六曰論事敕書，七曰敕牒。」又卷八：「凡下之通於上，其制有六：一曰奏抄，二曰奏彈，三曰露布，四曰議，五曰表，六曰狀。」又曰：「章表制度，自漢以後，多相因循，隋令有奏抄、奏彈等，唐因之，其駁、議、表、狀等，至今常行。」這些都屬於政府公文，通常使用駢體，即使在古文運動之後依然如此。然表、狀亦稍有别，漢魏諸家大抵言奏而不言狀，唐代與表并用，表首皆云「臣某言」，而狀之前先標明所言之事件，故狀首用「右」字。如《代李僕射謝子恩賜第四狀》：

右，臣得進奏院狀報，前月二十九日，中使某至，奉宣進旨，賜臣男公敏歲料、羊酒、麵等。臣自領北藩，於今五稔，曾無明略，以奉大猷。孤直愚忠，未足報陛下萬分之一。男公敏伏緣醫療，勒赴京都，尚未平除，爰逢歲節。豈意翩蜎微物，飛舞於東風；霏靡輕生，霑濡於春雨。降少牢而頒賜，迂中使以宣傳，麵起玉塵，酒含瓊液。鼷鼠飲河之腹，聞以滿盈；老牛舐犢之心，喜無終極。深恩似海，弘覆如天。寧惟感激一門，實亦光明九族。

何階報答，終日慚惶。空將許國之身，誓竭在邊之力。所守有限，不獲陳謝。無任感恩抃躍之至。

高步瀛《唐宋文舉要》乙編卷二就選了此篇，并評曰：「隸事生動，猶得子山（庾信）遺意。」又如《進異馬駒表》：

臣某言：得當道征馬使穆林狀稱：忻州定襄縣王進封村界，去五月十二日夜，孳化馬群内異駒一匹，白騧文馬，畫圖送到者。臣謹差虞候辛峻專往考驗，并母取到太原府，而毛色變換與青騧色，駝頭跌額，紅鼻肉駿，尾上茸毛，額帶星及旋，肋骨左右各十八枝，四蹄青，兩眼黑。續得穆林狀稱：當生之夜，群馬皆嘶。靈質炳然，休徵備矣。中謝。臣聞馬之精也，自天而降；馬之功也，行地無疆。是以武藉其威，文榮其德。謹按《馬經》云：「肋數十六者行千里。」伏惟陛下握負圖之瑞，總服皂之靈，異物殊祥，蔚然叢集。臣觀前件駒靈表挺特，雄姿逸異，頸昂昂而鳳顧，尾宛宛以虬蟠，信坤元之利貞，誠太乙之元貺。自將到府，便麗於宫。每飲以清池，牧於芳草，則彌日翹立，驅之不前。及長風時來，微雨新霽，輒驤首奔騁，追之莫及。臣某恒親省視，專遣柔馴。倘駿骨峰生，奇毛日就，獲登華厩，既備屬車，遠齊飛兔之名，上奉應龍之馭。天下大慶，微臣至願。見今養飼，至秋中即專進獻。伏惟陛下兼愛好奇，想其風彩，今謹圖畫隨表上進。伏乞聖恩宣付史館，俾此丕烈，垂於無窮。臣無任戰越之至。

王志堅《四六法海》卷三評此文説：「詩文中形容良馬不乏，若生馬駒，則未有如此篇之得情得景也。」

令狐楚之表狀，其特點大略有四：一曰對仗精工，二曰用典貼切，三曰音韻諧美，四曰長短變化。此特點於上述兩篇中皆體現得很明顯，不具論。《舊唐書·令狐楚傳》云：「楚才思俊麗，德宗好文，每太原奏至，能辨楚之所爲，頗稱之。」如晏殊《類表》卷二一所收令狐楚《送碑本》兩段文字：「夏屋崇高，固當容其艱拙；秦臺照燭，何所竄其嗤鄙。」「伯喈縱見，肯題外孫之虀臼；士衡如聞，當覆季弟之酒甕。雖磨鉛雕朽，已竭其精誠；而揆日窺天，難窮於高遠。」（轉引自陳尚君《全唐文又再補》卷五），「伯喈」「士衡」爲事典，「揆日」「磨鉛」爲語典，上述對仗、用典、音韻的特點便非常明顯。《遺疏》云：「以祖以父，皆蒙褒贈；有弟有子，並列班行。」對仗也極其工穩。令狐楚的確才思敏捷，趙璘《因話録》卷三載：「相國令狐公楚自河陽徵入，至閿鄉，暴風，有裨將飼官馬在逆旅，屋毀馬斃。到京，公旋大拜。時魏義通以檢校常侍代鎮三城，裨將當還，緣馬死，懼帥之責，以狀請一字爲押。公援筆判曰：『厩焚魯國，先師唯恐傷人；屋倒閔鄉，常侍豈宜問馬？』」《論語・鄉黨》：「廄焚，子退朝，曰：『傷人乎？』不問馬。」令狐楚將此則語典信手拈來，融化到自己的判中，可謂精當貼切。魏義通若通文史，也會拍案叫絶的。

吴訥《文章辯體・表》類序中引真西山（德秀）云：「大抵表文以簡潔精緻爲先，用事忌深僻，造語忌纖巧，鋪叙忌繁冗。」令狐楚的謝表也堪稱簡潔精緻，而且充滿感情。如其《河陽節度使謝上表》：「頃者叨居近密，親事聖明，選擢皆出於宸衷，遭逢偶協於昌運。進每憂國，退常樂天。曾不知操舟者忌臣及津，執轡者畏臣先路。雖皎皎下燭，鑒一心之無暇；而營營謗興，扇十手以相指。」《衡州刺史謝上表》：「臣素以凡品，謬登高位，雖滿盈是戒，每刻肺腑；而怨讟所歸，難防頰舌。屬奉陵無狀，選吏不精，多偷見縎，連斃枯木。擢臣之髮，豈可贖罪；粉臣之骨，不可勝刑。」便是典型之作。大抵各表狀皆有一定的格式，洪邁《容齋四筆》卷一四「劉夢得謝上表」條云：「郡守謝上表，首必云『伏奉告命，授臣某州，已於某月某日到任上訖』，然後入詞。」周密《齊東野語》卷一四亦云：「今臣僚上表，所稱惟誠惶誠恐，及誠歡誠喜、頓首稽首者，謂之中謝中賀。自唐以來，其體如此。蓋臣某以下，亦略叙數語，便入此句，然後敷陳其詳。」此類文字就某種意義上説也是一種例行公事，其形成一定的寫法，自不足怪。所以這類文字見得多了，便有連篇累牘、不過如此的感覺。令狐楚所存表狀大多爲代人所作，其所自作者存留較少。值得注意的是，元稹、李商隱的文集中皆有代令狐楚所作的各種表狀，以令狐楚文筆而言，完全不必請人代作，抑或這些帶有形式主義的東西作得多了連自己也感到厭倦邪？

制誥文也是例用駢體。歐陽修説：「制誥取便於宣讀，常拘以世俗所謂四六之文，其類多如此。」（《内制集序》）令狐楚當過翰林學士、中書舍人，按説這類文字也是不少的，可是完整流傳下來的唯有一篇《授裴度彰義軍節度使制》，大概還是得益於這篇制誥所引起的争議吧。另外一篇《授狄兼漠拾遺制》是殘篇，其他却全部散佚了。

唐代貞元之際，韓愈等倡導古文運動，且取得巨大成就，駢體文從許多領域中退了出來。但在政府公文、科舉考試之中，仍然通行駢體文。所以文士們爲了科考、從政或交際的需要，也必須學習寫作駢體文。然因大勢所趨，駢體文也相應發生了一些變化。陸贄的駢文切於實用，明白曉暢，純任自然。正如《四庫全書簡明目録》卷一五《翰苑集》提要所云：「贄文多用駢句，蓋當日之體裁，然真意篤摯，反覆曲暢，不復見排偶之迹。」令狐楚的駢文與陸贄不同，既有駢文精美的形式，又有散文流動的氣勢。陸贄的文風後來衍化爲純散體，而在駢體文的領域，令狐楚的影響要大於陸贄。只不過因爲令狐楚文集散佚的緣故，這一點不大爲人所重視。嘗試論之。

元稹與李商隱之駢文，皆由令狐楚變化而出，然皆得令狐楚之一體。白居易詩《餘思未盡加爲六韻重寄微之》「制從長慶辭高古」自注云：「微之長慶初知制誥，文格高古，始變俗體，繼者效之也。」（《白居易集》卷二三）《新唐書·元稹傳》云：「變詔書體，務純厚明切，盛傳一時。」元稹的所謂改革制誥文，即將散文的句法與氣勢注入駢文之中。但這一點，在令狐楚的文章中已有所體現，如《授裴度彰義軍節度使制》：「雖棄地求生者實繁有徒，而嬰城執迷者未翦其類。何獸困而猶鬥，豈鳥窮之無歸歟？……是用禱於上玄，擇此吉日，帶丞相之印綬，所以尊其名；賜諸侯之斧鉞，所以重其命。」宋四六作者喜用長句爲對，然令狐楚早已有之，如《爲桂府王拱中丞賀南郊表》：「刑莫大於成獄，陛下捨之，罪無重輕；恩莫深於延賞，陛下推之，澤及存歿。」雖説偶一爲之，却是開其風氣者。孫梅《四六叢話》卷三二評令狐楚説：「詳觀文公所作，以意爲骨，以氣爲用，以筆力馳騁出入，殆脱盡裁對隸事之迹，文之深於情者也。」正謂此而言。

李商隱更是得令狐楚真傳。《舊唐書·文苑傳下·李商隱》：「商隱能爲古文，不喜偶對，從事令狐楚幕，楚能章奏，遂以其道授商隱，自是始爲今體章奏。」李商隱之駢文主要得令狐楚之偶儷典切，而且將這一特點發揮到極致。晁公武《郡齋讀書志》卷四下云：「義山初爲文，瑰麗奇古，及從楚學儷偶長短，而繁縟過之。旨意能感人，人謂其横絶前後無儔者。」孫梅説：「樊南甲乙，今體之金繩、章奏之玉律也。其聲切無一字之聱屈，其抽對無一語之偏枯，手斂而不肆，體超而不空，學者捨是，何從入乎？」（《四六叢話》卷三二）李商隱的確發展了令狐楚作駢體文的技巧，典麗精工，正謂此也。吴炯《五總志》：「唐李商隱爲文，多檢閲書史，鱗次堆積左右，時謂爲獺祭魚。」

宋初西崑體的作者主要就是學習李商隱。但自歐陽修之後，宋四六的作家便開始循從元積所開闢的道路走下去了。謝伋云：「本朝自歐陽文忠、王舒國（安石）叙事之外，自爲文章，製作混成，一洗西崑磔裂煩碎之體，厥後學之者益以衆多。」（《四六談麈序》）陳振孫説：「本朝楊、劉諸名公，猶未變唐體。至歐、蘇始以博學富文爲大篇長句，叙事達意，無艱難牽强之態，而王荆公尤深厚爾雅，儷語之工，昔所未有。」（《直齋書録解題》卷一八汪藻《浮溪集》解題）王志堅説：「宋興且百年，文章體裁猶仍五季餘習……自歐公出，以古文倡，而王介甫、蘇子瞻、曾子固起而和之，宋文日趨於古……而四六一體，實自創爲一家，至二蘇而縱横曲折，盡四六之變，然皆本自歐公。」（《四六法海》卷三）其實楊、劉之西崑體也好，歐、蘇之四六文也好，皆與令狐楚有着某種淵源。

令狐楚的散文其實也寫得很好，名氣只是被他的駢文所掩蓋，如《刻蘇公太守二文記》《周先生住山記》二篇，都是非常優秀的散文作品。韓愈、柳宗元的散文創造性强，個人特點突出，令狐楚的散文成就當然無法與韓、柳二人相比，加之作品散佚者多，更是如此。大體來看，令狐楚的散文文字洗練，暢達平易，間用駢語，優游不迫，平和優雅，具有一種獨特的風格。

令狐楚的詩大多散佚，今所存者乃依賴於《文苑英華》《樂府詩集》《唐詩紀事》等總集類書。因數量較少，故其詩不大爲今人所重。可是他的詩在當時却是很有名氣的，因他喜歡與人唱和，故傳播也廣。劉禹錫說：「新成麗句開緘後，便入清歌滿座聽。」（《重酬前寄》）姚合說：「詩好四方誰敢和，政成三郡自無寃。」（《寄汴州令狐楚相公》）劉禹錫之詩也說明令狐楚的很多詩曾被譜上曲子，用於演唱。唐代被用作歌詞者大多是五、七言絶句，令狐楚的五、七言絶句也大多具有樂府題目，或許令狐楚有意爲歌詞而作，也未可知。但這些詩的確音韻諧和，語句流美，便於演唱。王灼《碧鷄漫志》卷一論唐歌詞說：「唐時古意亦未全喪，《竹枝》《浪淘沙》《拋球樂》《楊柳枝》，乃詩中絶句，而定爲歌曲。故李太白《清平調》詞三章皆絶句。元、白諸詩，亦爲知音者協律作歌。白樂天守杭，元微之贈云：『休遺玲瓏唱我詩，我詩多是別君辭。』……唐史稱：李賀樂府數十篇，雲韶諸工皆合之弦管。又稱：李益詩名與賀相埒，每一篇成，樂工爭以賂求取之，被聲歌供奉天子。又稱：元微之詩，往往播樂府。舊史亦稱：武元衡工五言詩，好事者傳之，往往被於管弦。又舊説：開元中詩人王昌齡、高適、王之渙詣旗亭飲……以此知李唐伶伎，取當時名士詩句入歌曲，蓋常俗也。」令狐楚詩被用作歌詞，當也是這種情況。尤袤《遂初堂書目·別集類》著録有《令狐楚歌詞》，當即是作爲歌詞的詩。

令狐楚的詩不僅音韻諧和，而且意境優美，最突出體現在他的五、七言絶句中。楊慎、胡應麟都很贊賞他的五、七言絶句（分別見《升庵詩話》卷三、《詩藪》内編卷六），他們的評語頗有代表性。如以下幾首：

玳織鴛鴦履，金裝翡翠簪。畏人相借問，不擬到城南。（《遠別離二首》二）

胡風千里驚，漢月五更明。縱有還家夢，猶聞出塞聲。（《從軍行五首》四）

少小邊城慣放狂，驏騎蕃馬射黄羊。如今年老無筋力，猶倚營門數雁行。（《少年行四首》一）

家本清河住五城，須憑弓箭覓功名。等閑飛鞚秋原上，獨向寒雲試射聲。（同上二）

第一首寫別離之思，屬於「閨思」這個老題材，但寫法獨特。黄生《唐詩摘抄》卷二評此詩説：「古樂府《陌上桑》『采桑城南隅』，梁姚翻擬此題『日照茱萸嶺，風摇翡翠簪』；陳張正見擬此題『人多羞借問』。題本《遠別離》，此却融會《陌上桑》諸詩語意成詩，所以爲遠。若擬《陌上桑》作此四語，便不免拾前人破草鞋也。」第二首寫從軍之苦，從軍士思家著筆。徐增《而庵説唐詩》卷九對此首有很好的解釋，云：「守戍者審聽風聲，聲如有異，時作一驚。月從東照，故云漢月。五更是月將落之際，守戍者刁斗將歇，堡堠寂然，清如水出，此時略得少息，未必便作還家之夢。縱便作得還家之夢，心神不寧，猶聞主將號令，傳呼出塞之聲……總是道從軍之苦。」第三首寫一軍營老將，本爲邊地少年，少年從軍爲國家防守邊塞，那時騎蕃馬，射黄羊（驏騎，不施鞍轡而騎），何等威武瀟灑！如今年老，身手已不靈便，但望着過往的飛雁，仍感到技癢難熬，甚想彎弓再試身手。此首構思頗同王維《老將行》，却能將王維七言三十句之《老將行》，壓縮在四句之中，可謂精當凝練且又意味悠長。第四首，俞陛雲《詩境淺説續編》曾評云：「首二句言家住五城，本關西將種，雕弓羽箭，整日隨身，爲拾取青紫之具。後言其身手勤能，暇輒縱馬平原，獨試其落雁射雕之技。但見箭拂寒雲，如漢代之射聲校尉之冥冥聞聲必中。此少年之材武，較崔國輔咏少年，只解章臺折柳者，迥不侔矣。」

令狐楚所存之詩皆爲近體詩，總的來看，其詩不求典重，不求工麗，平和淺近，自然流暢，大致與劉禹錫、白居易之詩同道，但似乎又介乎他們二人之間。絶句的成就較高，雖簡潔精當，却能含不盡之意於言外。

令狐楚對於詩歌情韻的追求，還可從他編選的《御覽詩》中體現出來。《御覽詩》雖爲奉憲宗皇帝之命選進，但無疑也可見編選者本人的愛好。關於《御覽詩》的選編標準，紀昀曾云「去取凡例，不甚可解」（《四庫全書總目》卷一八六《御覽詩》提要），其實還是可以理解的。紀昀云「其詩唯取近體，無一古體，即《巫山高》等之用樂府題者，亦皆律詩。蓋中唐以後，世務以聲病協婉相尚，其奮起而追古調者，不過韓愈等數人，楚亦限於風氣，不能自異也」（同上），不就是選取的標準嗎？除韻律之外，此選亦甚重風格的雅正清麗。如全書共選三十位詩人的作品，其中李益最多，三十六首；盧綸次之，三十二首；第三是楊凝，二十九首。李益，「貞元末與宗人李賀齊名，每作一篇，爲教坊樂人以賂求取，唱爲供奉歌詞」（《舊唐書·李益傳》）。盧綸，「初，大曆中，詩人李端、錢起、韓翃輩能爲五言詩，而辭情捷麗，（盧）綸作尤工」（《舊唐書·盧簡辭傳》附盧綸）。楊凝與兄楊憑、弟楊凌，時號「三楊」，「文學者皆知誦其詞，而以爲模準」（柳宗元《唐故兵部郎中楊君墓碣》，《柳河東集》卷九）。他們的詩與元稹在《上令狐相國詩啓》中所云「思深語近，韻律調新，屬對無差，而風情宛然」是一致的。這也正是令狐楚所深深愛賞的，也是令狐楚自己在作詩時所追求的。

三

令狐楚的文集，劉禹錫《令狐公集紀》謂「成一百三十卷」；《舊唐書·令狐楚傳》云「有文集一百卷行於世」。《新唐書·藝文志四》著録「令狐楚《漆奩集》一百三十卷。又《梁苑文類》三卷。《表奏集》十卷（自稱《白雲孺子表奏集》）」。《漆奩集》當即劉禹錫《集紀》所云之文集。《梁苑文類》當是令狐楚爲汴州刺史、宣武軍節度使時的作品，因汴州舊有梁苑，故名之。《表奏集》，亦即晁公武《郡齋讀書後志》卷二中所載《令狐楚表奏》。《郡齋讀書後志》尚載有令狐楚爲《表奏集》所作序言數句，云：「登科後爲桂、并四府從事，掌箋奏者十三年。始還御史，綴其藁，得一百九十三篇。」可知此集編成於元和四年，皆爲幕府從事時所作。尤袤《遂初堂書目》記有《令狐楚歌詞》；《宋史·藝文志七》亦載令狐楚《歌詩》一卷。以上便是歷代文獻記載中所見到的令狐楚的全部著作。檢諸南宋諸藏書家如尤袤、晁公武、陳振孫所記，唯有《表奏集》與《歌詞》，可見至南宋時，其他已皆散佚。《文苑英華》所載令狐楚之文，大多出於《表奏集》，故頗疑其一百三十卷之文集宋初便已失之。即使幸存至南宋時的《表奏集》與《歌詞》，元人及明、清諸藏書家再無提及，可見約至南宋末，連這兩種也已不存，這樣令狐楚的個人著作便全部亡佚了。胡應麟説：「唐集篇帙多者，無若令狐楚一百三十卷、王起一百二十卷、元稹一百卷。至樊宗師凡二百卷，而古今獨盛矣。」（《詩藪》雜編卷二）可是，除元稹集部分流傳下來，餘皆不傳。

令狐楚與他人合著者計有《元和辨謗略》（與沈傳師、杜元穎）、《斷金集》（與李逢吉）、《彭陽唱和集》（與劉禹錫）、與僧廣宣唱和詩、《三舍人集》（與王涯、張仲素）。《三舍人集》未知何人所編，不見宋代公私書目著録，僅見載於計有功《唐詩紀事》卷四二「張仲素」條，南宋時猶存〔一〕。《斷金集》亦存至南宋。《元和辨謗略》後經李德裕修訂，改名《大和辨謗略》，南宋尚存。以後，除《三舍人集》，便全部亡佚了〔二〕。胡應麟曾慨嘆説：「唐人倡和寄贈，往往類集成編，然

〔一〕復旦大學圖書館藏明鈔本《唐人詩集八種》，中有題爲《元和三舍人詩》者一卷，即《元和三舍人集》，陳尚君先生將其輯録并作校勘，收於傅璇琮、陳尚君、徐俊所編《唐人選唐詩新編》（增訂本）中。《三舍人詩》中分署廣津、懿士、繪之，即王涯、令狐楚、張仲素。陳先生認爲此書雖爲明鈔本，所據當是舊宋本《三舍人集》（有殘缺），是書於最後另題一行曰：「已下俱敗靡不存。」可證。并認爲《三舍人集》實即《新唐書・藝文志四》總集類著録之《翰林歌詞》一卷。（以上參《唐人選唐詩新編》中的《元和三舍人集》陳尚君所作《前記》。）

〔二〕卞孝萱有《令狐楚劉禹錫〈彭陽唱和集〉復原》，載《中華文史論叢》一九八〇年第一輯，又收入作者《唐代文史論叢》，恢復該集篇目，大抵可信。

令傳世絶少，以未經刊落，故尤難傳遠。姑記其目於左：令狐楚《斷金集》一卷……《彭陽倡和集》三卷……右據諸家書目備録，《宋藝文志》所存，僅十之四五。至《通考》則僅存《漢上題襟》《松陵》三數種。今惟《松陵》行世，餘悉不存。」（《詩藪》外編卷三）

清人所編《全唐詩》《全唐文》，將其詩編爲一卷，文編爲五卷，搜羅堪稱完備。然亦不乏失之甄辨者，且不注明出處。本書即以上述二書爲綫索，詳究來源，考辨真僞，且進一步鈎沉輯綴，計共得令狐楚文一百四十一篇、詩四十四題六十首。至於誤作令狐楚者則釐而出之，附録於正集之後。正集則分作六卷，編排原則是文依文體，同一體類中則依作年先後爲序，可大略確定作於某一期間者穿插於其間，無法確定者列後。詩則先律詩後絶句，律詩、絶句都是先五言、後七言。同一詩體也儘量以作年先後順序編排，編排原則與文相同。這裏不敢遽言已將令狐楚現存作品一網打盡，尚有待於未知文獻繼續有所發現。

書後尚附有關令狐楚的研究資料及編者所作《令狐楚年譜》、令狐楚子孫的作品，以備讀者檢閱和參考。

卷第一　賦　制誥　表狀一

珠還合浦賦[一]以「不貪爲寶，神物自還」爲韻

物之多兮珠爲珍，通其貨而濟乎人。纔披沙以皛耀，俄錯彩以璘玢。避無厭之心，去之他境；歸克儉之政，還乎舊津。由是觀德，孰云無神？相彼南州，昔無廉吏，富期潤屋，貪以敗類。孤漢主析圭之恩，奪蒼梧易米之利。濫源既啓，真質期閟。從予舊而不瑕[二]，諒天視兮有自。孟君來止，惠政潛施，欲不欲之欲，爲無爲之爲。不召其珠，珠無脛而至；不移其俗，俗如影之隨。爾其狀也，上掩星彩，遥迷月規，粲粲離離，與波逶迤。乍入潭心，時依浦口，驚泉客之初泣，疑馮夷之始剖。依於仁里，天亦何言；富彼貪夫，神之所不。沙下兮泥間，韜光而自閑。映石華之皎皎，雜魚目之鰥鰥。豈比黄帝之使罔象，玄珠乃得；藺生之詭秦主，荆玉斯還。由是發潤洲蘋，增輝岸草，水容益媚，澤氣彌好。川實效珍，地寧愛寶。隱見諒符乎龍躍，

虧全非係乎蚌老。豈惟彰太守之深仁，所以表天子之至道。觀夫杲耀外澈，英華内含，飾君之履兮豈不可？照君之車兮豈不堪？猶未遭於采拾，尚見滯於江潭。雖舊史之録，與前賢之談，終思入掬以騰價，願得書紳而勵貪。於惟明時，不貴異物，徒飾表者招累，而握珍者難屈。是珍也，居下流而委棄，歷終歲而湮鬱。望高鑒兮暗投，幸餘波之洗拂。

【箋校】

［一］此賦載《文苑英華》卷一一七、《古今圖書集成·考工典·亭部》、《全唐文》卷五三九。《圖書集成》題作《還珠亭賦》。《舊唐書·令狐楚傳》：「弱冠應進士，貞元七年登第。」計有功《唐詩紀事》卷四二亦云貞元七年杜黄裳知舉，試《珠還合浦賦》，尹樞第一，令狐楚第五。吴曾《能改齋漫録》卷三《林藻歐陽詹相繼登第》：「予家有唐趙傪撰《唐登科記》，嘗試考之：德宗貞元七年，是歲辛未，刑部杜黄裳知貢舉，所取三十人，尹樞爲首，林藻第十人。是榜後爲宰相者四人：令狐楚、竇楚、皇甫鎛、蕭俛。賦題《珠還合浦》，詩題《青雲千里》。」「青雲千里」爲「青雲干呂」之誤。可見此賦爲貞元七年應進士試時所作。《後漢書·循吏傳·孟嘗》：「遷合浦太守。郡不産穀實，而海出珍寶，與交趾比境……先時宰守并多貪穢，詭人采求，不知紀極，珠遂漸徙於交趾郡界。於是行旅不至，人物無資，貧者餓死於道。嘗到官，革易前弊，求民病利，曾未逾歲，去珠復還。」賦題出此。

〔二〕瑕，《英華》校：「一作假。」

漢皇竹宮望拜神光賦〔一〕以「上辛之日有事於圜丘」爲韻

大事在祀，吉日惟辛。偉漢皇之光宅，禮太乙之威神。就陽位，敘彝倫。青旌既載，蒼璧斯陳。帝德惟馨，虔精誠而上感；天通不昧〔二〕，發神光而下臻。斯所以昭乎望拜之地，肅爾侍祠之人。懿兹珍神，實曰靈貺。奪月之魂，韜雲之狀，集於祠側，照此壇上。神實臨下以無私，君亦當仁而不讓。是時也，神光未動，遠靄初收，天宇清而群動和肅，帝座正而萬靈懷柔。倏爾電烻，熠若星流，謂珠蚌之初剖，疑燭龍而暫游。武皇於是委王佩，俛翠旒，自竹宮，望圜丘。拜上帝之賜，擁明神之休。遐徵所聞，以此爲異。歌童不吴以奏曲，從臣勿褻而在位。奉其道永肩一心，答其祥敢有二事。光之降也，帶爟火兮侵燎烟，臨仙仗以增煥，映靈丘而乍圓。帝之望也，爇香蕭兮奠玄酒。布清意而不倦，儼威儀而方久。善行無轍迹，搏之乃無；盛德有形容，視之而有。神既格思，人皆見之，助逮暗之祭，彰燭幽之時。詎比夫望於觀臺而爲備，坐彼宣室而受釐。故能飛扇英聲，騰乎茂實。笑魯郊鼷鼠之告僭，鄙秦祀野雞而獲吉。來或從東，似合序於春令；至常以夜，若避明於朝日。今國家成功巍乎，明德依於。鋪鴻猷而前王所羡，崇嚴祀而左史宜書。備禮告天，帝既逾於孝武；觀光獻賦，愚竊慕夫相如。

【箋校】

［一］此賦原載《文苑英華》卷八七、《全唐文》卷五三九。題下小注「圜」《英華》作「圓」。賦中「圜」字《英華》亦作「圓」。《漢書・禮樂志》：「至武帝定郊祀之禮，祠太一於甘泉……以正月上辛用事甘泉圜丘，使童男女七十人俱歌，昏祠至明。夜常有神光如流星止集於祠壇，天子自竹宮而望拜，百官侍祠者數百人皆肅然動心焉。」注：「韋昭曰：以竹爲宮，天子居中。（顔）師古曰：《漢舊儀》云：竹宮去壇三里。」

［二］通，《英華》校：「疑作道，一作心。」

授裴度彰義軍節度使制［一］

門下［二］：輔弼之臣，軍國是賴。興化致理［三］，則秉鈞以居；取威成功［四］，則分閫而出［五］。所以同君臣之體，而一中外之任焉［六］。屬者問罪汝南，致誅淮右，蓋欲刷其污俗，吊彼頑人，雖棄地求生者實繁有徒［七］，而嬰城執迷者未翦其類。何獸困而猶鬥，豈鳥窮之無歸歟？由是遥聽鼓鼙，更張琴瑟，煩我臺席，董兹戎旃。朝議大夫守中書侍郎同中書門下平章事飛騎尉賜紫金魚袋裴度，爲時降生，協朕夢卜，精辨宣力，堅明納忠。當軸而才謀老成，運籌而智略前定。司其樞務，備知四方之事；付以兵要，必得萬人之心。是用禱於上玄，擇此吉日[八]，帶丞相之印綬，所以尊其名；賜諸侯之斧鉞，所以重其命。爾宜大布清問，恢壯徽猷[九]，感勵連營，蕩平多壘，召懷孤疾，字育夷傷[一〇]。況淮西一軍，素效忠節，過海赴難，史策上勛[一一]。建中初攻破襄陽，擒滅崇義。比者脅於凶逆，歸命無由，每念前勞，常思安撫，所以内輟佐輔，爲之師帥，實欲保全慰喻，使各得其宜。爾往欽哉，無越我丕訓。可守門下侍郎同中書門下平章事、使持節蔡州諸軍事兼蔡州刺史，充彰義軍節度管内度支營田使、申光蔡等州觀察處置等使[一二]，仍充淮西宣慰處置使，散官勛如故[一三]。

【箋校】

[一] 此文載《文苑英華》卷四五二、《唐大詔令集》卷五二、《全唐文》卷五三九。《詔令集》題作《裴度門下侍郎彰義軍節度宣慰等使制》。《舊唐書·憲宗紀下》：「(元和十二年秋七月)丙辰，制以中書侍郎、平章事裴度守門下侍郎、同平章事，使持節蔡州諸軍事、蔡州刺史，充彰義軍節度、申光蔡觀察處

置等使，仍充淮西宣慰、處置使。」《册府元龜》卷五五三：「（元和）十二年七月丙辰，以中書舍人、平章事裴度爲門下侍郎、平章事，充彰義軍節度、申光蔡等州觀察、淮西宣慰、處置等使。其制翰林學士、中書舍人令狐楚所草也。度以是行兼招撫，請改其辭中『未翦其類』爲『未革其志』。又以韓弘爲都統，請改『更張琴瑟』爲『近輟樞軸』；又改『煩我臺席』爲『授以成算』，憲宗皆從之，乃罷楚學士。」《舊唐書·令狐楚傳》亦載其事。故訂本文作於元和十二年七月。

〔二〕門下，《詔令集》無。

〔三〕致理，《詔令集》作「政治」。

〔四〕成，《詔令集》作「定」。

〔五〕分，《詔令集》作「専」。

〔六〕而，《詔令集》無此字。

〔七〕棄，《詔令集》作「挈」。

〔八〕擇，《詔令集》作「揀」。

〔九〕「大布清問，恢壯徽猷」二句，《詔令集》無「大」「徽」二字。

〔一〇〕字，《詔令集》作「撫」。

〔一一〕策，《詔令集》作「册」。上，《英華》校：「一作書。」《詔令集》作「書」。

〔一二〕上述四句，《詔令集》作「可守門下侍郎同中書門下平章事、使持節蔡州諸軍事、蔡州刺史、彰義軍節度管内度支營田、申光蔡州觀察處置使」。

〔一三〕勛，《詔令集》作「勛賜」。

授狄兼謨拾遺制〔一〕

朕聽政餘暇，躬覽國書，知奸臣擅權之由，見母后竊位之事。我國家神器大寶，將遂傳於他人〔二〕。洪惟昊穹，降鑒儲祉，誕生仁杰，保祐中宗，使絶維更張，明辟乃復。宜福胄胤，與國無窮。

【箋校】

〔一〕本文載《舊唐書》卷一五八《武儒衡傳》，《全唐文》卷五三九據之收入。《舊唐書·武儒衡傳》：「儒衡氣岸高雅，論事有風彩，群邪惡之，尤爲宰相令狐楚所忌。元和末年，垂將大用，楚畏其明俊，欲以計沮之，以離其寵。有狄兼謨者，梁公仁杰之後，時爲襄陽從事。楚乃自草制詞，召狄兼謨爲拾遺。」《資治通鑒》卷二四一繫此事於元和十四年十二月，從之。

〔二〕傳，《全唐文》作「傅」。

爲百官賀白烏表[一]

臣某等言：臣昨二十三日中書宣武軍節度使臣劉彦佐進白烏[二]，并以白烏及所獻圖示百官。臣某伏以殊祥絶瑞，有應斯歸，絪緼感通，難識其朕。惟聖德動於皇天，天意勤於聖后，則必昭彰肸蠁，靈物薦臻。流行葦之仁，樹太平之業，毛羽遂性，禽鳥呈祥，臣等中賀。臣謹按《孫氏圖》云：「王者宗廟敬則白烏至。」又漢成帝時，白烏集於文武廟，黑烏皆從，頗類此圖。去年冬十一月履端之始，陛下擁萬國，驅百靈，祀圜丘，封天老，前一日已孝享於宗廟，盡敬致美，竭力精誠。悲感之音，動於列辟；孝敬之極，通於神明。白烏之來，允答醇至。書之史册，萬代有詞。觀其素彩皓潔，丹觜朱躍，冰霜奪色[三]，鼀龍讓輝。參五雲之嘉祥，掩百王之能事。臣等叨逢昌運，累沐殊私，親睹太陽之精，克叶大君之祉。歡躍抃舞，手足無從，不勝犬馬欣慶之至。

【箋校】

［一］本文載《文苑英華》卷五六五、《古今圖書集成·庶徵典·禽異部》、《全唐文》卷五三九。

《舊唐書·德宗紀下》：「（貞元七年）夏四月庚子……汴州獻白烏。」本文云：「去年冬十一月履端之始，陛下擁萬國，驅百靈，祀圜丘，封天老。」考《舊唐書·德宗紀下》：「（貞元六年）十一月庚午，日南至，上親祀昊天上帝於郊丘。」可知本文所云進白烏者即貞元七年事。是年令狐楚於京城應試，蓋代百官所作。

〔二〕劉彥佐：有唐一代，宣武軍節度使無名劉彥佐者，當爲「劉玄佐」之訛。劉玄佐原名洽，貞元元年爲汴州刺史、宣武軍節度使，賜名玄佐，貞元八年卒於鎮。見兩《唐書·劉玄佐傳》《舊唐書·德宗紀》等。

〔三〕霜，《英華》作「霧」，并校：「疑作霜。」《全唐文》作「霜」，據改。

爲桂府王拱中丞賀南郊表〔一〕

臣某言：伏奉十一月十日制書，南郊大禮畢，大赦天下者。湛恩龐鴻，大號涣汗，際天接地，孰不慶幸，中賀。臣聞禘嘗之禮，所以仁祖禰也；郊祀之儀〔二〕，所以尊天地也。五帝之前，蕢桴土鼓致其敬，敬有餘矣而禮不足；三王以降，金罍玉斝備其禮〔三〕，禮有餘矣而敬不聞。秦之增封也，覬望神仙；漢之郊丘也，禳除災害。雖無文而咸秩，終有廢而莫舉。猶可以編在方策[四]，垂其鴻名，豈若國家參文質於六經之中，陛下酌損益於百代之後。既昊天之成命[五]，得黎人之歡心，九穀有年，四方無事。然後因吉土，迎長日，咸池屢舞[六]，太簇登歌。萬靈識周旋之位，百神知饗獻之節，雲散而柴燎高達，風清而蕭薌遠聞。信大報之無私，亦玄鑒之不昧。臣當時集軍州官吏[七]、僧道、百姓等丁寧宣示訖。惟天之意，莫遺於細微；如日之輝，不隔於幽遠。頑鈍知感[八]，鬼神懷柔。何則[九]？刑莫大於成獄，陛下捨之，罪無輕重；恩莫深於延賞，陛下推之，澤及存歿。行道求志敢於直言者，既許以親覽；觸綸罣網屏於遠方者，又移之近郊。減來歲之新租[一〇]，昭其儉也；棄七歲之逋債[一一]，弘諸仁也。念勛臣而樹勛者益勸，尊有德而不德者知慚。賜羸老有粟帛之優，禮神祇無牲幣之愛。此所謂幽室盡曉，枯條遍春，雷雨作而蟄蟲昭蘇，風雲行而窮鳥飛舞[一二]。率土臣下[一三]，不勝大慶。況臣蒙被恩澤，獲齒生類，會守遠郡，阻窺盛禮，徘徊天外，目與心斷。無任抃躍戀結之心[一四]，謹遣突將王清朝等奉表陳賀以聞。

【箋校】

［一］本文載《唐文粹》卷二五、《文苑英華》卷五五三、《全唐文》卷五三九。《文粹》題作《爲桂府王

珙中丞賀赦表》。《舊唐書・德宗紀下》：「(貞元九年)十一月乙酉，日南至，上親郊圜丘。是日還宮，御丹鳳樓，制曰：『……恩與萬方，均其惠澤，可大赦天下。』」《資治通鑑》卷二三四唐德宗貞元九年：「十一月乙酉，上禮圜丘，赦天下。」王拱貞元八年代齊映爲桂管觀察使。《舊唐書・德宗紀下》：「(貞元八年秋七月)以桂管觀察使齊映爲洪州刺史、江西觀察使。」劉禹錫《唐故相國贈司空令狐公集紀》：「琅邪王拱識公於童丱，雅器重之。至是，拱自虞部正郎領桂州，鋭於辟賢，以酬不次之遇，先拜章而後告公。既而授試弘文館校書郎。公爲人子，重難遠行，禀命而去。居一歲，竟迫方寸而歸。」見《劉禹錫集》卷一九。故知此文作於爲桂府從事時。

〔二〕郊祀之儀，《文粹》作「郊社之義」。

〔三〕「禮」與下句句首之「禮」字，《文粹》皆作「儀」。

〔四〕策，《文粹》作「册」。

〔五〕既，《文粹》作「順」。

〔六〕舞，《文粹》作「奏」。

〔七〕州，《文粹》作「將」。

〔八〕鈍，《文粹》作「艷」。

〔九〕則，《文粹》作「者」。

［一〇］租，《文粹》作「稅」。
［一一］七歲，《文粹》作「比年」。
［一二］窮，《文粹》作「籠」。
［一三］下，《文粹》作「妄」。
［一四］抃躍戀結之心，《文粹》作「抃躍之至」，《全唐文》作「抃躍之心」。

爲桂府王中丞謝加朝議大夫表［一］

臣某言：伏奉某月日恩旨，南郊禮畢，進加臣朝議大夫。拜受嚴命，感惕交集。臣某中謝。臣泗濱諸生，塞上從事，被蒙恩澤，齒列才俊，戴高履厚，實有恧焉。乃建子月，伏惟皇帝陛下殷薦祖宗，嚴禋天地，而限從外役，不侍中禁。有望雲就日之戀，無給薪除地之勞。今者爵賞遠加，寵榮俯及。拾級以上，早忝諸侯之秩；歷階而升，又厠大夫之品。峨峨象笏，燦燦銀章，自揆何人，敢安非據？伏以神光既擁［二］，王澤已流，難申牢讓之心，空秉益恭之禮。無任慶幸屏營之至。

【箋校】

[一] 本文載《文苑英華》卷五八九、《全唐文》卷五四〇。桂府王中丞爲王拱。《舊唐書·令狐楚傳》：「桂管觀察使王拱愛其才，欲以禮辟召，懼楚不從，乃先聞奏而後致聘。楚以父掾太原，有庭闈之戀，又感拱厚意，登第後徑往桂林謝拱。」本文云「南郊禮畢，進加臣朝議大夫」，可知爲貞元九年事。

[二] 光，《英華》校：「《類表》作休。」

爲道州許使君謝上表[一]

臣某言：伏奉某月日敕旨，授臣道州刺史。恭承榮命，拜伏寵光，如出井谷，而見日月。臣某中謝。臣聞周室建侯，每先親舊；漢朝置守，必選循良。臣公才蔑聞，利用無取，自幼及壯，終艱且拙。然而竭誠以許國，必盡力而在公[二]。一辭朝右，累守郡佐，不寒自栗，無水而沉。伏惟陛下頒帝堯分命之典，敷孝宣共理之詔，方須俊乂，以輯茕嫠。若臣之倫，何敢望此？不圖恩從上降，命自中出，付以金印，委之竹符，立有光耀，坐生羽翼。荷天地之德，戴山爲輕；感雨露之仁，測海猶淺。謹以某月日便道到州上訖。誓當佩韋以勵志，置冰而清心，酌遠俗之便宜，節下人之好惡。使豪奪斂手[三]，疲羸息肩。雖不足稱陛下慎擇眷求之意，其於乾乾憂濟，庶分萬一。臣守所恨，不勝蹈舞天庭。無任。

【箋校】

［一］本文載《文苑英華》卷五八六、《全唐文》卷五四〇。《全唐文》卷六二八吕温《道州刺史廳後記》：「河南元結字次山，自作《道州刺史廳記》……往刺史有許子良者，輒移元次山記於北牖下，而以其文代之。」本文之「道州許使君」當即此許子良。許子良爲道州刺史年代難定，約作於令狐楚爲桂府從事時，蓋代許所作。

［二］必盡，《英華》校：「二字《類表》作畢。」

［三］奪，《英華》校：「《類表》作奮。」

爲人作薦昭州刺史張褑狀［一］

右，臣伏準貞元六年十一月八日敕旨，自今以後，諸州刺史縣令以肆考，如理術尤異，實效可稱，考滿日委觀察使録事迹以聞，特加奬擢者。前件官守文惟謹，持法甚精，清廉有餘，貞固無比。臣伏見嶺南風俗惰懶，苟避征徭，易成逋竄。張褑憂人若己，理郡如家，勸課農桑，置立保社。移風爲敦厚之境，徵賦無慘急之名。周旋六年，其道一致。臣猥司廉察，忝守方隅，以所見聞，懇須甄録云云[二]。

【箋校】

[一] 本文載《文苑英華》卷六三八、《全唐文》卷五四二。昭州平樂郡，爲桂州都督府所領，故知爲代桂管觀察使王拱作。約作於貞元九年。《册府元龜》卷六〇：「德宗貞元三年十月復降魚書」注：「敕：漳州，緣刺史張遜有犯令，遣監察御史蘇弁往彼停務問推。」可知張遜貞元三年爲漳州刺史。張遜名又見兩《唐書·關播傳》。

[二] 云云，《全唐文》無。

謝賜冬衣表[一]

臣某言：某月日中使至，伏奉敕書手詔等。捧戴拜賜，榮感兢惕，軍城歡抃，海曲光輝。臣某中謝。伏惟尊號皇帝陛下至仁育物，元德統乾。恩被生靈，惠周遐邇。臣猥蒙寄任，謬領方隅，寒暑驟移，庶績罔紀。王人忽降，慈旨曲臨，涉遐遠之道途，敷殊常之渥澤。詔書既啓，仰觀垂露之華；珍服俯臨，實懼維鵜之刺。慶同戎府，榮及閨門。況節戒玄冬，戀深丹闕，授衣感自天之錫，盡力堅粉骨之誠。屬垂溥天，和布代化，萬方昭泰，四海無虞。空知報效之勞，願同犬馬；未展涓埃之績，何答丘山。寢興靡遑，慚懼交集，無任受恩悃懇之至。

【箋校】

［一］本文載《文苑英華》卷五九三、《全唐文》卷五四〇。文云「軍城歡抃，海曲光輝」，海曲言近海或僻遠之地，故以爲代桂管觀察使王拱作。約作於貞元九年。

謝敕書賜臘日口脂等表［一］

臣某言：去年十二月中使至，奉宣敕書手詔，兼賜臣口脂紅雪各一合、十年曆日一通。捧緘跪發，以喜以駭。臣某中謝。臣聞平分四時，堯有曆象；聚蓄百藥，周之憲章。至若雪散擁紅紫之名，香膏蘊蘭薰之氣，合自金鼎，貯於雕奩。是宜寵錫大臣，榮加有德。用灑非常之澤，式彰不次之恩。而臣遠守嶺隅，賤同凡器，曾無薄技，上答殊私。陛下惠與露行，德如天覆，發於中禁，及此下藩。諭以綸綍之言，頒其啓閉之節。脂膏一潤，覺面目之有光；藥石載攻，知肺腑之去疾。誓當延年聖代，戮力清朝，戴昊天而不勝，瞻魏闕而增戀。無任。

【箋校】

［一］本文載《文苑英華》卷五九六、《全唐文》卷五四〇。文云「去年十二月中使至」，賜「十年曆日一通」，及「臣遠守嶺隅」等，知爲代王拱作。「十年」即謂貞元十年。使至爲貞元九年十二月。本文則作於貞元十年初。

【輯評】

楊慎《升庵詩話》卷一「口脂」條：杜子美《臘日》詩：「口脂面藥隨恩澤，翠管銀罌下九霄。」唐制：臘日宣賜脂藥。李嶠有《賜口脂表》云：「青牛帳裏，未輟爐香，朱鳥窗前，新調鉛粉。揉之以辛夷甲煎，然之以桂火蘭蘇。」令狐楚表云：「雪散擁紅紫之名，香膏蘊蘭蕙之氣，合自金鼎，貯於雕奩。」劉禹錫有《代謝賜表》云：「宣奉聖旨，賜臣臘日口脂、面脂、紫雪、紅雪，雕奩既開，珍藥斯見，膏凝雪瑩，合液騰芳。」可補杜詩注之遺。

謝敕書賜春衣并尺表[一]

臣某言：去二月日，中使某至，伏奉敕書手詔，并賜臣春衣一副、牙尺一條，宸翰葳蕤，寵錫稠叠，捧受榮抃，如將不勝。臣聞衣裳在笥，與必有道；刀尺爲器，用惟其人。臣魯國小儒，漢庭下士，因緣霈澤，污染官牒。顔嘗忍愧，心不容憂。陛下仁發於中，惠周於外。矜臣以濕暑之患，賜之葛衣；念臣無忖度之能，降其寶尺。輕新有楚，廣狹不逾，被服而炎蒸坐銷，秉持而長短立辨。揆才量力，將何補於分寸；運肘延頸，實有塵於領袖。當期畢命，無以酬恩。臣無任。

【箋校】

［一］本文載《文苑英華》卷五九三、《全唐文》卷五四〇。文云「臣魯國小儒」；又云「矜臣以濕暑之患」；《爲桂府王中丞謝加朝議大夫表》云「臣泗濱諸生」，故知爲代桂管觀察使王拱作。酌訂作於貞元十年。

進白蕉狀[一]

右，伏以半夏欲生，正陽初王，將勝時熱，在新其衣。前件白蕉，先時織成，依價市得。光雖讓雪，疏不礙風。願充當暑之服，爰申任土之貢。干冒宸聰，無任戰汗。

【箋校】

［一］本文載《文苑英華》卷六四二、《全唐文》卷五四二。此「白蕉」指蕉布，產於南方。《新唐書·地理志七上·嶺南道》：「厥賦：蕉、紵、落麻。」可知爲代桂管觀察使王拱作。李調元《南越筆記》卷五：「蕉類不一，其可爲布者曰蕉麻，山生或田種。以蕉身熟踏之，煮以純灰水，漂澼令乾，乃績爲布。」

又進銀器物并竹鞋等狀[一]

右，伏以月維正陽，日次南午，千官拜稱觴之慶，萬國陳執珪之禮。將以嗣續聖壽，延洪昌期[二]，蓋朝廷之舊儀，乃臣子之常事。前件銀器等，或便於用，正當其時。慚經萬里之遥，願獻九天之上。塵黷宸鑒，無任戰懼。

【箋校】

[一] 本文載《文苑英華》卷六四〇、《全唐文》卷五四二。竹鞋，《全唐文》誤作「行鞋」。白居易《游豐樂招提佛光三寺》：「竹鞋葵扇白綃巾，林野爲家雲是身。」見《白居易集》卷三六。竹鞋亦南方産物，《新唐書·地理志七上·辯州陵水郡》：「土貢：銀、竹鞋。」可知亦代王拱作。

[二] 延洪昌期，《英華》校：「一作昌延洪期。」

降誕日進銀器物及零陵香等狀[一]

右，伏以千年元命之符，四月正陽之氣，出震吉日，繼乾良辰。黄河再清，冠中古之表德；恒星不見，掩西方之誕聖。前件器物，或堅白無玷，或馨香有聞，敢同率土之心，以續如天之壽。干冒宸扆，伏增戰越。

【箋校】

［一］本文載《文苑英華》卷六四一、《全唐文》卷五四二。文云「千年元命之符，四月正陽之氣」，知賀德宗降誕。德宗降誕爲四月，順宗正月，憲宗二月。《新唐書·地理志五·永州零陵郡》：「土貢：葛、笴、零陵香、石蜜、石燕。」知代王拱作。零陵香即蕙，入藥，見沈括《夢溪筆談》卷三及《補筆談》卷下。

爲羽林李景略將軍進射雁歌表［一］

臣某言：伏惟皇帝陛下某月日臨御某殿，射飛雁一隻，應弦而落，歡動宫闈，武暢環衛。中謝。臣家世爲將，揚聲朔野，弧矢之事，少嘗習焉。每張侯爲鵠，注鏃而釋，期於必中，十不一二。今則禽飛於青冥之際，箭發於倏忽之間，一聲劈雲，雙翼墜地。此皆神授審固，靈扶端直，以成陛下神武之威也。臣才質無取，蒙恩深厚，脱劍免胄之餘，輒思撰《射雁歌》一章，隨此上獻。誠不敢繼抗墜、列風雅，姑以抒下情、宣上德，附於《大武》之末，而登歌焉。無任歡抃怔營之至。

【箋校】

［一］本文載《文苑英華》卷六一一、《全唐文》卷五四〇。《舊唐書·李景略傳》：「尋爲靈武節度杜希全辟在幕府……回紇使至景略，皆拜之於庭，由是有威名。杜希全忌之，上表誣奏，貶袁州司馬。希全死，徵爲左羽林將軍。」同書《杜希全傳》云其「貞元十年正月卒」。可訂本文作於貞元十年。陸贄《聖人苑中射落飛雁賦》（以題爲韻次用）當亦作於此時。

爲昭義王大夫謝知節度觀察等留後表［一］

臣某言：中使第五守進至，奉宣敕旨，擢臣知節度觀察等留後。臣即以今月十八日上訖。非常之命，降自宸衷；不次之恩，猥加賤質。奉戴兢惕，罔知所圖。臣某中謝。臣内顧孱庸，素無器業，量力揣分，委質戎行。身居將列，朝絶親援，不識公卿之第，粗聞宰輔之名。雖學孫吴，未知七德之要；嘗師顔閔，不究六經之旨。愚惟守直，訥未近仁，顧瞻等夷，每愧劣薄。苟求寡過之地，竊慕事君之道。束髮筮仕，逢盛時以自怡；執心許國，遇暗室而增懼。臣之愚素，敢忘恩榮！頃以陪臣，獲隨覲見。比辭瑶陛，瞻睹天顔。遂因頒慶，竊膺寵錫。自謂生足榮矣，死無恨矣。豈意聖慈焕發，睿奬曲成，拔自轅門，寄之藩閫。洎天心特達，因屈朝章；而人望乖疏，必速官謗。内念惶灼，浩無津涯。且上黨重鎮，赤狄遺人，師旅薦興，風俗難理，猛則生怨，寬不知恩。鄰接强暴，地當關塞，加之以仍歲灾沴，不足以兩税徵科。軍政稍乖，壓覆是懼。臣雖竭股肱之力，瀝肝膽之誠，不知何以上答乾坤，少裨塵露云云。

【箋校】

［一］本文載《文苑英華》卷五八四、《全唐文》卷五四〇。昭義王大夫爲王虔休。虔休原名延貴，貞元十年六月，昭義軍節度使李抱真卒，延貴權知昭義軍事。七月，爲昭義節度留後，見《舊唐書·王虔休傳》。《舊唐書·德宗紀下》：「（貞元十年）秋七月壬申朔，以邕王源爲昭義軍節度使，以昭義軍押衙王延貴爲潞府左司馬、充昭義節度留後，賜名虔休。」故知本文作於貞元十年。

爲石州刺史謝上表［一］

臣某言：伏奉某月日恩制，授臣石州刺史、持節石州諸軍事。謹以某月日到所部上訖。祇奉明命［二］，伏深戰越。臣某中謝。臣本瑣材，素無明略。雖被堅執鋭，曾立絲髮之功；而化人成俗，未知韋弦之政。豈意陛下録其微效，忘此無能［三］，付臣以六條之法，委臣以千里之地。况離石古郡，洪河巨防，官惟其人，位不虚授。内顧庸劣[四]，將焉克堪？暫當宣陛下之風，達其堙鬱；布陛下之澤，潤其枯槁。少助神化，微分聖憂。然後退居農畝，以避賢路[五]。臣不勝悃款屏營之至。

【箋校】

［一］本文載《文苑英華》卷五八六、《全唐文》卷五四〇。本文當爲代元韶作。令狐楚《白楊神新廟碑》：「乙亥歲，今尚書隴西李公（説）廉刺并部，選第郡政之尤異者，得昌化守南康郡王河南元韶。」昌化即石州。乙亥爲貞元十一年。前引楚文又云：「初南康之典化，顧嘗客焉。」是令狐楚曾於石州謁見元韶，故以爲代元韶作。元韶貞元十一年移代州刺史，可大致確定本文作於貞元十年。

［二］奉，《英華》校：「一作拜。」

［三］忘，《英華》校：「一作委。」《全唐文》作「委」。

［四］顧，《英華》校：「一作揣。」

［五］以，《英華》校：「一作違。」《英華》於文末云「一作皆《唐類表》」。

卷第二　表狀二

爲太原李少尹謝上表[一]

臣某言：伏奉恩旨，授臣太原少尹兼御史中丞、充河東節度使行軍司馬。祗承榮命，以感以懼。臣某中謝。臣器質凡下，行能無取，父母生之，陛下知之。頃陷官謗，會從吏議，伏賴陛下聖明，乃得全活。既而肩隨多士，掌領孤兒，警夜巡晝，庶將終老。跼天蹐地，誓不違遠。豈意陛下不量臣之能否，拔自近侍，貳於大藩。且御史丞執憲之任，府少尹理民之官也，軍司馬握兵之職也，皆須率其屬以贊其長，必國之良，猶懼不稱，況於疲病，安所堪任。此臣所以行思坐念，常恐失墜。以某月日到府上訖。伏以太原建國，興王大都，嘵囂五氏，合還萬室，動見指視，甚難爲理。唯禀謨猷於廊廟，同心力於幕府，勤以臨事，清而處身。至若上分乃眷之憂，下塞具瞻之望，雖欲自勵，終非所能。離去殿階，已彌旬月，攀望不及，腸迴目斷。無任云云。

【箋校】

［一］本文載《文苑英華》卷五八九、《全唐文》卷五四〇。太原李少尹爲李景略。《舊唐書·李景略傳》：「時河東李説有疾，詔以景略爲太原少尹、節度行軍司馬。」年月則史無明文。考李説貞元十一年五月爲河東節度留後知節度事，《舊唐書·李説傳》載監軍王定遠與説有隙，定遠欲謀殺説，不果，遂假傳聖旨：「有敕，令李景略知留後，遣説赴京，公等皆有恩命。」事敗，墜城而死。《資治通鑑》卷二三五繫此事於德宗貞元十一年七月。可知李説升任河東節度留後，朝廷即命景略爲太原少尹、河東節度行軍司馬。故訂本文作於貞元十一年六月。

謝敕書手詔慰問狀［一］

右，某月日，中使某至，伏奉敕書手詔，慰問臣及將士參佐等，并賜臣官告旌節，兼宣口敕，授臣節制者。臣伏以聖澤汪洋，高卑盡滿；皇明照耀，微細不遺。内愧瑣材，上煩慈旨，朝聞夕惕，豈復遑寧；夜思晝行，不敢失墜。今者三軍輯睦，萬井歡康，皆憑天威，盡出宸算。慚將孱劣，虚受恩榮，某月日已差衙官某奉表陳謝訖。無任感戴之至。

【箋校】

［一］本文載《文苑英華》卷六三〇、《全唐文》卷五四一。據《舊唐書·李説傳》，貞元十一年五月以通王諶爲河東節度大使、北都留守，不出閤。以説爲行軍司馬，充節度留後、北都副留守，尋正拜河東節度使、檢校禮部尚書。本文云：「賜臣官告旌節」、「授臣節制」，當爲代李説作於正拜河東節度使時。李説正拜節度使在王定遠事件後。《舊唐書·德宗紀下》、《資治通鑑》卷二三五皆繫王定遠事件於貞元十一年七月，故訂本文亦作於是年七月。

爲太原李説尚書進白兔狀［一］

右，臣得嵐州刺史趙侹六月二十九日狀稱［二］，嵐州合河縣太平鄉大慶村收穫前件白兔，差行官李希林送到者。臣謹按《瑞應圖》曰：「白兔壽千年，滿五百則色白。」又曰：「王者恩加耆老，則白兔見。」臣伏以白惟正色，兔實仁獸，來皆有爲，出必以時。伏惟陛下聖壽無疆，神功不宰，是故太陰精魄，降以爲瑞。皓質玉立，素毛霜垂，清明不讓於殷狼，皎潔可齊於周鹿。況村爲大慶，鄉號太平，無爲而成，不索而獲。協元符之一氣，彰皇德於千齡。雖標中瑞之科，實應太廟之曲［三］。臣忝守藩鎮［四］，睹兹休祥，無任抃躍歡慶之至。

【箋校】

［一］本文載《文苑英華》卷六四二、《古今圖書集成·庶徵典·獸異部》、《全唐文》卷五四二。《英華》於作者名下注云「貞元十二年」。即本文作年。

［二］趙侹，《全唐文》作「趙挺」。

［三］曲，《英華》校：「前篇作典。」「前篇」謂同書卷六一二重出者。今《英華》卷六一二只存其目。

［四］藩，《英華》校：「前篇作方。」

賀劍南奏破吐蕃表[一]

臣某言：當道進奏院狀報，六月某日劍南節度使韋臯狀奏，破吐蕃五千餘衆，生擒大酋官七人，陣上殺一百五十餘人，收穫牛馬四百餘頭匹，器械一千五百餘事者。吉語遠及，歡聲相接。中賀。臣聞順實臣道，伏頭者至柔而全[二]；禮爲天經[三]，無禮者雖衆必敗。陛下君臨萬國，天覆兆人，恩覃於幽微，澤及乎荒遠。蠢茲蕃醜，假息西陲。惟天地含弘之心，未能翦滅；以豺狼貪戾之性，輒欲陸梁[四]。爰整其師，不攻而取，此皆降睿略於一豐，頒明謀於閫外，制士之死命，得人之歡心。所以殪戎如羊，破虜若虱，驅彼牛馬，獲其侯王。威加於殊域，武暢於群動，自然赤山之壤可蹈，青海之波可涉。必當封土刻石，以垂天聲。戎臣司武，獲睹其慶。不勝歡抃之至。

【箋校】

〔一〕本文載《文苑英華》卷五六七、《全唐文》卷五三九。《英華》題下有「德宗」二字。《舊唐書·德宗紀下》：「（貞元十三年六月）壬午，韋皋奏於巂州破吐蕃，生擒大籠官七人，馬畜器械不可勝紀。」又《吐蕃傳下》：「（貞元十三年）五月十七日，吐蕃於劍南山、馬嶺三處開路，分軍下營。僅經一月，進軍逼臺登城。巂州刺史曹高任率諸軍將士并東蠻子弟合勢接戰，自朝至午，大破之。生擒大籠官七人，陣上殺獲三百人。」可知即指此次戰事，故訂本文作於貞元十三年六月。本文爲代李説所作。

〔二〕伏頭，《全唐文》作「仗順」。疑當作「伏順」。

〔三〕天經，《全唐文》作「大經」。

〔四〕欲，《英華》校：「一作肆。」

賀修八陵畢表〔一〕

臣某言：得進奏院狀報，八月十五日，百寮於宣政殿賀修八陵畢〔二〕。伏惟陛下行通神明，孝彰天地，深懷遠慕，嚴奉諸陵。臺階元臣，展敬以祇命；甸服蒸庶，忘勞而陳力。薙青蕪以疏徼道，掃紅腐而净藩園。崇固護於岡陵，增肅清於松柏。漢朝充奉，徒見其遷人；魏時向望，空聞夫作樂。方今大禮，彼實缺然。天下臣妾，不勝幸甚。况臣名編竹籍，屬忝葭莩，感慶之誠，倍百恒品。

【箋校】

［一］本文載《文苑英華》卷五七一、《全唐文》卷五三九。《舊唐書·德宗紀下》：「（貞元十四年）甲午，崔損修奉八陵寢宫畢，群臣於宣政殿行稱賀。」漏載月份。《文苑英華》卷五七一權德輿《代中書門下賀八陵修復畢表》，文後注云：「貞元十四年八月十七日。」可知爲八月事。本文即作於此時。代李説作。

［二］政，《英華》校：「《類表》作和。」

賀靈武破吐蕃表［一］

臣某言：臣得朔方節度使李欒牒稱，十一月二十日大破吐蕃者。千里喧傳，三軍快抃。

臣某誠歡誠喜，頓首頓首。臣聞天生四夷，用别荒服；國有二柄，誰能去兵。伏惟陛下臣妾兆人，庭衢六合，溟波静息，車軌混同。萬里清平，三分底定。而吐蕃膻腥醜類，狂狡陰計，乘陵凍草，妄竊邊疆。相鼠無牙，安能穿屋；羝羊羸角，徒欲觸藩。是以神聖啓其將心，忠勇成於士力。兵既落於天上，虜乃陷於彀中[二]。箝口之馬，僨車而縶者千蹄[三]；辮髮之人，爲俘輿尸者萬指。降旗載路，棄甲滿野。遥知水赤，坐想風腥。此皆宗社儲靈，朝廷决策，破碎戎膽，振騰天威。凡百人臣，不勝踴躍。臣某未申絲髮，謬總旗旌，欣歡憤激，倍萬恒品。所守有限，不獲稱慶。

【箋校】

［一］本文載《文苑英華》卷五六七、《全唐文》卷五三九。《英華》題下有「德宗」二字。《舊唐書·德宗紀下》：「（貞元十四年十月）庚子，夏州韓全義奏破吐蕃鹽州。」又見同書《吐蕃傳下》。戰事發生於十月，然本文云：「臣得朔方節度使李欒牒稱，十一月二十日大破吐蕃者」，月日未確。李欒貞元十一年五月爲靈州大都督府長史、朔方靈鹽豐夏四州、受降、定遠城、天德軍節度副大使知節度事、管内度支、營田、觀察、押蕃部落等使，元和二年入爲户部尚書，薨。見《舊唐書·德宗紀下》、韓愈《息國夫

人墓志銘》。本文作於貞元十四年十一月，爲代李説作。

〔二〕乃，《英華》校："一作果。"

〔三〕蹄，《英華》校："一作嗷。"

代李僕射謝賜男絹等物并贈亡妻晋國夫人表〔一〕

臣某言：臣得進奏院狀報，三月二十五日，本道監軍李輔光奉宣進止，賜臣男公敏絹五十匹，衣一副，著蓋碗一并合，發遣往東都辦護喪事。至二十六日伏奉敕，賜臣妻博陵郡夫人崔氏晋國夫人。欽承明命，以悲以歡。臣某中謝。臣某帝枝末屬，天壤微生，幸偶升平，叨居要劇。生成之德，無以奉於君親；封賞之榮，豈望及於妻子。今者一門之内，二日之中，王澤浹於幽明，天光蟠於高下。受恩過厚，忍愧逾深。且翦葉爲珪，晋封所以稱其大；織縑如雪，班女由是咏其妍。既耀溢於親疏，實感纏於存殁。未知所答，難以自陳。空知想泉路以傷心，仰天衢而稽首。所守有限，未獲陳謝。無任。

【箋校】

［一］本文載《文苑英華》卷五九七、《全唐文》卷五四〇。《英華》題作《謝賜男絹等物并贈亡妻晋國夫人表》，下注：「代人作。」李僕射爲李説。據兩《唐書·李説傳》：説卒，贈右僕射。生前未加此銜，知文題爲後來所加。據文意，李説妻卒，其子公敏奉詔赴東都辦護喪事。《代李僕射謝子恩賜第四狀》云：「臣自領北藩，於今五稔。」説貞元十一年領河東節度，至貞元十五年恰爲五年。故以爲其妻卒，及公敏赴都皆爲貞元十五年事。李説爲淮安王李神通之後，《新唐書·宗室世系表上》：「河東節度使説，字嚴甫。」長子「太子通事舍人公敏」。

代太原李僕射慰義章公主薨表［一］

臣某言：得進奏官狀報［二］，義章公主今月九日薨，輟朝七日者［三］。臣伏聞公主分輝帝籍，擢秀皇闈。麗有掩於舜華，纔成下嫁；慶初傳於螽羽，奄見上仙［四］。伏惟陛下仁愛方深，恩慈所屬，始其凋謝，軫以悲傷。臣限守邊陲，忝聯枝葉，不獲陪位奉慰。無任哀塞凄愴戀結之至。

【箋校】

［一］本文載《文苑英華》卷五七一、《全唐文》卷五四〇。《唐會要》卷六《公主》：「德宗十一女……義章，降張茂宗。尋薨，贈鄭國，謚莊穆。」未言卒於何年。考義章公主於貞元十三年出降，見《舊唐書·張茂宗傳》。又《舊唐書·吴湊傳》：「文敬太子、義章公主相繼薨殁，上深追念，葬送之儀頗厚。」文敬太子李謜卒於貞元十五年十月，見《舊唐書·德宗順宗諸子傳·文敬太子李謜》，故以爲義章公主亦卒於是年。《唐會要》卷一九《公主廟》：「貞元十五年七月十五日，追册……故義章公主爲鄭國莊穆公主。」則義章卒於七月前。本文爲代李説作。

［二］官，《英華》校：「《類表》作院。」

［三］七，《英華》校：「《類表》作三。」

［四］見，《英華》校：「一作有。」

奏教習長槍及弓弩狀［一］

右，淮泗寇猶或未除［二］，天下人臣，皆思奮擊。臣伏以射渠魁之目，勁弩爲先；舂大憝之心，長槍是切。比雖兼習，多不專精。臣今選定前件官健，取八月四日於城東起教，不敢不奏。

【箋校】

〔一〕本文載《文苑英華》卷六四三、《全唐文》卷五四二。《舊唐書·吴少誠傳》：「（貞元）十五年，陳許節度曲環卒，少誠擅出兵攻臨潁縣，節度留後上官説遣兵赴救，臨潁鎮使韋清與少誠通，救兵三千餘人，悉擒縛而去。九月，遂圍許州。尋下詔削奪少誠官爵，分遣十六道兵馬進討。」《舊唐書·德宗紀下》載貞元十五年八月丙辰下制削奪吴少誠官爵，命諸道進兵討之。此次討吴少誠，河東亦爲出兵助討之十六道之一，故訂本文作於貞元十五年八月。爲代李説作。

〔二〕除，《英華》校：「一作掃。」

奏教當道兵馬狀〔一〕

右，臣伏以不教視戍，爲國之蠹政；有備無患，前王之格言。今吴少誠叛涣汝南，憑陵淮右，雖烏鳶嘯聚，見彈已驚；而枳棘萌生，須鋤其本。昨臣所陳章奏，願往討平，及奉詔書，但令排比。在軍中之百事，誠有舊規；以麾下之萬人，要知新令。謹取今月二十五日於城東準敕教習〔二〕，至二十九日大設後各勒歸本鎮，不敢不奏。

【箋校】

［一］本文載《文苑英華》卷六四三、《全唐文》卷五四二。作於討吴少誠時。代李説作。

［二］城東，《全唐文》作「東城」。

奏排比第二般差撥兵馬狀［一］

右，臣伏以逆賊吴少誠，孤負聖明，作爲奸亂，尚延晷刻之命，未即雷霆之誅。天下人臣，皆同憤激。况臣任當旄鉞，誓掃烟塵。割肌肉以資軍，亦無所苦；執干戈而衛國，惟恐不堪。况將士等忠義居心，堅剛挺質，勇於戰陣，樂此征行。臣謹差前件兵馬如前，其資裝器械一事已上，并無所闕，續具發日聞奏。仗其忠順，兵氣自雄；諭以功名，衆心皆勵。剗兹窮寇，非足勞師。伏望天恩，不至憂軫。

【箋校】

［一］本文載《文苑英華》卷六四三、《全唐文》卷五四二。本文亦作於河東軍助討吴少誠時，爲貞元十五年八月。代李説作。

奏差兵馬赴許州救援并謝宣慰狀[一]

右，中使巨希倩至[二]，伏奉詔書，兼宣恩旨，慰問臣今差前件兵馬者。臣伏以吴少誠内懷奸詐，上負聖明，因幸鄰喪，遂虧臣節，提携逆黨，逼迫孤城。凡在忠良，不勝憤切。况臣謬居方鎮，便合討平。伏蒙陛下委曲照臨，丁寧誨諭，感概而毛髮盡勁，憤啓而肺腸皆激。諸軍會合，計日翦除。當道兵馬差定訖，已具列狀奏聞。

【箋校】

［一］本文載《文苑英華》卷六四三、《全唐文》卷五四二。據《舊唐書·吴少誠傳》：貞元十五年八月，陳許節度使曲環卒，少誠出兵擅攻臨潁，九月圍許州。本文當作於貞元十五年九月。代李説作。

［二］巨希倩，《全唐文》誤作「臣希倩」。巨爲姓氏，唐有巨雅，見王昶《金石粹編》卷一〇六；術士巨彭祖，見《舊唐書·歸崇敬傳》。

爲人作謝賜行營將士匹段并設料等物狀[一]

右，臣得行營兵馬使李黯狀報，伏蒙聖恩，賜前件匹段設料者。伏以懷生之類，莫非王臣；有事之時，惟聽君命。今者天誅小醜，恩施群雄，豈謂偏裨，皆蒙賜賚。需以飲食比肩，而膚革充盈；賁於束帛連袂，而衣裳華楚。空知飽德，何以勝恩，兢堅摩壘之心，争竭拘原之力。臣叨居將帥，誓掃寇仇，感戴屏營，倍百恒品。

【箋校】

［一］本文載《文苑英華》卷六二九、《全唐文》卷五四一。本文爲代李説作，亦作於助討吴少誠時。關於李黯，《舊唐書·馬燧傳》載討李懷光，貞元元年軍次寶鼎，敗賊騎兵於陶城，前鋒將李黯追擊之，射殺賊將徐伯文。當即此李黯。《全唐詩》卷四八六鮑溶有《贈李黯將軍》。

爲人謝賜行營將士襖子及弓弩狀[一]

右，臣得兵馬使李黯狀，伏蒙聖恩賜前件物等者。伏以狂賊未平，偏師在遠。臣并全支器械，厚給衣裝。陛下念以戰争，矜其寒苦，特頒星使，猥降天波。衣絮八蠶之綿，暖如狐腋；弓纏九牛之角，勁若烏號。頒及連營，來從内府。遥知被服，皆不憚於兵鋒；緬想操張，盡將穿於虜骨[二]。歡聲感動，勇氣蒸騰，信山嶽之可移，豈妖氛之足滅。臣名叨將帥，志掃寇讎，沐恩澤而空深，效勤勞而尚淺。誓將忠懇，以勵驍雄。所守有限，不獲陳謝。

【箋校】

［一］本文載《文苑英華》卷六二九、《全唐文》卷五四一。本文爲代李説作，亦作於助討吴少誠時。

［二］盡，《英華》校：「一作悉。」

爲人作奏薛芳充支使狀[一]

右件官藴蓄公才，精勤吏道，文章史傳，無不該通。大曆末則與臣及徐泗節度使張建封同事故馬燧作判官。建中三年，曾以公事直言，不合其意，遂被奏授交城縣令。及有政績褒然，疲羸悉安，徵賦皆辦。臣以其四居畿令，兩任法官，有學有才，堪爲賓佐。委令推斷，無不詳平；與之籌畫，多所裨益。相諳相識，二十餘年。滯屈最深，實希榮奬。伏望天恩特賜改官，充臣觀察支使。

【箋校】

［一］本文載《文苑英華》卷六三八、《全唐文》卷五四二。文云「大曆末則與臣及徐泗節度使張建封同事故馬燧作判官」，李説曾爲馬燧從事，見《舊唐書·李説傳》，可知此文爲代李説作。又云「相諳相識，二十餘年」。以大曆十四年計，至貞元十五年爲二十一年，故知本文約作於貞元十五年。薛芳爲薛苹之兄，見《新唐書·薛苹傳》。《全唐文》卷四九七權德輿《大唐浙江西道都團練觀察等使潤州刺史兼御史大夫河東郡公薛公（苹）先廟碑銘并序》云「公之母兄曰芳，雅有器幹，爲北都命介」，即謂此。

爲太原李説尚書進白兔第二狀［一］

右，貞元十二年六月，嵐州刺史於州界太平鄉獲白兔一隻，臣已并圖進獻，死於中路［二］。惜其誕生靈質，不達明庭；誠意所求，禎祥薦至。今又得狀，宜芳縣孝義鄉百姓王貞收得前件白兔送到者。臣謹按《瑞應圖》云：「王者仁及鳥獸，則白兔見。」臣伏以兔之爲獸，毚狡者多；獸之有毛，龐雜者衆。臣觀前件兔，皓然養素，恬爾守柔，處群萃以自殊，抱貞明而不污。皎如疊雪，燦若凝霜。克生孝義之鄉，實表中和之化。伏惟皇帝陛下恩覃動物，澤及毛群，方弘三面之仁，果應千齡之瑞。若非上天慈惠，下土清平，則安得四年之中，再見其地？信可以摛皇上之懿德，薦臣子之明誠。昭彰可徵，肸蠁如答。臣睹兹潔朗，宛在封疆，踴躍欣歡，實倍恒品。謹遣某官某并圖隨狀奉進。

【箋校】

［一］本文載《文苑英華》卷六四二、《全唐文》卷五四二。《英華》題作「同前」，《全唐文》題作「第二狀」，皆列《爲太原李説尚書進白兔狀》後。文云：貞元十二年曾於嵐州太平鄉獲白兔一隻，進獻時斃於中路，「四年之中，再見其地」，知爲貞元十五年事，即此文作年。

［二］死，《英華》校：「一作斃。」

代李僕射謝男賜緋魚袋表［一］

臣某言：臣得進奏院狀報，今月七日，聖慈召臣男公敏令對見，其日中使馬承倩奉宣進止，賜緋魚袋。欽承失圖，啓處無地。臣某中謝。臣才非動衆，勇不兼人。仰緣枝葉［二］，獲展筋力。荷天百禄，幸據於周詩；遺子一經，誠慚於漢史。男公敏義方未教，容止無儀。伏蒙陛下召入清禁之中，立於丹墀之下，遠憂顛沛，伏用兢惶。特受宸恩，榮綰朱紱[三]，生成之功不次，浸潤之澤無涯。重若戴山，輝如衣錦。匈奴未滅，方忍耻於愚臣；童子何知，復蒙恩於聖主。六姻交賀，百衆同歡。空竭節於邊陲，豈酬仁於覆載。銘膚鏤骨，不敢殞墜。所守有限，不獲陳謝。臣無任感激屏營之至。

【箋校】

［一］本文載《文苑英華》卷五九一、《全唐文》卷五四〇。本文當作於李説子李公敏赴京都時，約爲貞元十五年事。

［二］仰，《英華》校：「一作抑。」

［三］「特受宸恩，榮綰朱紱」二句，《英華》校：「八字《類表》作『豈意明命曲臨，榮光下燭。小觿猶佩，忽帶金章；褐衣纔解，便綰朱紱』。」

代李僕射謝子恩賜第二狀[一]

右，臣得男公敏狀，今月十八日，中使王希朝到院，奉宣聖旨，緣臣男患耳，賜絹一百匹以充藥直，并遣醫人劉江診療者。臣自受國恩，已更歲序，其於功績，絲髮未伸，夙夜憂兢，不知所處。男公敏昨緣耳疾，今赴上都，素乏義方，未能典謁。豈意陛下惻隱之德，俯加於纖芥；敦睦之慈，旁流於枝葉。殊恩猥及，渥澤曲臨，特降醫工，厚賚藥直。雖犢之疾，料即痊除；君親之恩，何可報效？榮光燭於府舍，喜氣溢乎閨門。恩深命輕，繼以感泣。戎役有限，未獲躬詣闕庭陳謝。不勝感戴。

【箋校】

［一］本文載《文苑英華》卷六二九，列《爲人作謝子恩賜狀五首》其二。《全唐文》卷五四一題作《第二狀》，列《代李僕射謝子恩賜狀》後。其實第二、第三之稱僅是《英華》等書的編排次序，并非表示作年之先後。李僕射爲李説。據文意，説子公敏因耳疾赴京治療。《代李僕射謝子恩賜第四狀》云：「臣自領北藩，於今五稔。」李説貞元十一年節鎮河東，則知本文作於貞元十五年。

代李僕射謝子恩賜第三狀［一］

右，臣得進奏官趙履温狀報，中使姚文嵩到院，奉宣進旨，賜臣男公敏冬至節料羊、酒、麵等。伏以愚臣在邊，賤等螻蟻；弱子兼疾，微如塵埃。豈意陛下施惠必均，推恩皆及。屬登臺以望之日，降其出如綸之言，錫香醪而滿壺，頒肥羜以盈几。伏自惟念，不勝所蒙。一門驚莫大之榮，百衆賀非常之慶。未知報效，空積慚惶，日月高明，照臣忠懇。所守有限，未獲躬詣闕庭陳謝。不勝感戴戀結之至。

【箋校】

［一］本文載《文苑英華》卷六二九，列《爲人作謝子恩賜狀五首》其三。《全唐文》卷五四一題作《第三狀》，列《代李僕射謝子恩賜第二狀》後。文云「弱子兼疾」，知作於李公敏赴京治病時。又云「賜冬至節料」，則作時已爲貞元十五年十一月。

謝賜臘日口脂紅雪紫雪曆日等狀［一］

右，中使董文萼至，伏奉詔書慰問臣，并宣恩旨，賜臣前件物等者。臣伏以天書垂露，御歷頒年，靈膏有瓊液之容，仙散擬雪花之狀。司天推步，定分至於四時；尚藥煎和，辨君臣於百品。無不關於睿想，發自宸衷。下錫勛烈之臣，猶無過分［二］；幸霑庸微之質，實所難勝。況乏潤身之資，欣蒙苦口之利。謹當奉揚節候，下告於萬人；宣播光輝，旁誇於九族。殊私未答，渥澤逾深，夙夜寢興，不任感戴。

【箋校】

［一］本文載《文苑英華》卷六三一、《全唐文》卷五四一。代李説所作《爲人謝賜男歲節料并口脂臘脂等狀》云「前因臘日，已降使臣」，即此文事。可知本文作於貞元十五年十二月。

［二］猶無，《英華》校：「一作獨不。」

爲人謝賜男歲節料并口脂臘脂等狀[一]

右，臣得男公敏狀稱，伏奉恩旨，賜歲節料麵兩石，羊一腔，酒五斗，口脂、臘脂、紅雪各一合者。臣謬以庸虛，叨塵任使[二]。陛下前因臘日，已降使臣，既霑澤口之膏，又賜雪煩之散。一從捧受，實未遑寧。豈疲病小男，復蒙寵賜[三]。酒漿口腹，充溢於杯盤；藥餌脂膏，馨香於懷袖。雖君父用賞延之義，微細不遺；而臣子非立功之人，光輝斯極。豈德澤之私於一物，俾恩波之重若三山。夙夜寢興，以榮爲懼。戎守有限，不獲陳謝。無任感慶屏營之至。

【箋校】

[一] 本文載《文苑英華》卷六三一、《全唐文》卷五四一。文云「臣得男公敏狀稱」，又云「疲病小男」，知爲代李説作，且作於其子李公敏赴京療疾時，即貞元十五年十二月。

[二] 塵，《英華》校：「一作膺。」

[三] 賜，《英華》校：「一作錫。」

代李僕射謝子恩賜第四狀[一]

右，臣得進奏院狀報，前月二十九日，中使某至，奉宣進旨，賜臣男公敏歲料、羊酒、麴等。臣自領北藩，於今五稔，曾無明略，以奉大猷。孤直愚忠，未足報陛下萬分之一。男公敏伏緣醫療，勒赴京都，尚未平除，爰逢歲節。豈意翾蜎微物，飛舞於東風；靃靡輕生，霑濡於春雨。降少牢而頒賜，迂中使以宣傳，麴起玉塵，酒含瓊液。鼷鼠飲河之腹，闐以滿盈；老牛舐犢之心，喜無終極。深恩似海，弘覆如天。寧惟感激一門，實亦光明九族。何階報答，終日慚惶。空將許國之身，誓竭在邊之力。所守有限，不獲陳謝。無任感恩抃躍之至。

【箋校】

〔一〕本文載《文苑英華》卷六二九，列《爲人作謝子恩賜狀五首》其四。《全唐文》卷五四一題作《第四狀》，列《第三狀》後。文云「賜臣男公敏歲料」，知爲十二月事；又云「前月二十九日」，蓋本文已作於貞元十六年矣。

【輯評】

高步瀛《唐宋文舉要》乙編卷二：隸事生動，猶得子山（庾信）遺意。

代李僕射謝子恩賜狀〔一〕

右，臣得進奏院狀報，中和日伏蒙天恩，賜臣男公敏内宴，并賜前件綾羅三十匹、銀碗一者。臣伏以桃花始開，蓂莢初吐，陛下式崇佳節，以慶仲春。舞八卦於廣庭，陳四詩於别殿。道光在鎬，義冠濟汾，蓋所以勞徠勳賢，昭明慈惠。男公敏年方童幼，智乏老成，何殊一芥之微，忽宴九天之上。乳口而餐嘗鼎食，青衿而陪列朝班，越次之恩已深，逾涯之賜仍及。色絲成匹，爛盈其箱篋；白金爲器，皎映於杯盤。澤流而九族皆榮，信至而萬夫相慶。生子如父，無功則同；知臣者君，報德何日？徘徊官次，喜懼交并。戎守有限，不獲陳謝。無任感恩結戀屏營之至。

【箋校】

［一］本文載《文苑英華》卷六二九，列《爲人作謝子恩賜狀五首》之首。題從《全唐文》卷五四一。李僕射爲李説。本文當作於李説子李公敏赴京都後。文云「中和日伏蒙天恩」，自貞元五年起，以二月一日爲中和節，見《舊唐書·德宗紀下》。故酌訂本文作於貞元十六年。

代李僕射謝子恩賜第五狀[一]

右，臣得奏院狀報，二月二十九日，中使某至，奉宣進旨，賜臣男公敏寒食節料、羊酒、麵等。至二十一日，中使某又宣賜麥粥、餅餤者。臣伏以天地之恩，所加斯厚；君臣之義，有感則深。臣自守近藩，曾無薄效，緣恩據義，以月繫年。男公敏未識憲章，獲參班序，每因令節，又沐殊私。頒首之羊，委其全體；擢芒之麥，散以輕塵。粥既擬於瓊膏，餤有同於萍實。出爲寵錫，皆申上帝之心；食以充盈，莫非小人之腹。涓毫未展，饕餮已頻。常懷覆餗之憂，有忝分甘之施。苟仁之逮下，微物敢讓於生成；如澤或因臣，瑣質何堪於負荷。官守有限，不獲陳謝。無任感恩抃躍之至。

【箋校】

〔一〕本文載《文苑英華》卷六二九，列《爲人作謝子恩賜狀五首》其五。《全唐文》卷五四一題作《第五狀》，列《第四狀》後。本文云「二月二十九日中使某至」，故訂本文作於貞元十六年二月。然後又云「至二十一日」，疑前「二十九日」爲「十九日」之訛。

代李僕射謝子恩賜第六狀〔一〕

右，臣得進奏院狀報，今月九日，中使李朝誠到院，奉宣進旨，賜前件節料麵、肉等。次十日，中使徐智嚴奉宣聖旨，又賜麥粥、餅餤者。寵榮便繁，錫賚稠疊，或陳於廊廡，或貯在樽壺。酒可駕車，麵疑經市，而况屑杏實以爲粥，味甜於蜜；卷牢肉以成餤，規大於拳。皆出御厨，無非仙饌。面墻之目，未嘗窺風；含糗之口，忽此捧嘗。恩逾涯分，榮冠倫列。在微臣而過幸，日益憂兢；念小子之何知，無由答效。身輕施重，負荷難勝。所守有限，不獲陳謝。無任抃躍之至。

【箋校】

［一］本文載《文苑英華》卷六二九，題作「同前」，列《爲人作謝子恩賜狀五首》後，作者名被塗。《全唐文》卷五四一題作《第六狀》，列《第五狀》後。本文未有「賜臣男公敏」字樣，然云「念小子之何知」，故仍以爲代李説謝子恩賜之作。

賀韓僕射充招討使狀［一］

右，中使巨希倩至［二］，伏奉詔書，吴少誠比令招討，都不悛心，今以韓全義充蔡州行營招討處置等使，臣當軍兵馬，令取全義指揮。上官説充招討副使。令臣使人詣行營所撫慰將士［三］，仍令激勵。臣伏見逆賊吴少誠殘喘微生，驟飛賤品，敢違帝命，來即靈誅。陛下天覆爲心，雲行其德。念日月所照，九州攸同；哀陷阱之中，一夫不獲。懸申詔旨，開賜生全。而長惡未悛，執迷不復，凶逾殛鯀，聲極吠堯。今既慎選武臣，盡驅猛士，威聲先路，實勵於震霆；翦滅克期，必同於沃雪。欣歡奮激，倍百恒情。當道應行營將士等悉懷感怒，畜力俟奮。指蹤示處，既以得人，致命捐軀，必應無敵。臣即準詔差人專往慰諭，仍切加激勵，冀申微效，用答深恩。不任悃款之至。

【箋校】

［一］本文載《文苑英華》卷六三七、《全唐文》卷五四二。韓僕射爲韓全義。《舊唐書·德宗紀下》：「（貞元十六年）二月己酉，以左神策行營、銀夏節度等使韓全義爲蔡州行營招討使，陳許節度使上官説副之。」《資治通鑒》卷二三五唐德宗貞元十六年：「春正月，恒冀、易定、陳許、河陽四軍與吴少誠戰，皆不利而退。夏綏節度使韓全義本出神策軍，中尉竇文場愛厚之，薦於上，使統諸軍討吴少誠。二月乙酉，以全義爲蔡州四面行營招討使，十七道兵皆受全義節度。」可知本文作於貞元十六年二月。爲代李説作。

［二］巨希倩，《全唐文》誤作「臣希倩」。

［三］詣，《英華》校：「一作於。」

賀行營破賊狀［一］

右，臣得當道行營兵馬使李黯狀報，今月十三日於故信州城下破賊三千人，斬首七百餘級者。臣伏以舉趾或高，則無所措，退藏多密，罔或不亡［二］。逆賊吴少誠用己之愚，劫人爲惡，唯日不足，謂天可逃。自韓全義禀受廟謀，總齊力士，横行於境，深入其郛。兵纔交鋒，寇已亂轍。以羸師之骸，罣罥穢草而腥林；疲馬之命，委離裝壕而咽塹。實由奪其信幟，拔彼懸門，遂使戰野者不知所歸，守陴者無從而出。凶徒風散，叛卒星分，亦足以快帝怒於高天，宣皇威於下土。况臣任當旄鉞，誓掃氛祲，慶抃之情，實萬恒品。所守有限，不獲稱賀闕庭。無任屏營之至。

【箋校】

［一］本文載《文苑英華》卷六三七、《全唐文》卷五四二。作於討吴少誠時，約爲貞元十六年四月。代李説作。李黯見《爲人作謝賜行營將士匹段并設料等物狀》箋校［一］。

［二］亡，《英華》校：「一作知。」

賀行營破賊第二狀［一］

右，臣得當道行營兵馬使李黯狀報，諸軍兵馬，四月十七日從臨潁縣三道齊進，二十七日過溵水縣張村下營，問探知桑林中有賊，遂與接戰，大破賊軍，擒生斬級，不知其數者。臣伏以天道無親，助其效順；人生有欲，患在不安。今逆賊吴少誠深入禍門，自沉罝罟，執迷不復，謂暴無傷。去至安而即甚危，棄大順而爲巨逆，避日月之照，干雷霆之誅，尚假息於寸陰，敢偷生於數刻。今者將從天落，兵若山行，濟溵水而不濡，隔偃城而欲斷。長蛇之首尾如截，應接自難；狡兔之窟穴已焚，死亡無所。方當破竹，猶繫苞桑，剩鋭氣以長驅，抗威棱而直指。困雖猶鬥，亂不能軍。既摧衆惡之鋒，必喪元凶之膽。以愚籌度，不日掃清。臣忝守戎旃，無任抃躍憤激之至。

【箋校】

［一］本文載《文苑英華》卷六三七、《全唐文》卷五四二。題原作《賀行營破賊狀》，今加「第二」字樣以區别之。《資治通鑑》卷二三五唐德宗貞元十六年：「（四月）韓全義素無勇略，專以巧佞貨賂結宦官得爲大帥，每議軍事，宦者爲監軍者數十人坐帳中争論，紛然莫能决而罷。天漸暑，士卒久屯沮洳之地，多病疫，全義不存撫，人有離心。五月庚戌，與吴少誠將吴秀、吴少陽等戰於溵南廣利原，鋒鏑未交，諸軍大潰。秀等乘之，全義退保五樓。」《舊唐書·韓全義傳》：「（貞元）十七年，全義自陳州班師，而中人掩其敗迹，上待之如初。」此次討吴少誠，朝廷未勝一役。「破賊」者，全義與中人虚報也。本文代李説作。據文云爲四月事，約作於貞元十六年五月。李黯見《爲人作謝賜行營將士匹段并設料等物

狀》箋校[一]。

賀破賊兼優恤將士狀[一]

右，中使巨希倩至[二]，伏奉詔書，得全義總率諸軍，已入賊界，四月二十七日大破賊徒，并擒斬生級，如有身死王事者，已委全義并給棺櫬，送歸本道，令臣五年莫停衣糧者。吴少誠畎澮下流，不朝於海；根荄弱質，自絶於天。狴牢之中，嗚吠未已。今霜鋒雲集，月羽風馳。既壓賊軍，纔聞儳鼓。將摩寇壘，已見靡旗，實廟堂知先勝之形，校隊陳争登之力。誅鋤有次，蔑殺無難，凡在方隅，不勝欣抃。臣伏以雖忠不烈，戰士所羞；視死如歸，武夫之志。伏惟陛下弘天覆幬，爲日照臨，載激怒肝，爰收膚骨。漢世徒頒其槥櫝，義闕送終；周詩縱裹其餱糧，賞延非嗣。以今觀古，奮一當千。臣獲守邊陲，叨居將帥，無任感激之至。

【箋校】

[一] 本文載《文苑英華》卷六三七、《全唐文》卷五四二。文云「四月二十七日大破賊徒」，可酌訂作時爲貞元十六年五月。代李説作。

［二］ 巨，《全唐文》訛作「臣」。

謝賜衣甲及藥物等表［一］

臣某言：中使某至，伏奉敕書手詔，兼賜臣衣甲、器械、刀斧、銀器及藥物等，并賜臣下軍將者。賜因寄重，報覺身輕，蹈舞若驚，載欣載躍。中謝。臣力慚致果［二］，迹忝理戎。六月之師，纔申國討；九天之詔，先布皇慈。將以忠勤，恤其暴露，側身拜命，睹物知恩。念臣或抱羸疴，是加藥物；矜臣必摧凶醜，載錫戎裝。弓倍六鈞，刀逾百練。衣分玄甲，戰則保全；器有白金，食唯豪貴。寵連諸將，榮冠一時。漢主賜人，空聞寶劍；宋朝頒藥，但理金瘡。豈如兼備五兵，盡蠲萬病。榮兹陋質，感戴奚殫，無任感恩捐軀之至。

【箋校】

［一］ 本文載《文苑英華》卷五九四、《全唐文》卷五四〇。文云「六月之師，纔申國討」，可知作於貞元十六年討吴少誠時。

［二］ 致，《英華》校：「一作毅。」

爲人作請行軍司馬及少尹狀[一]

右，臣適蒙恩奬，獲守方隅，力小任大，常憂敗累。伏以行軍司馬相副之職，知府少尹共理之官，未得其人，久空此位。每平均徵賦，繕理邊陲，實藉通材，以分重寄。伏惟陛下察臣心之懇款，知軍務之殷繁，選於中外，爲此副貳。陛下所用，即臣所知，苟獲同心，庶無闕事。謹遣某官奉狀奏請。

【箋校】

［一］本文載《文苑英華》卷六四四、《全唐文》卷五四二。《英華》題作《請行軍司馬及少尹狀》，題下注「爲人作」，此從《全唐文》。本文當代李説作。李説自貞元十二年排走李景略，朝廷未即派行軍司馬。韓愈《唐故河東節度觀察使滎陽鄭公（儋）神道碑文》：「德宗晚節，儲諸將於其軍，以公薦爲河東司馬。」鄭儋即代李景略者。

爲人作奏貶晉陽縣主簿姜鉥狀[一]

右，臣劉氏堂外生，即故硤州刺史伯華嫡孫，左補闕某第三女，是臣亡叔庶子絳州刺史勛外孫。父身早亡，臣妹多病，遺孤寡婦，無所依投。及臣總戎，來相依止。臣見其長成，須有從歸。其姜銶久在太原，曾任主簿，誠非匹敵，誤與婚姻。豈料如獸之心，同人之面，縱横凶悖，舉止顛狂。旬月之間，豪横備極，惡言醜語，所不忍聞。有忝祖宗，難施面目。臣以爲夫婦之道，無義則離，因遣作書，遂令告絶。矜其愚下，擬許生全。而將校等二十三人，播進於庭，確論其事，具如前列，請以上聞。雖忍孤兒可欺，其如衆怒難息。特希竄謫，以雪冤疑。干冒宸扆，伏增戰越之至。

【箋校】

［一］本文載《文苑英華》卷六四三、《全唐文》卷五四二。《英華》題作《奏貶晋陽縣主簿姜銶狀》，題下注「爲人作」，此從《全唐文》。本文提到絳州刺史李勛，《新唐書·宗室世系表上》：「（大鄭王房）絳州刺史、秘書監勛。」是爲李説之叔。可知本文代李説作。

爲崔仲孫弟謝手詔狀［一］

右，中使尹偕至，伏奉手詔，慰問臣等。伏以聖澤均沾，天光下燭，欣榮感戴，不勝自任。

臣生代未諧，遭家不造，嬰孩之日，長養於外家；童冠之年，因依於伯姊。容身寄食，以至於今。李説念臣以密親，署臣以散職，誓將裨補，義不依違。誠意莫申，大期俄迫。今者獲成安泰，仰荷聖明，豈期特降恩波，深蒙慰撫。昆蟲賤命，不可以戴天；葵藿微心，空知其向日。親疏共感，存殁同榮。無任感恩抃躍之至。

【箋校】

［一］本文載《文苑英華》卷六三〇、《全唐文》卷五四一。文中提及李説，可知作於李説爲河東節度使時。

爲人作薦劉孟修狀［一］

右件官業傳忠厚［二］，雅尚文儒，貞白居心，公勤守職，累曾試用，皆著清廉。頃崔漢衡在晉州日，奏授殿中侍御史，充都防禦判官。直道不回，正詞無隱，賓僚之内，裨益甚多。知是公才，豈爲參佐［三］？屢詳疑獄，心盡哀矜。嘗判劇曹，事無留滯。臣是以録其勞效，奏請改官。伏蒙聖恩特授前件官，令赴闕下，奉詔旨不敢乞留。臣伏以孟修自有幹能，誠堪任使。所知微分，輒敢薦聞。干冒宸嚴，伏增戰越。

【箋校】

［一］本文載《文苑英華》卷六三八、《全唐文》卷五四二。《英華》題作《薦劉孟修狀》，題下注「爲人作」，此從《全唐文》。文云「頃崔漢衡在晋州日」，崔漢衡貞元四年至十一年爲晋州刺史、晋慈隰觀察使，見《舊唐書·德宗紀下》及兩《唐書·崔漢衡傳》。故疑本文代李説作。

［二］件官，《全唐文》作「前件」。

［三］豈，《英華》校：「一作辭。」

爲人謝宣慰狀［一］

右，監軍李輔光迴，伏奉敕書手詔，宣慰臣及參佐、將校、官吏等者。臣竊位大藩，連榮近屬，戴山之力雖竭，横草之功未聞，寢興以思，憂愧若厲。伏惟陛下日明於上，子育其人。降玉筯之天書，遣銀鐺之星使，宸心照育，下浹於將校；慈旨丁寧，旁霑於掾吏。歡呼之聲雷動，舞抃之袖雲翻。榮光并臨，愁疾如失。不勝欣喜感戴之至。

【箋校】

［一］本文載《文苑英華》卷六三〇、《全唐文》卷五四一。《全唐文》卷七一七崔元略《興元元從正議大夫行内侍省内侍知省事上柱國賜紫金魚袋贈特進左武衛大將軍李公（輔光）墓志銘并序》：「又屬太原軍帥李自良薨於鎮，監軍王定遠爲亂兵所害，甲士十萬露刃相守。公馳命安撫，下車乃定。便充監軍使。前後三易節制，軍府晏如。」是李輔光曾監太原李説、鄭儋、嚴綬三鎮。本文有「連榮近屬」之句，當是代李説作。

爲人謝問疾兼賜醫藥等狀[一]

右，今月十八日，本道監軍使李某至，奉宣口敕，問臣所疾。十九日，中使張良祐至，伏奉詔書，賜臣烏藥、蓼子各一合，藥方兩紙，并借供奉醫官兩人醫臣疾者。臣素是凡庸，猥當朝寄，暫乖將息，特軫聖慈。綸出王言，朝昏不絶；星馳驛騎，道路相望。頒仙藥於雲中，降神醫於天上。仰承榮寵，冀即痊平，兢惶失圖，感戴無地。蒲柳之心猶壯，誓竭丹誠；狗馬之齒更長，敢忘玄造。臣見準詔書，與醫人商量服飲，未及塗藥將息，腫氣已退，煩熱未定。所守有限，不獲陳謝。無任感恩結戀之至。

【箋校】

［一］本文載《文苑英華》卷六三〇、《全唐文》卷五四一。當爲代李説作。《舊唐書·李説傳》：「説在鎮六年，初勤心吏職。後遇疾，言語行步蹇澀，不能録軍府之政，悉監軍主之。又爲孔目吏宋季等欺誑，軍政事多隳紊，如此累年。」

爲人謝詔書問疾兼賜藥方等狀[一]

右，臣奏事官高榮朝迴，伏奉墨詔，問臣所疾，并奉宣口敕，賜臣藥方者。臣疲駑之質[二]，寒熱所侵，仰憑天慈，今日已損。豈意猶煩睿想，尚軫聖衷，特降千金之方[三]，兼飛五色之詔。榮光一燭，愁疾如遺。誓畢微生，以酬殊造。無任感戴之至。

【箋校】

［一］本文載《文苑英華》卷六三〇、《全唐文》卷五四一。當爲代李説作。

［二］駑，《英華》作「馬」，并校：「疑作駑。」故從《全唐文》。

［三］千金，《英華》校：「一作十全。」

爲人謝問疾狀[一]

右，監軍使李輔光迴，奉宣口敕，問所疾者。臣頃因時旱，疾以憂生，仰蒙覆育，尋就痊除。伏以君恩過厚，天聽至卑，縷形於詞，如撫以手。顧慚微細，特繫於宸衷；内省疲羸，尚關於睿想。榮深益懼，喜極而悲。當望雙闕以注心，守一隅而盡力。不勝感結抃躍之至。

【箋校】

［一］本文載《文苑英華》卷六三〇、《全唐文》卷五四一。當爲代李説作。

降誕日進鞍馬等狀[一]

右，臣伏以繞樞之電，曾委瑞於軒皇；照室之光，昔呈祥於漢后。伏惟皇帝陛下貴從天下，明在日中，當四月之正陽，值千秋之聖運。人神叶慶，朝野同歡。臣任重戎旃，路遥北闕。歡呼萬歲，如聞山嶽之聲；傾竭一心，庶均葵藿之志。前件馬等，誠非珍異，頗似柔馴。干冒宸嚴，伏增戰越。

【箋校】

［一］本文載《文苑英華》卷六四一，題作《降誕日進鞍馬等狀四首》，此其一。今從《全唐文》卷五四二。文云「當四月之正陽」，知賀德宗降誕。當作於太原爲李説從事時。

降誕日進鞍馬等第二狀[一]

右，伏以月維首夏，氣吐正陽，一人慶誕之辰，萬國樂康之日。臣某屬連枝葉，守在邊陲，睹河水之既清，知冬松之盛茂[二]。前件馬并鞍轡等，安其馴教，考以精誠。敢緣九族之恩，願續萬年之壽。干冒宸扆，無任戰越。

【箋校】

［一］本文載《文苑英華》卷六四一，列《降誕日進鞍馬等狀四首》其二，《全唐文》卷五四二題作《第二狀》，列《降誕日進鞍馬等狀》後。文云「月維首夏」及「臣某屬連枝葉」，知爲德宗降誕日代李説所作。

［二］盛，《英華》校：「一作益。」

降誕日進鞍馬等第三狀［一］

右，臣伏以大電繞樞之辰，普天咸慶；神光照室之夜，匝地同歡。臣限守邊陲，未朝雲闕，尚想河清之色，如聞里社之聲。前件馬、鞍等，久似柔馴，皆經考教。任土作貢，慚述職於微臣；如日之升，願并明於聖主。干冒陳獻，伏增戰越。

【箋校】

［一］本文載《文苑英華》卷六四一，列《降誕日進鞍馬等狀四首》其三，《全唐文》卷五四二題作《第三狀》，列《第二狀》後。當亦代李説作。

降誕日進鞍馬等第四狀［一］

右，臣伏以里社既鳴，斗樞爰電，誕生元聖，允叶純陽，實萬國同歡之時，而千齡兆慶之日，臣某限從邊役，違奉天慈，飲河每挹於清瀾，向闕遥瞻於紫氣。前件鞍馬等駿非金骨，麗乏錦韉，慚無照地之光，願獻呼嵩之壽[二]。干冒陳獻，伏增戰越。

【箋校】

[一] 本文載《文苑英華》卷六四一，列《降誕日進鞍馬等狀四首》其四，《全唐文》卷五四二題作《第四狀》，列《第三狀》後。文云「允叶純陽」，四月又稱純陽，知降誕日仍謂德宗。當代李説作。

[二] 嵩，《英華》校：「一作山。」

賀老人星見表[一]

臣某言：當道進奏院狀報，司天臺奏：八月十五日乙亥夜，老人星見於井東[二]，色黄明潤，敕旨宣付所司者。率土咸觀，際天同慶。中賀。臣聞上天不言，而星垂象，次舍隱見，其指甚明。伏惟陛下道冠帝先，恩覃物表，太和之氣上達，萬壽之瑞下呈。既在井東[三]，又當秦分，色侔蒸栗，光掩連珠。彰爾寶圖，類堯年之河出；延長聖曆，齊漢代之山呼。凡百臣下，歡心如一。况臣幸霑皇屬，叨守國藩，瞻望闕庭，不勝慶抃之至。

【箋校】

［一］本文載《文苑英華》卷五六一、《全唐文》卷五三九。《英華》題下注云「憲宗」。本文云「臣幸需皇屬」，知爲代李説作，作於德宗之時，「憲宗」者誤題也。

［二］井東，《全唐文》作「東井」。

［三］井東，《全唐文》作「東井」。

爲人謝賜天德防秋將士綿絹狀［一］

右，臣今月七日中使朱孝誠至，伏奉詔書，兼宣恩旨，賜前件綿絹等。臣伏以武夫之用，職在防虞，壯士之心，樂從征役。陛下仁慈廣被，渥澤旁流，諭以功名，賜之綿帛。荷殊私而東拜，悉有兼衣；賈餘勇而西行，若無遠道。同將日力，共振天聲。臣猥守藩隅，叨居將帥，欣榮感戴，實百恒情。

【箋校】

［一］本文載《文苑英華》卷六二九、《全唐文》卷五四一。《英華》於題中「綿」字下注曰：「一作絁，

下同。」題與文中之「綿」《全唐文》皆作「絁」。疑代李景略作。《舊唐書·李景略傳》：「上素知景略在邊時事……乃以景略爲豐州刺史兼御史大夫、天德軍西受降城都防禦使。」時爲貞元十二年九月事。貞元二十年正月，李景略卒於鎮，見《舊唐書·德宗紀下》。

爲人謝賜軍將官告狀[一]

右，臣中使朱孝誠至，伏奉詔命慰問臣，并宣慰旨，允臣所奏，當使諸將官賜前件告身者。寵命從天，榮光溢路，歡呼感戴，皆不自勝。臣素質懦愚，叨居上將，微誠空竭，薄效未伸。伏蒙陛下曲降天波，俯加王澤。華資清秩，周及於百夫；喜氣歡聲，喧傳於一道。家藏寶軸，人受綸言。三軍驚非次之榮，萬井賀殊情之慶。誓將苦節，上答明恩，謹準敕捧受分給訖。臣與諸將等限以所守，不獲詣闕陳謝。無任抃躍之至。

【箋校】

［一］本文載《文苑英華》卷六二九、《全唐文》卷五四一。題「軍將」二字，《全唐文》作「將軍」。本文與《爲人謝賜天德防秋將士綿絹狀》皆云「中使朱孝誠至」，當亦爲代天德軍使李景略作。

爲人作謝防秋迴賜將士等物狀[一]

右件將士，中使朱孝誠監領，某月日平安到太原，其賞物并敕給付訖。臣伏以受命以行，人臣之節斯著；及期而代，君父之仁已深。陛下愛育武夫，綏懷猛士。采薇遣戍，既霈挾纊之恩；出車勞旋，又有分縑之澤。纔識家而兢入，俄拜賜以嵩呼，盡忘征役之勞，固感生成之德。况臣叨居將帥，獲沐恩波。所守有限，不獲陳謝。

【箋校】

［一］本文載《文苑英華》卷六二九、《全唐文》卷五四一。本文作於太原使府。

謝賜僧尼告身并華嚴院額狀[一]

右，中使王進卿至，奉宣恩旨，賜臣前件僧尼告身并院額等。臣伏以有爲功德，莫大於化人；無上菩提，亦先於奉國。臣以前因慶誕，輒貢敷陳，期降福於上天，庶效祥於今古。伏蒙陛下用至真之印，轉不退之輪，寵錫僧名，榮頒院額。仰窺金榜，跪捧瑶緘，龍翥四維，鸞迴三點。憑大悲之力，便至道場；承上聖之仁，必成菩薩。光生十地，歡動一方。荷天眼之昭明[二]，願法身之清浄。所守有限，不獲陳謝。無任欣戴之至。

【箋校】

[一] 本文載《文苑英華》卷六三四、《全唐文》卷五四一。

[二] 昭，《英華》校：「一作照。」

爲五臺山僧謝賜袈裟等狀[一]

右，中使蘇明俊至，奉宣聖旨，賜臣巾襪、香茶、念珠、袈裟等。伏以推恩之義，法雨露而必均；受施之深[二]，戴丘山而不墜。伏惟皇帝陛下爲人心印，得佛髻珠，垂衣於空寂之門，倒屣於清涼之境。每因令月，常降信臣，輦珍寶於九天，散芳馨於十地。巾裁吴紵，靡不輕盈；帔衲齊紈，無非麗密。臣某等名非長者，迹在凡夫，既結襪以經行，又焚香而宴坐。啜楚山之新茗，煩惱頓除；持越海之名珠，聖賢可數。而煎和百品，周遍萬僧，睹奕葉以重光，知分畦而疊慶。豈大雄慈悲之力，盡上帝福德之田。誓當潔己禱天，虔誠報國，以無疆爲聖壽，以常樂爲昌期。長承覆護之仁，永助清平之理。限以修習，不獲匍匐陳謝，無任感戴之至。

【箋校】

［一］本文載《文苑英華》卷六三四，題作《爲五臺山僧謝賜袈裟等狀二首》，此列其一。今從《全唐文》卷五四一。五臺山在代州。李吉甫《元和郡縣圖志》卷一四「代州」：「五臺山，在（五臺）縣東北百四十里。道經以爲紫府山，内經以爲清涼山。」疑與《白楊神新廟碑》作於同時，即貞元十六年。

［二］深，《英華》校：「一作心。」《全唐文》作「心」。

爲五臺山僧謝賜袈裟等第二狀［一］

右，中使蘇明俊至，奉宣聖旨，賜前件袈裟、蓮子、念珠等物，均散五臺山諸寺。伏以稻畦可制，降自九天；蓮菂親規，生於八水。或光浮眼界，或香滿鼻根，豈意凡夫，今蒙寵錫。山積於樓臺之下，無不莊嚴；雲散於林嶺之中，悉皆周遍。咸承覆露，孰不欣榮。誓將傳印之功，以助垂衣之慶。謹并准敕分散訖。無任感戴之至。

【箋校】

［一］本文載《文苑英華》卷六三四，列《爲五臺山僧謝賜袈裟等狀二首》其二，《全唐文》卷五四一題作《第二狀》，列《爲五臺山僧謝賜袈裟等狀》後。

卷第三　表狀三

爲鄭儋尚書謝河東節度使表[一]

臣某言：銜官賫及迴，伏奉十月二十九日詔書，授臣朝散大夫、檢校工部尚書兼御史大夫、太原尹、北都留守、充河東節度度支營田觀察處置等使，勳賜如故者。寵章明命，忽降自天，捧受兢惶，不知所措。臣某中謝。某性禀愚懦[二]，才惟薄劣，居常勵己，進匪因人。心無所營，宦不期達。伏蒙陛下旁羅俊乂，登用賢良，擢臣於博士之中，授臣以良史之任。其後驟升郎署，猥在朝行。塵忝日深，光耀隆極[三]，徒思報效，未有因緣。旋屬邊上選能，軍中乏使，特蒙宸眷，遣佐兵符。空知徇公，無以稱職。望帝城而積戀，倏已四年；處戎幕而懷憂，若臨千仞。本使李説，暫嬰疾苦，奄從薨逝。伏以天威遠被，廟略克成，將士等盡忠義之心，竭恭敬之力，保完府庫，鎮定城池。奸宄不生，三軍如一。軍使李輔光[四]，器能周敏，智識通明，與臣同心，祗奉王事。豈意殊常渥澤，忽出於宸衷；不次榮名，并加於朽質[五]。仰承雨露，使在雲霄[六]，跼影兢魂，心驚股戰。進非所據，懼不自勝。臣伏以太原守在北門，地方千里，豐沛故壤，陶唐遺人。合求勳賢，膺此委任。如臣山東弱植，海内散材，非郤縠禮樂之資，無翁歸文武之用。將何以佩六官之印綬，平三府之憲章，節御萬人[七]，典司百事？天庭高邈，陳讓無由。感恩而泣下霑襟[八]，忍愧而汗流浹背。謹以三日上訖。敷陳天意[九]，叶暢軍情，綸言一宣，列校相慶。臣誓當恭承睿算，虔奉聖慈，以安人和衆爲心，用報國忘家爲志。冀伸分寸，上答聖明。所守有限，不獲陳謝。臣無任感戴屏營之至。

【箋校】

［一］本文載《文苑英華》卷五八四、《全唐文》卷五四〇。《英華》題下有「德宗」二字，并於作者名下注曰：「貞元十六年。」《舊唐書·李説傳》：「（貞元）十六年十月卒……是月，制以河東節度行軍司馬鄭儋檢校工部尚書兼太原尹、御史大夫、河東節度度支營田觀察等使、北都留守。」同書《德宗紀下》亦載此事於貞元十六年冬十月。本文即作於是年。

［二］稟，《英華》校：「一作本。」

［三］耀隆，《英華》校：「一作輝已。」
［四］軍，《英華》校：「一作監。」
［五］朽，《英華》校：「一作賤。」
［六］使，《英華》校：「一作便。」
［七］御，《英華》校：「一作制。」
［八］襟，《英華》校：「一作袍。」
［九］陳，《英華》校：「一作演。」《英華》於文末注曰：「一作皆《唐類表》。」

爲太原鄭尚書謝賜旌節等表［一］

臣某言：今月七日，中使尹偕至，伏奉敕書手詔，慰喻臣及將士參佐等［二］，并賜臣官誥旌節。寵命并臨，榮光叠至，欽承捧受，感惕難勝。臣某中謝。臣昔爲諸生［三］，所冀微禄，揣摩鉛鈍，際會清平。伏惟皇帝陛下至德配天，大明並日［四］，朝有多士，國無幸人。若臣庸虚，何足比數？階緣所職，被服殊私。居郎吏之中，已爲饕竊；立戎旃之下，安所堪任。前奉詔書，除臣節度，托肺腸而三省，覺魂魄之九飛。懇款未申，恩光薦至［五］。使從天上，拜迎而萬姓懽呼[六]；王在日中，照臨而一方安泰。編綸言於寶軸，揮宸翰於彩箋。既賜諸侯之旌，又降將軍之節，委之刑賞，許以便宜。臣實何人，忽蒙斯寵？重如山壓，薰若火炎，無以爲容，不知自處。謹以今日准敕拜受訖。臣伏以旌惟進善，節以詰奸，昔常傳聞，今即祇受[七]。度才非將，雖天地所知[八]；稟令於君，豈風塵敢犯？誓當保安四境，和叶三軍，灑帝澤於州閭[九]，振皇威於邊境[一〇]。難酬天造，庶竭臣心。所守有限，不獲陳謝。無任感戴抃躍之至。

【箋校】

[一] 本文載《文苑英華》卷五八九、《全唐文》卷五四〇。《舊唐書・嚴綬傳》：「既而（李）説卒，因授（鄭）儋河東節度使……不周歲，儋卒。」鄭儋貞元十六年十月爲河東節度使，見《舊唐書・德宗紀下》，本文亦當作於貞元十六年。

[二] 喻，《英華》校：「一作問。」

[三] 諸，《英華》校：「一作書。」

[四] 大，《英華》校：「一作文。」

[五] 至，《英華》校：「一作及。」

［六］姓，《英華》校：「一作衆。」

［七］即，《英華》校：「一作則。」

［八］地，《英華》校：「一作下。」

［九］帝，《英華》校：「一作王。」

［一〇］境，《英華》校：「一作徼。」於文末注曰：「一作皆《唐類表》。」

奏太原府資望及官吏選數狀[一]

右，臣得司録參軍李旦等狀稱[二]，前件府名三都，望同兩府，吏曹近日稍易舊規，格限之中，增加選數，特乞奏聞者。謹檢開元十一年正月二十八日敕，置北都府縣，資望并准京兆府、河南府，中間吏曹暫有降下。前使王縉、薛兼訓、馬燧、李説并有舉奏，尋蒙復舊。今准三月十五日敕，停減諸州府雙曹、司録、判司及甲曹參軍，特蒙敕旨，京兆、河南、太原三府不在減限。伏以太原府龍興盛業，天啓雄藩，有義旗起建之堂[三]，爲仙駕留游之地。官標留守，驛署都亭，典章甚明，制度咸在。數年來吏部選格，不同京兆、河南兩府，官資稍下，選數則深，掾吏諸臣，懇有披訴。儻徇從權之義[四]，恐乖仍舊之規。伏乞聖慈，特敕吏部，准元敕與京兆、河南一例處分。

【箋校】

［一］本文載《文苑英華》卷六四三、《全唐文》卷五四二。《唐會要》卷六九《州府及縣加减官》：「（貞元）十七年三月敕：天下州府别駕，及司田、田曹參軍，除京兆、河南、太原三府外，其諸州府判司雙曹者，各省其一。録事參軍准判司例。」本文云「今准三月十五敕」，可知爲貞元十七年事。又本文歷數河東節度使王縉、薛兼訓、馬燧、李説而止，亦可證作於貞元十七年。時河東節度使爲鄭儋，爲李説後任。

［二］李旦，唐睿宗皇帝名旦，豈能與皇帝同名？疑有誤。

［三］起建，《英華》校：「一作建起。」

［四］徇，《英華》作「伺」，校曰：「疑作徇。」《全唐文》作「徇」，從之。

爲樓煩監楊大夫請朝覲表［一］

臣某言：臣聞君猶父也，臣猶子也，子事父有冬温夏清之禮，臣事君有大聘小聘之義。臣雖庸鄙，嘗感斯言。今乃地離京師[二]，千里而近，身去王室，十年有餘。心既傾而陽光未迴，目已極而雲路猶阻。此臣所以形留神往，淚盡血繼者也。况監司之寄甚重，馬乘之務非細，或物有因襲[三]，革之而無妨；或事無典據，爲之而有利。咸非翰墨所可升聞，貯於中心，期以上達。伏惟陛下迴天地之鑒，垂日月之明，俯借恩光，暫令朝奏。儻得飛纓於赤墀之下，委佩於彤庭之前，目見龍顔，足履丹地，則犬馬大幸，與天無窮。無任悃款之至。

【箋校】

[一] 本文載《文苑英華》卷六〇六、《全唐文》卷五四〇。樓煩監楊大夫爲楊鉢。《新唐書·地理志三》：「憲州，下。本樓煩監牧，嵐州刺史領之，貞元十五年別置監牧使。」《舊唐書·地理志二·河東道憲州》：「貞元十五年，楊鉢爲監牧使，遂專領監司，不繫州司。」本文云：「身去王室，十年有餘」；《第二表》云：「出班馬政……十有三年。」又云：「比者臣雖庸鄙，兼領嵐州……今既專知監務，特有使名。」是楊鉢先爲嵐州刺史兼領監務，後專爲監牧使。《第三表》云其曾「事陛下於藩邸之中」，則非德宗莫屬。本文約作於貞元二十年。

[二] 今，《英華》校：「一作况。」

〔三〕襲，《英華》校：「《類表》作循。」

爲樓煩監楊大夫請朝覲第二表〔一〕

臣某言：臣自罷侍龍樓，出班馬政，星霜驟變，十有三年。伏惟陛下光宅寰瀛，惟新景命。奏簫韶之九變，獨臣未聞；舞干羽於兩階，唯臣未見。累歲有違離之苦，終朝懷戀慕之誠。是以屢獻封章，懇求朝覲，愚衷不達，聖眷未迴。邊山之中，躑躅愁結。比者臣雖庸鄙，兼領嵐州，職在治人，固難離局。今既專知監務，特有使名，伏櫪多暇，望雲增切。且臣所部，濱河近塞〔二〕，兵家利病，時事便宜，難於遠陳，願一敷奏。而況道途非遠，僕御不多。次舍之費，誠未擾於郡縣；往來之期，當不逾於旬月。伏望俯迴天鑒，曲遂臣心〔三〕，使得稱慶於中朝，然後代勞於外厩。至願斯畢，死無所恨。無任懇迫戀結之至。

【箋校】

〔一〕本文載《文苑英華》卷六〇六，題云「同前」。《全唐文》卷五四〇題作《第二表》，列《爲樓煩監楊大夫請朝覲表》後。本文云：「是以屢獻封章，懇求朝覲」，約作於上一表之後不久。

［二］濱，《英華》校：「《類表》作瀕。」

［三］臣，《英華》校：「一作誠。」

爲樓煩監楊大夫請朝覲第三表[一]

臣某言：臣聞心孤者觸緒而悲，意切者發言皆懇。揣情循理，今古同塵，嘗謂無之，今乃信有。臣某中謝。臣雖頑鄙無取，亦嘗側聞長者之論，上自古昔，迄至於今。才能事業，百十於臣，而不升名宦之級，不知禄廩之數者，何可一二其紀。臣某無耿介之秀[二]，開濟之能，且有極愚至陋之累。而微生際會，事陛下於藩邸之中。周旋出處，雖無擁戴神聖之績；便蕃左右，曾有侍從言語之樂。竊自欣賀，若升雲天。伏惟陛下握圖御極，凝旒垂象，惠均於動植，信及於細微。擢臣於方嶽之中，委臣以監牧之務。仰憑殊造，俯竭愚衷。封人粗安，國馬稍息。今者秩視賓客，位爲大夫，耳煩絲竹之音響，口厭粱肉之滋味。馳驅駿足，偃息華榱。蒙陛下覆育之恩，已爲太過；顧微臣止足之分，實所甚榮。豈敢更冒寵光，别求奬用？伏以狗馬之齒，衰暮相迫；螻蟻之命，危殘不常。日往月來，懼貽敗覆；天地相分[三]，不勝瞻戀。每至木葉下，邊馬嘶，切思指畫君前，以畢平生之力。常恐先霜露，填溝壑，不見丹闕，長恨黄泉。伏惟陛下仁愛惻隱，及於萬類，察臣之至願，表臣之赤心[四]。使一入帝城，死無所恨。無任哀迫懇苦之至[五]。

【箋校】

[一] 本文載《文苑英華》卷六〇六，題云「同前」，《全唐文》卷五四〇題作《第三表》，列《第二表》後。仍爲代楊鉥作。

[二] 秀，《英華》校：「或作節。」

[三] 天地相分，《英華》校：「一作天長地久。」《全唐文》即作「天長地久」。

[四] 表，《英華》校：「一作知。」當以「知」爲正。

[五] 無任，《英華》校：「一作不勝。」文末注云：「一作皆《唐類表》。」

降誕日爲楊大夫奏修功德并進馬狀[一]

右，臣伏以居至道之尊，其唯元命；助無疆之祚，亦在勝因。是以千年爲慶誕之期，百福有莊嚴之義。伏惟皇帝陛下以文武道，爲天人師。降生於純陽之月，纘承於大寶之位，效祉而四夷奔走，流歡而萬國謳歌。臣某職在監司，土無珍異，恨無以拜上元之慶，酬厚載之仁。敢伏普通，轉修經戒。仰申誠懇，以就有爲之功；上爲聖神，庶資無量之壽。其馬久令教習，頗似柔訓，願承内厩之恩，以備屬車之駕。干冒塵瀆，不任戰汗之至。

【箋校】

〔一〕本文載《文苑英華》卷六四一、《全唐文》卷五四二。文云「降生於純陽之月」，純陽謂四月，可知爲德宗降誕。楊大夫爲樓煩監楊鉢。

爲鄭尚書賀登極赦表〔一〕

臣某言：伏以二月二十四日制書〔二〕，大赦天下者。霈澤自天，鴻恩匝地〔三〕，三軍萬姓，不勝慶躍〔四〕。臣聞天地至大，或有所不容；日月至明，猶有所不照〔五〕。伏惟皇帝陛下體元繼統，垂象立極。齊軒昊之元化，冠唐虞之至仁，敷大號於天中，揭明謨於日下。臣以爲覆載之德，大於天地矣；照臨之光，明於日月矣。何則？用刀鋸而伏斧鑕者，無重無輕，陛下捨之；投豺虎而禦魑魅者，無遠無近〔六〕，陛下移之〔七〕。免逋宿履畝之租〔八〕，罷雕華任土之貢，出後宮之伎樂，還外國之俘囚。褒崇首先於二王，敦叙旁周於九族[九]。明徵義烈，各録其裔胄[一〇]；悉數忠勞，遍增其爵級。宣股肱之力者，賞延於上[一一]；效爪牙之任者，賜出於中。搜淪滯之才，遷久次之秩。聘士既尊於經術，問年必本於期頤，在幽隱而不遺[一二]，雖細微而皆及[一三]。歡聲雷動，喜氣雲騰。百姓知聖人之仁，萬物睹聖人之作。普天率土，無不慶幸。臣叨居藩服，累沐恩榮[一四]，抃舞欣歡，倍百恒品。所守有限，不獲稱慶闕庭。臣及將士官吏百姓等[一五]，無任踴躍屏營之至。

【箋校】

[一] 本文載《文苑英華》卷五五八，題作《賀赦表》，題下注曰：「後篇作《爲鄭尚書賀登極赦表》。」「後篇」謂《英華》卷五五九之重出者，今已删去。《全唐文》卷五三九題同《英華》之注，從之。《舊唐書·順宗紀》：「貞元二十一年正月癸巳，德宗崩。丙申，即位於太極殿。……二月辛丑朔……甲子，御丹鳳樓，大赦天下。」本文云「伏以二月二十四日制書」，是年二月辛丑朔，二十四日正爲甲子，可知登極謂順宗也。故訂本文作於貞元二十一年二月。本文代嚴綬作。題中「鄭尚書」爲「嚴尚書」之訛。鄭儋卒於貞元十七年八月，見韓愈《唐故河東節度觀察使滎陽鄭公（儋）神道碑文》。嚴綬繼爲太原尹、北

都留守、河東節度使，在鎮九年。見《舊唐書·嚴綬傳》。故知非代鄭儋所作。嚴綬元和六年鎮荆南時進封鄭國公，見元稹《故金紫光禄大夫檢校司徒兼太子少傅贈太保鄭國公食邑三千户嚴公行狀》。故題中「鄭尚書」也不可能是「鄭國公」之誤。令狐楚文數篇之「鄭尚書」皆爲「嚴尚書」之訛，或是《文苑英華》誤署篇名，或是令狐楚本人編集時故意將代嚴綬之作署爲代鄭儋之作，因嚴綬於當時士大夫中名譽不甚良好。兩《唐書·令狐楚傳》皆云李説、嚴綬、鄭儋相繼鎮太原，辟楚在幕府，已誤列鄭儋在嚴綬後。

〔二〕以，《英華》校：「《類表》作奉。」

〔三〕匝，《英華》校：「後篇作遍。」

〔四〕躍，《英華》校：「後篇作抃。」

〔五〕猶，《英華》校：「後篇作或。」煦，《全唐文》作「照」。

〔六〕近，《英華》校：「後篇作邇。」

〔七〕移，《英華》校：「後篇作還。」

〔八〕宿履，《英華》校：「後篇作逃獻。」租，《全唐文》作「税」。

〔九〕周，《英華》校：「《類表》作流。」

〔一〇〕裔胄，《英華》校：「後篇作胄胤。」

［一一］上，《英華》校：「後篇作近。」

［一二］幽隱，《英華》校：「一作陟降。」

［一三］而皆，《英華》校：「後篇作之必。」

［一四］沐，《英華》校：「後篇作荷。」

［一五］及，《英華》校：「後篇作與。」

爲鄭尚書賀册皇太子狀［一］

臣聞於宣政殿册皇太子訖。伏以建崇儲位，光啓春闈，萬方以貞，九服同慶。伏惟皇帝陛下誕敷聖訓，光啓天慈，咸元貞於國經，鍾福慶於邦本。皇太子温恭表德，仁孝因心，方毓質於龍樓，肇增輝於望苑。臣戎守有限，不及蹈舞稱賀。云云［二］。

【箋校】

［一］本文載《文苑英華》卷六三五、《全唐文》卷五四二。《舊唐書·順宗紀》：「（貞元二十一年三月）癸巳，詔册廣陵郡王淳爲皇太子，改名純。」《資治通鑒》卷二三六唐順宗貞元二十一年：「（夏四月）

乙巳，上御宣政殿，册太子。」故訂本文作於貞元二十一年四月。題「鄭尚書」爲「嚴尚書」之訛。爲代嚴綬作。

［二］云云，《全唐文》無。

賀册太子赦表[一]

臣某言：伏奉今月九日制書，皇太子册禮云覃，恩與萬方[二]，同其惠澤者。國慶遐宣，天波曲被，懷生之類，咸共欣榮。中賀。臣聞德教所加，一人有慶；元良既立，萬國以貞。伏惟皇帝陛下至化旁流，神功廣運，以爲義莫重於主鬯，禮無大於承祧。考古揚前星之光，順人弘少海之澤[三]。誕敷明詔，宣告庶萬[四]。雷初動於地中，風已行於天下。由是哀矜罪戾，甄獎功勳，表順孫孝子之門，秩名山大川之祀。仁無不覆，惠無不均，草木惟繇，鳥獸咸若。率土臣子，不勝慶抃。臣限守藩鎮，不獲陪位闕庭，踴躍稱慶，無任屏營之至。

【箋校】

［一］本文載《文苑英華》卷五五九、《全唐文》卷五三九。《舊唐書·順宗紀》：「（貞元二十一年三

月）癸巳，詔册廣陵郡王淳爲皇太子，改名純。」「（四月）戊申，詔以册太子禮畢，赦京城繫囚，大辟降從流，流以下減一等。」故訂本文作於貞元二十一年四月。代嚴綬作。

〔二〕册禮云覃，恩與萬方：韓愈《順宗實録》卷三載貞元二十一年夏四月戊申詔，有「今册禮云畢，感慶交懷，思與萬方，同其惠澤」之語。柳宗元《禮部賀皇太子册禮畢德音表》亦云：「伏奉今日制，皇太子册禮云畢，思與萬方，同其惠澤者」，見《柳河東集》卷三七。疑本文「覃」爲「畢」之誤，「恩」爲「思」之誤。

〔三〕人，《英華》校：「《類表》作時。」

〔四〕庶萬，《英華》校：「《英華》作萬國，非。」當是校者所改。《全唐文》作「庶方」。

賀皇太子知軍國表〔一〕

臣得上都進奏官狀報，伏承七月二十八日詔旨，軍國政事權令皇太子勾當者。中賀。伏惟皇帝陛下大明御宇，至孝自天。霜露既濡，想園陵之漸近；雲霞是仰，悲弓劍之方遥。内感深衷，外勉庶政〔二〕。由是推赤心於俊乂，委寶曆於元良，宣明兩曜之光，崇重萬國之本。與夫游神姑射，義豈同風；養道大庭，禮誠異日。天下臣子，不勝慶幸。臣限以所守，不獲拜候闕庭，無任屏營之至。

【箋校】

［一］本文載《文苑英華》卷五五七、《全唐文》卷五三九。《舊唐書·順宗紀》：「（貞元二十一年七月）乙未，詔……其軍國政事，宜令皇太子勾當。」韓愈《順宗實録》卷四：「（七月）乙未，詔軍國政事，宜權令皇太子某勾當。」故知本文作於貞元二十一年七月。表爲代嚴綬作。《資治通鑒》卷二三六載唐順宗貞元二十一年六月韋皋自西川上表請皇太子監國，「俄而荆南節度使裴均、河東節度使嚴綬箋表繼至，意與皋同」。可見嚴綬亦爲逼迫順宗内禪者之一。

［二］勉，《英華》校：「《類表》作煩。」

代鄭尚書賀登極表［一］

臣某言：伏承皇帝光膺册命，踐登寶位，率土臣子，抃慶滋深。中賀。臣聞天子之孝，以纂承爲重；聖人之寶，以傳授爲公。伏惟皇帝陛下德合乾符，道光天宇，廓寰區以御歷，灑渥澤而飛龍。上以代太上之憂勤，下以副群生之欣戴。溥傳天旨，大洽人心，喜氣騰輝，晴雲動色，黎元率舞，將校傳呼。即日而萬姓歡康，累旬而四海清謐。臣職當統帥，寄重方隅，慶賀之誠，倍萬常品。限以所守，不獲奔赴闕庭。

【箋校】

［一］本文載《文苑英華》卷五五三、《全唐文》卷五三九。文有「上以代太上之憂勤」之句，故知指憲宗即位事。《舊唐書・憲宗紀上》：「（永貞元年）八月丁酉朔，受内禪。乙巳，即皇帝位於宣政殿。」故係是年。題「鄭尚書」爲「嚴尚書」之訛。爲代嚴綬所作。

爲監軍賀赦表［一］

臣某言：今月四日，節度使伏奉制書，大赦天下者。涣汗大號，滂沱鴻恩，降自九天，被於四海。懷生之類，無不慶躍。中賀。臣聞天地之大德，本於生成；聖人之全功，在乎化育。伏惟皇帝陛下至明立極，大聖統天，法貞觀之宏規，纂建中之盛業。降哀矜於罪戾，一物不遺；頒寵贈於忠勤，萬方皆及。事遵儉約，道在寬弘，散作仁風，灑爲膏澤。率土臣下，不勝歡喜。臣限以監守，未獲奔走稱慶闕庭，不勝戀結欣戴之至。謹遣某官某奉表陳賀以聞。

【箋校】

［一］本文載《文苑英華》卷五五九、《全唐文》卷五三九。《舊唐書·順宗紀》：「(永貞元年)八月丁酉朔。庚子，詔皇太子李純即皇帝位。辛丑，誥天下死罪降從流，流以下遞減一等。」本文云：「今月四日，節度使伏奉制書」，四日即庚子，可知即是年事，作於永貞元年八月。爲代李輔光作。《資治通鑒》卷二三七唐憲宗元和四年：「河東節度使嚴綬在鎮九年，軍政補署一出監軍李輔光，綬拱手而已。」

鄭尚書賀册皇太后表［一］

臣某言：伏聞制册皇太后［二］，恩覃日下，歡動中天［三］。臣伏以皇太后坤德合符，陰靈表慶，化光宫職，道贊國風。伏惟皇帝仁聖宅心，文明恭己，遵承孝理，嚴奉慈顔，獻寶綬於内朝，宣玉册於中禁。彰明順德，知陛下就養之勤；表正母儀，見陛下歸安之盛。萬國所繫，四方是刑。人臣之懇願既申，品物之歡心斯洽。臣叨承寄任，限守藩隅［四］，不及陪位闕庭抃舞稱賀［五］，無任聳慶踴悦之至。

【箋校】

〔一〕本文載《文苑英華》卷五五七、《全唐文》卷五三九。《舊唐書・憲宗紀上》：「（永貞元年八月）辛酉，太上皇誥，册良娣王氏爲太上皇后。」《資治通鑑》卷二三六唐順宗永貞元年：「（八月）辛丑，太上皇徙居興慶宫，誥改元永貞，立良娣王氏爲太上皇后。后，憲宗之母也。」故訂本文作於永貞元年八月。表爲代嚴綬所作。題「鄭尚書」當作「嚴尚書」。

〔二〕伏聞制册皇太后，《英華》校：「七字一作『臣伏奉五月二十八日敕旨，尊太上皇后』。」《全唐文》此句即同《英華》之校。

〔三〕中天，《英華》校：「一作天中。」

〔四〕藩，《英華》校：「一作方。」

〔五〕及，《英華》校：「一作獲。」

爲福建閻常侍奉慰德宗山陵表〔一〕

臣某言：伏見制書，大行皇帝靈駕克以某月日遷座崇陵，先太后梓宫自靖陵啓發，同時合祔。萬邦永慕，悲纏於弓劍；七月有期，痛延於鑾貊。伏惟皇帝陛下孝思罔極，至性自天，攀奉山園，聖情難處。中慰。先朝臨御悠長，威靈遐被，儲祉傳聖，以福四方。今祇祔禮終，清廟如在。率土臣庶，實謂哀榮[二]。臣職忝方隅，分憂地遠，不獲仰陪下列，奉慰外朝。無任瞻戀哀惶之至。

【箋校】

[一] 本文載《文苑英華》卷五七一、《全唐文》卷五四〇。《舊唐書·德宗紀下》：「（貞元二十一年春正月）癸巳，上崩於會寧殿，享壽六十四。……永貞元年九月丁卯，群臣上尊號曰神武孝文，廟號德宗。十月己酉，葬於崇陵，昭德皇后王氏祔焉。」知本文作於永貞元年十月。閻常侍爲閻濟美。《新唐書·閻濟美傳》：「貞元末，繇婺州刺史爲福建觀察使，徙浙西。」《會稽掇英總集》卷一八《唐太守題名記》：「閻濟美，元和二年四月自前福建觀察使授。」

[二] 謂，《英華》校：「一作爲。」

代鄭尚書賀册太后禮畢赦表[一]

臣某言：伏奉五月二十八日制書[二]，皇太后光膺茂典，誕受鴻猷[三]，恩榮慶賜[四]，覃被率土。中賀。臣聞天子以德教而兆人慶賴，明王以孝理而百姓和平[五]。伏以皇太后秉德陰凝，體仁坤厚，弘是内則[六]，順於先朝。道配軒皇之尊，功參文母之盛。伏惟皇帝陛下孝承丕緒，仁嗣寶圖，則天之明，事地以察。昭彰慈訓，光啓尊名，發德音於上玄，流惠澤於下土[七]。陷疏網者，許其減等；養高堂者，錫以加封。粟帛遍霑於耆年，門閭必表於仁里。是懷生庶類[八]，行道群心，非獨各親其所親[九]，無不長人之所長[一〇]。湛恩布濩，盛禮豐融，信可通神明而光四海[一一]。天下臣子，不勝慶幸。臣限於鎮守，遠在方隅，不獲躬詣闕庭，抃舞稱慶，無任聳踴慶幸之至。

【箋校】

［一］本文載《文苑英華》卷五六〇、《全唐文》卷五三九。《舊唐書·憲宗紀上》：「（元和元年）六月癸巳朔，以册太后禮畢，赦天下繫囚，死罪降從流，流以下遞減一等。文武内外官加母邑號。太后諸親，量與優給。」故訂本文作時爲元和元年六月。表爲代嚴綬作。題「鄭尚書」當作「嚴尚書」。

［二］伏奉五月二十八日制書，《英華》校曰：「一作『伏審皇太后禮畢伏以』。」

［三］猷，《英華》校：「一作恩。」

［四］恩，《英華》校：「一作思。」賜，《全唐文》作「錫」。
［五］姓，《英華》校：「一作神。」
［六］是，《英華》校：「一作於。」
［七］惠，《英華》校：「一作霈。」
［八］是，《英華》校：「一作悉使。」
［九］各親，《英華》作「親親」，并校：「一無親字。」此從《全唐文》。
［一〇］所長，《英華》校：「一無所字。」
［一一］通，《英華》校：「一作乎。」光，《英華》校：「一作於。」《英華》於文末云：「此篇從《唐類表》而以《英華》本爲一作。」

賀順宗謚議表［一］

臣某言：伏奉六月十四日敕旨，太常奏大行太皇尊謚曰至德大聖安孝皇帝，廟號曰順宗。臣某誠感誠慶，頓首頓首。臣聞入廟觀德，載在前言；聞謚知行，傳於故志。伏惟順宗大聖安孝皇帝統承九聖，保乂萬邦，繼耀大明，合符真宰。方同天以下覆，俄厭代以上仙。伏惟皇帝陛下哀慕未忘，孝思罔極，痛衣冠之永閟，攀弓劍而無階。殷薦鴻名，光昭懿德。廟號非徵於漢魏，帝圖自掩於羲軒。百代見聖人之功，四方知君子之孝。率土臣子，以欣以感。臣限於鎮守，遠在方隅，不獲奔赴闕庭，陪位稱賀。無任踴躍之至。

【箋校】

〔一〕本文載《文苑英華》卷五七一、《全唐文》卷五四〇。《英華》題下有「爲人作」三字。當爲代嚴綬作。《舊唐書·順宗紀》：「（元和元年）六月乙卯，皇帝率群臣上大行太上皇謚曰至德大聖大安孝皇帝，廟號順宗。」可知本文作於元和元年六月。

奉慰過山陵表〔一〕

伏承順宗至德大聖大安孝皇帝奄過山陵，率土臣庶，不勝號慕。伏惟陛下孝思天至〔二〕，祇事薦誠，精貫昊穹，禮備園寢，攀號罔極，聖情難居。臣謬列藩條，限於守職，不獲奔走陪慰內庭，無任感惕兢越之至。

【箋校】

［一］本文載《文苑英華》卷五七一、《全唐文》卷五三九。文云「伏承順宗至德大聖大安孝皇帝奄過山陵」，可知謂順宗之崩。《舊唐書·順宗紀》：「（元和元年正月）甲申，太上皇崩於興慶宫之咸寧殿，享年四十六歲。六月乙卯，皇帝率群臣上大行太上皇謚曰至德大聖大安孝皇帝，廟號順宗。秋七月壬申，葬於豐陵。」故訂本文作於元和元年七月。爲代嚴綬作。

［二］天，《英華》校：「《類表》作之。」

賀南郊表［一］

臣某言：伏奉聖旨，以來年正月五日朝獻太清宫饗太廟，七日有事於南郊，宜令所司準式者。敬莫大於朝宗廟，嚴莫大於饗郊丘，此二帝三王與聖祖神宗之所以總百靈而臨萬國，巍乎盛烈也。伏惟皇帝陛下光膺大寶，茂對上玄，盡誠信以奉先，極婉愉而致養，孝光夷貊，悌達神明。方將告成功，敷顯號，惟天爲大，俾衆庶咸新；如日之升，與品物相見。六幽傾耳，四海翹首，凡在臣下，不勝慶幸。而臣謬貞師律，叨守戎藩，不得捧豆籩於清廟之中，執玉帛於泰壇之下。仰觀盛禮，伏賀鴻休，聳踴轅門，無任戀結屏營之至。謹遣某官某奉表陳賀以聞。

【箋校】

［一］本文載《文苑英華》卷五五三、《全唐文》卷五三九。《舊唐書·憲宗紀上》：「（元和）二年春正月己丑朔，上親獻太清宫、太廟。辛卯，祀昊天上帝於郊丘。是日還宫。」本文云：「伏奉聖旨，以來年正月五日朝獻太清宫饗太廟」，故訂本文作時爲元和元年。文爲代嚴綬所作。

賀赦表[一]

臣某言：臣伏奉今月十一日制書[二]，玄德融明，聲聞於宗廟；鴻名光大，充塞於乾坤。與物皆春，大赦天下。臣當時宣流渥澤，騰布耿光，恩均而萬物昭蘇，慶洽而三軍鼓舞。中賀。臣聞覆載無私，天地所以爲大德；照臨不已，日月所以爲大明。六位因時以成功，一代觀象而設教[三]。肇自古昔，垂爲憲章。伏惟睿聖文武皇帝陛下并日而明，配天爲大，冠三皇之道，弘十聖之風，保合太和，緝熙帝載。是以廓清氛霧，曾不累旬；虔奉郊禋[四]，未嘗虚歲。百蠻梯航以内面，萬國歌舞而宅心，所謂巍乎其有成功，焕乎其有文章也。尚復勞謙仄席，勤恤納隍，釋累繫之幽囚[五]，無分輕重；歸遐遠之放逐，不問存亡。棄逋債於窮人[六]，戒多求於貪吏。憫朔邊之介士，厚其寒衣，恢武功也；褒闕里之胄嗣[七]，賁以布帛，振文教也。推恩而九族既睦，行慶而六師用張。忠貞必表於門閭，耆耋遍羞其牢醴。百神咸秩，一物不遺。安人之所未安，理人之所未理。天波涣汗，綸旨丁寧。有以知天地覆載之仁，有以見日月照臨之德。天下臣妾，不勝慶幸。臣限守藩鎮，不獲稱慶闕庭，無任抃躍欣賀之至。謹遣某官奉表陳賀以聞。

【箋校】

［一］本文載《文苑英華》卷五五八、《全唐文》卷五三九。文云「伏惟睿聖文武皇帝陛下」，知作於憲宗時。《舊唐書·憲宗紀上》：「（元和三年）春正月癸未朔。癸巳，群臣上尊號曰睿聖文武皇帝，御宣政殿受册。禮畢，移仗御丹鳳樓，大赦天下。」文云「伏奉今月十一日制書」，十一日即癸巳，可知即指此次大赦。故訂本文作於元和三年正月。爲代嚴綬作。嚴綬元和四年始離河東節度使之任，見《舊唐書·嚴綬傳》。

［二］一，《英華》校：「一作五。」

〔三〕代，《英華》校：「一作人。」

〔四〕虔，《英華》校：「一作處。」禋，《全唐文》作「禮」。

〔五〕繫，《英華》校：「一作責。」

〔六〕債，《英華》校：「一作責。」

〔七〕嗣，《英華》校：「一作絹。」於文末注云：「一作皆《唐類表》。」

卷第四　表狀四

謝宣慰諸州軍鎮等狀[一]

右，中使至，伏奉某月日詔書，令中使宣慰諸州刺史、外鎮將士等，令臣亦使人安撫者。臣准詔差虞候張液隨中使某所在存問，以某月日却到太原。伏以設官分職，邦國之恒規；秉義納忠，人臣之素分。伏惟皇帝陛下嘉其奉上，念以守邊，降驛騎於九重，諭天心於萬里。法南風之長養，豈擇卑微；并白日之照臨，不遺遐遠。邊城將校，井里黎人，競鼓舞於皇明，盡霑濡於聖澤。室家相慶，關塞無虞。臣忝守戎旃，無任忻抃之至。

【箋校】

［一］本文載《文苑英華》卷六三〇、《全唐文》卷五四一。文中之張液，《新唐書·宰相世系表二

下》始興張氏有張液，爲張九齡從孫，疑是。

謝敕書手詔慰問狀[一]

右，監軍使李輔光迴，伏奉敕書手詔，慰問臣及將士等者。臣自守大藩，未伸微效，每承渥澤，實所慚惶。今者伏蒙陛下弘覆幬之仁，與天爲大；廣照臨之意，如日斯升。特遣王人，復還使府。捧絲綸之明詔，光寵賤微；吐汗漫之温言，霑濡群萃。浮空而喜氣成霧，動地而讙聲若雷。空知受恩，何以勝德。所守有限，不獲陳謝，無任感戴之至。

【箋校】

［一］本文載《文苑英華》卷六三〇、《全唐文》卷五四一。

謝口敕慰問狀[一]

右，中使孟昇進至，伏奉口敕，慰問臣及將士等。臣素非公才，叨總戎律，清平無事，績用未彰。伏惟陛下子惠兆人，天成萬物，降星分之使，宣綸出之言，問以炎凉，勉其勞役。恩逾素望，榮冠常倫，跪聽讙呼，衆心如一。臣等不勝感戴之至。

【箋校】

［一］本文載《文苑英華》卷六三〇、《全唐文》卷五四一。

謝宣慰狀[一]

右，監軍使某迴，伏奉敕書手詔，兼宣恩旨，慰問臣及將士等。伏以天地大鈞，固無私於覆載；豚魚微類，皆有荷於生成。臣實庸虚，叨膺奬用。至於師人輯睦，封略乂安，皆禀廟謀，無非宸算。豈意天慈廣被，聖眷旁流，歸復監臨，昭宣慰撫。爲膏之雨，泛灑於編人；如綍之言，傳聞於列校。讙生衆口，感結群心。同守節以戴天，各輸忠而報國。臣與將士等不勝感恩抃躍之至。

【箋校】

［一］本文載《文苑英華》卷六三〇、《全唐文》卷五四一。

賀白鹿表［一］

臣某言：臣得進奏院狀報，中書門下奏賀，於醴泉縣建陵柏城獲白鹿一。聖敬日躋，休祥薦至。臣某謹按《孝經援神契》曰：「王者德至禽獸，則白鹿見。」伏惟陛下盛德配天，深仁育物，和氣交感，出爲休徵。懿此異獸，挺兹奇表。在嶠山之側，宛是隨仙；來魏闕之前，如將率舞。天下稱述，兆人歡慶。昔者周因征伐而獲，漢自祭祀而臻，比今無爲，宜有慚德。臣某幸逢昭代，獲睹玄功，欣抃之誠，倍百恒品。所守有限，不獲隨例稱慶闕庭，無任屏營踴躍之至。

【箋校】

［一］本文載《文苑英華》卷五六五、《古今圖書集成·庶徵典·獸異部》、《全唐文》卷五三九。

謝春衣表[一]

臣某言：中使某至，伏奉敕書手詔，兼賜臣及大將軍等春衣一副、金縷牙尺一條。拜奉天書，光生萬里；即受殊賜，喜溢三軍。臣某中謝。臣素以庸虚，特承聖奬，寄深分閫，恩重丘山。祗奉朝章，布宣皇澤，藩夷即叙，懸道廓清。將士無戰伐之勞，四時霑衣服之賜。況榮頒尺度，禮叶典經，敢懷寸進之心，空積違顔之戀。臣無任云云。

【箋校】

［一］本文載《文苑英華》卷五九三、《全唐文》卷五四〇。

謝春衣并端午衣物表[一]

臣某言：今月日，中使周某至，奉宣口敕，賜臣春衣一副，并端午衣一副、銀碗一口[二]、百索一軸。累受寵光，載懷兢懼。自揣涯分，若臨冰淵。臣某中謝。臣以昧於知人，交通元載，合從牽累，伏待刑章。豈謂俯回宸翰，特有殊賜。罪當褫帶，忽頒御府之衣；憂可傷生，重延長命之縷。更加珍器，曲被深恩。徒懷推食之仁，立遣素餐之責[三]。施均雷雨，荷重丘山。雖畢命以自期，終粉身而無恨。臣無任云云[四]。

【箋校】

［一］本文載《文苑英華》卷五九三、《全唐文》卷五四〇。未知代何人所作。文有云「交通元載」，元載弄權在代宗朝。

［二］碗，《英華》作「枕」，此從《全唐文》。

［三］立遣，《英華》校：「疑作豈逭。」

［四］云云，《全唐文》無。

謝賜春衣牙尺狀[一]

右，中使某至，伏奉詔書，宣賜前件物。臣伏以衣服者身之文章，尺寸者王之律度。被於四體，不衷則災；考以二分，無差爲貴。伏惟皇帝陛下陶蒸萬類，軌物兆人，每及新春，皆頒上賞。其或才堪國用，智代天工，福至而驚，名成猶懼。循省涯分，比數藝能，臣實無任，累承斯寵。曳紫光於腰下，稱佩黄金；操素質於掌中，如持白璧。窺看耀日，舉止生風。誠聖主全覆育之仁，顧微臣無秉持之力。蒙恩過厚，忍愧逾深。終申一寸之功，用答九重之賜。欣榮感惕，不自勝任云云[二]。

【箋校】

[一] 本文載《文苑英華》卷六三三、《全唐文》卷五四一。《英華》題作《謝賜春衣牙尺狀二首》，此其一，并題下注曰：「爲人作。」未知代誰人所作。

[二] 云云，《全唐文》無。

謝賜春衣牙尺第二狀[一]

右，中使駱元榮至，伏奉敕書手詔，慰問臣等，并賜臣春衣二副、牙尺一枝、軍將衣二十副者。臣伏以行慶於下，惟德所廣；受賞於上，無功則難。臣實何人，叨居重任。履冰非懼，食蘖爲甘。今者伏蒙陛下推漢后解衣之恩，寵錫春服；稽有虞審度之典，榮頒象尺。樂官考正，無累黍之差；女御裁縫，有奪朱之麗。而况端平皎潔，無慚七寶；輕盈綷縩，不謝六銖。此臣所以捧觀而似睹鈞衡，服拜而如生羽翼。謹便分散諸將，傳示衆人。感戴欣抃，歡與臣同[二]。所守有限。不獲拜謝，無任欣躍之至[三]。

【箋校】

[一] 本文載《文苑英華》卷六三三，列《謝賜春衣牙尺狀二首》其二，《全唐文》卷五四一題作《第二狀》，列《謝賜春衣牙尺狀》後。

[二] 「感戴欣抃，歡與臣同」二句，《英華》校曰：「一作感戴欣歡，與臣同日。」

[三] 躍，《英華》校：「一作抃。」

謝賜冬衣狀[一]

右，中使宋文璨至，伏奉敕書手詔，慰問臣及將士等，并宣恩旨，賜臣等前件冬衣者。臣伏以爪牙之寄，才實甚難；衣裳之賜，恩爲至厚。臣之器質，無所任用，誠不足以膺重寄而蒙厚恩。今陛下陶以太和，蓋其多闕，及戒寒之月，屬授衣之時，喻比賢能[二]，頒宣慈惠。跪聽清問，欽承寵章。宛是蠶綿，爛如獸錦；長皆被土，貴實兼金。分列校不辨鮮華，在微臣最爲重疊。自承天澤，不憚風威。仰戴恩光，有千鈞之重；俯循功績，無一縷之微。空知竭誠，難以勝德。謹并捧受分給訖。所守有限，不獲陳謝。無任感慶屏營之至。

【箋校】

〔一〕本文載《文苑英華》卷六三三、《全唐文》卷五四一。《英華》題作《謝賜冬衣狀三首》，此列其一，題下注有「爲人作」三字。

〔二〕喻，《英華》校：「一作倫。」

謝賜冬衣第二狀〔一〕

右，中使某至，伏奉敕書手詔，慰問臣及將士，兼宣恩旨，賜臣等前件冬衣者。伏以綸綍之言，出於天澤；衣裳之受，必以王功。臣職在總戎，任當平寇。效無絲髮，非聖主而豈容；施若丘山，在愚臣而將壓。今者司寒肇至，命服載新，降自九霄，來經千里。錯鳥章於襟帶，奮龍文於素箋，兼并縟麗，備極瑰奇。木石之姿，過蒙鮮飾；冰霜之氣，頓減嚴凝。曳婁而賤質生光，憤悱而懦心增勇。終期薄效，用答深恩。謹准敕受兼分給諸將訖。所守有限，不獲陳謝。無任感戴之至。

【箋校】

［一］本文載《文苑英華》卷六三三，列《謝賜冬衣狀三首》其二，《全唐文》卷五四一題作《第二狀》，列《謝賜冬衣狀》後。

謝賜冬衣第三狀［一］

右，中使吴千金至，伏奉敕書手詔，慰問臣及將士等，并宣恩旨，賜臣冬衣兩副及諸將衣二十副者。臣守國之藩，荷天之寵，名聲績用，未有可稱。伏惟皇帝陛下仁育四方，澤均群動，當玄律開冬之候，念祁寒用事之初，書詔交飛，衣裘疊至，墨盡龍蛇之妙，綾兼龜鶴之奇。服玩而衰殘有光，拊循而孱懦增氣。自臣而下，萬口一聲。臣并准敕分配訖。不勝歡抃愧戀之至。

【箋校】

［一］本文載《文苑英華》卷六三三，列《謝賜冬衣狀三首》其三，《全唐文》卷五四一題原作《第三狀》，列《第二狀》後。

謝賜毯價絹狀[一]

右，監軍使李輔光迴，奉宣恩旨，賜臣前件絹者。臣當道比年未豐，經費不足，懼乏供億，慚無智慧。陛下散燭幽之光，垂逮下之德，絲綸既出，縑帛賫來，數至累千，價盈巨萬。廣狹中量，鮮明如冰，足以贍三軍之賜予，充百工之餼廩。捧受欣抃，不知所裁，無任云云[二]。

【箋校】

［一］本文載《文苑英華》卷六三四、《全唐文》卷五四一。

［二］云云，《全唐文》無。

爲人謝端午賜物等狀[一]

右，中使王進卿至，伏奉詔書慰問臣，兼宣恩旨，賜臣及諸將衣并百索、銀器等者。臣伏以夏之爲仁，實由乎長養；王者所寶，莫重於賢能。故事將錫長年，皆於今月，因頒珍玩，遐及庶方。誠上帝之殊私，信天朝之盛典。臣才無所取，政不足稱，獲守司存，已爲尸忝。豈意九天之慶賜，每歲必來；五日之祥期[二]，無年不受。衣裳霧叠，詔旨雲繁，篋中盈綵絲之索，案上滿真金之器。方圓通用，紅紫交光。命輕而服拜難勝，身賤而鋪塵不稱。以榮爲懼，當喜而憂，終無補於成功，空有慚於僭賞。并准敕捧受兼分給諸將訖。所守有限，不獲陳謝。

【箋校】

［一］本文載《文苑英華》卷六三一、《全唐文》卷五四一。

［二］祥期，《英華》校：「一作祺祥。」

爲人謝賜口脂等并曆日狀[一]

右，中使吴千金至，伏奉敕書慰問臣，并賜前件口脂、臘脂、紅雪、紫雪各一合，并曆日一卷等者。伏以歲將更始，節及嘉平，陛下凝香爲膏，聚藥成散，頒日月於曆上，奮龍鸞於筆端，星分九天之使，雲布一日之澤。此誠無私之殊造，均養之深仁。而臣空抱愚忠，曾無方略，一居藩鎮，三度受恩。朱奩忽開，鮮膩與芳馨相雜；素綿既列，閏餘將分至不差。披尋而齒算延長，塗傅而口容芳潤。油雲之覆逾廣，無以勝任；綿地之封粗安，未爲報效。捧受賞玩，形神涣然。無任感戴之至。

【箋校】

［一］本文載《文苑英華》卷六三一、《全唐文》卷五四一。

奏百姓王士昊割股狀［一］

右，臣得太原府牒，前件人爲母阿張患瘦病［二］，割股奉母，其母所疾漸損者［三］。臣伏以登於大孝，在禮爲難；忍其甚痛，於人不易。王士昊長於市井，利在錐刀，誓以誠明之心，療其羸老之疾，割肉於股，饋羹於堂，信可以感通神明，風變人俗。某猥司廉察，獲守方隅，以此至性，恐須旌表。

【箋校】

［一］本文載《文苑英華》卷六四三、《全唐文》卷五四二。

［二］患瘦病，《全唐文》作「患病」。

［三］疾，《全唐文》作「得疾」。

奏榆次縣馮秀誠割股奉母狀［一］

右，臣得太原府牒，前件人爲母久患，割股奉母，所疾漸損者。臣差當縣攝主簿劉戡檢驗得狀［二］，具如前申者。臣伏以縱盩及膚，口猶難忍；援刀刺骨，心豈易安。前件人出於甽畝之中，長在草茅之下，天生仁孝，日用元和，忘甚痛於己軀，期有瘳於親疾。人倫共感，名教所宗。斯實陛下仁奄周王，孝逾虞帝，陶蒸動物之性，啓迪仁人之心。况臣守在方隅，職司廉察，據其至行，恐合褒稱。

【箋校】

［一］本文載《文苑英華》卷六四三、《全唐文》卷五四二。《新唐書·孝友傳》有馮秀誠之名。

［二］攝主簿，《全唐文》無「攝」字。

進金花銀櫻桃籠等狀［一］

右，伏以首夏清和，含桃香熟，每聞采擷，須有提携，以其鮮紅，宜此潔白。前件銀籠并煎茶具度等，羨餘舊物，銷練新成，願承薦寢之羞，敢效梯山之獻。其通犀、瑇瑁、上藥等，買并依價，采皆及時。誠非珍奇，恐要聚蓄。勤奉丹款，不敢不進。

【箋校】

［一］本文載《文苑英華》卷六四二、《全唐文》卷五四二。

又進銀器唾盂等狀［一］

右件銀物等，非有可觀，甚無所直。以其方圓不礙，堪挹酒漿；潔白自持，宜承咳唾。敢因長日，願獻上天。干冒宸嚴，無任戰越。

【箋校】

［一］本文載《文苑英華》卷六四〇、《全唐文》卷五四二。

進異馬駒表［一］

臣某言：得當道徵馬使穆林狀稱：忻州定襄縣王進封村界，去五月十二日夜，孳化馬群內異駒一匹［二］，白騧文馬，畫圖送到者。臣謹差虞候辛峻專往考驗，并母取到太原府，而毛色變換與青騧色，駝頭趹額，紅鼻肉騣［三］，尾上茸毛，額帶星及旋，肋骨左右各十八枝，四蹄青，兩眼黑。續得穆林狀稱：當生之夜，群馬皆嘶。靈質炳然，休徵備矣。中謝。臣聞馬之精也，自天而降；馬之功也，行地無疆。是以武藉其威，文榮其德。謹按《馬經》云：「肋數十六者行千里。」伏惟陛下握負圖之瑞，總服皂之靈，異物殊祥，蔚然叢集。臣觀前件駒靈表挺特，雄姿逸異，頸昂昂而鳳顧，尾宛宛以虬蟠，信坤元之利貞，誠太乙之元貺。自將到府，便麗於宮。每飲以清池，牧於芳草，則彌日翹立，驅之不前。及長風時來，微雨新霽，輒驤首奔騁，追之莫及。臣某恒親省視，專遣柔馴。倘駿骨峰生，奇毛日就，獲登華厩，既備屬車，遠齊飛兔之名，上奉應龍之馭。天下大慶，微臣至願。見今養飼，至秋中即專進獻。伏惟陛下兼愛好奇，想其風彩，今謹圖畫隨表上進。伏乞聖恩宣付史館，俾此丕烈，垂於無窮。臣無任戰越之至。

【箋校】

〔一〕本文載《文苑英華》卷六一二、《全唐文》卷五四〇。

〔二〕化，《英華》校：「一作生。」

〔三〕駿，《全唐文》作「駿」。

【輯評】

王志堅《四六法海》卷三：詩中形容良馬不乏，若生馬駒，則未有如此篇之得情得景也。

進異馬駒狀〔一〕

右，臣得徵馬使穆材狀〔二〕，謹具毛色如前者。臣伏以行地之用，莫神於馬，擅華名者則衆，效奇質者甚稀。伏惟陛下廣大際天，高明配日，殊祥競發，休祉薦臻。前件馬稟天駟之精，體坤元之德，毛拳惟細，鬣赤而高，尾掉肉而蜿蟺，額帶星而倜儻。臣謹差虞候辛峻專往覆視，俱如前列。峻云：「雙瞳有耀，四蹄如削，宛然天產，定是龍媒。允協建午之辰，光昭太乙之貺。」臣見今就太原府養調旬月，稍任行步，即專陳獻。謹差某官聞奏。

【箋校】

［一］本文載《文苑英華》卷六四二、《全唐文》卷五四二。

［二］穆材，《進異馬駒表》作「穆林」，當有一誤。

進異鷹狀［一］

右，臣所管采捕得前件鷹，兩翅齊肩，雙翎對㥄，雖非神俊，稍似瑰奇。以臣微誠，輒敢陳獻。風霜之後，儻或得用於三驅；鳥雀之中，曾冀成名於一擲。干冒宸扆，無任戰越。

【箋校】

［一］本文載《文苑英華》卷六四二、《全唐文》卷五四二。

元日進馬并鞍轡狀[一]

右，臣伏以元日開歲，東風發春，人神大和，天地交泰。伏惟皇帝陛下鴻猷更始，寶祚惟新，協三朝之會同，受萬國之歸慶。臣某職當分閫，屬忝維城，未聳翼於丹霄，空馳心於皇極。前件馬并鞍轡等，馳驅有度，雕鏤初成，願將行地之功，以奉如山之壽。干煩宸嚴，伏增戰汗。

【箋校】

［一］本文載《文苑英華》卷六四〇、《全唐文》卷五四二。《英華》題作《元日進馬并鞍轡狀二首》，此列其一，題下有「爲人作」三字。

元日進馬并鞍轡第二狀[一]

右，臣伏以五始混成，歲爲元吉；四時分理，春實發生。伏以陛下嗣帝鴻名，受天成命。

百神降福，願等於山河；萬國歸仁，思陳其玉帛。臣限從戎役，闕奉朝行，又及新年，皆承覆露。每瞻初日，如奉聖明。前件鞍馬等稍似馴良，并非淫巧，冀充庭實，用達邊情。干冒陳獻，伏增戰越。

【箋校】

［一］本文載《文苑英華》卷六四〇，列《元日進馬并鞍轡狀二首》其二，《全唐文》卷五四二題作《第二狀》，列《元日進馬并鞍轡狀》後。

端午進鞍馬等狀［一］

右，臣伏以五者天之成數，夏者天之仁時。伏以陛下用仁時而長養群生，舉成數而陶甄品物。是以百蠻委瑞，萬國歸誠，同瞻日月之光，共奉乾坤之壽。臣方從邊役，未在周行，謬宣力於清朝，竊馳心於令節。前件馬等柔馴既久，雕飾初成，敢因五日之良，以續千年之慶。干冒陳獻，伏用兢惶。

【箋校】

［一］本文載《文苑英華》卷六四〇、《全唐文》卷五四二。《英華》列《端午進鞍馬等狀三首》之首。

端午進鞍馬等第二狀［一］

右，伏以月旅蕤賓，節惟端午，天人效祉，朝野交歡。伏惟陛下宸極尊嚴，大明光耀，擁純陽之元吉，保眉壽之康寧。風俗既和，人倫以厚。前件鞍馬器物等，雕鐫始就，服習初成，輒因五日之良，以續千秋之慶。干冒宸扆，伏增戰越。

【箋校】

［一］本文載《文苑英華》卷六四〇，列《端午進鞍馬等狀三首》其二，《全唐文》卷五四二題作《第二狀》，列《端午進鞍馬等狀》後。

端午進鞍馬等第三狀［一］

右，伏以月維仲夏，時屬純陽，當五日之良辰，慶千年之聖壽。華夷修貢，走玉帛於寰中；

朝野飛歡，均金石於天上。臣方從戎役，夙奉皇慈，顧竭微誠，慚無遠物。前件鞍馬等久令馴致，稱以柔良。干冒宸嚴，伏增戰越。

【箋校】

〔一〕本文載《文苑英華》卷六四〇，列《端午進鞍馬等狀三首》其三，《全唐文》卷五四二題作《第三狀》，列《第二狀》後。

冬至進鞍馬弓劍香囊等狀〔一〕

右，臣伏以建子實三微之宗，黄鐘爲六律之本，冬氣方至，壁星正中。伏惟皇帝陛下統馭天正，發生陽數。壽等南山之固，萬姓具瞻；恩均東海之波，百川皆赴。臣某限從外役〔二〕，叨奉殊私，秉戎律以輸誠，望宸居而積戀。前件鞍馬等非追風照地之駿麗，無切玉穿札之堅强，用愧含香，名慚承露。輒備祝堯之禮，願申朝禹之心。干冒宸嚴，無任戰越。

【箋校】

［一］本文載《文苑英華》卷六四〇、《全唐文》卷五四二。《英華》題作《冬至進鞍馬弓劍香囊等狀二首》，此列其一。《全唐文》題作《賀冬至進鞍馬弓劍香囊等狀》，衍一「賀」字。

［二］限，《全唐文》校：「一作猥。」

冬至進鞍馬弓劍香囊等第二狀［一］

右，伏以四海無外，三冬正中。伏以陛下大明燭幽，鴻化御極，居玄堂而布政，登觀臺以視朔，受萬國之慶，擁百神之休。臣守在邊陲，職司戎旅，朝天之路，由限於山川；向日之心，增勤於草木。前件物等，皆生其地，并考於工，願奉如山之壽，敢修任土之貢。干冒陳獻，伏增戰越。

【箋校】

［一］本文載《文苑英華》卷六四〇，列《冬至進鞍馬弓劍香囊等狀二首》其二，《全唐文》卷五四二題作《第二狀》，列《賀冬至進鞍馬弓劍香囊等狀》後。

又進鞍馬器械等狀[一]

右，伏以迎日良辰，書云令節，始生一陽之數，首出三統之正。華裔交歡，天人同慶。臣某名班將帥，守在封疆，阻羅拜於彤墀，空注誠於紫闕[二]。前件鞍馬器械等雖無犀利，稍似馴良，恭陳遠路之心，願備廣庭之實。干冒宸扆，伏增戰越。謹遣某官隨狀奉進。

【箋校】

〔一〕本文載《文苑英華》卷六四〇、《全唐文》卷五四二。

〔二〕闕，《英華》校：「一作闥。」

賀德音表[一]

臣某等言：伏見今月二十八日制書，普安群生[二]，憂濟庶士。每念下農艱苦，賑紅粟而流衍；知貪賈滯財，禁青蚨之飛走。千官聳聽，萬國欽聞。中賀。臣聞損有餘、補不足，太上之教也[三]；斂以輕、散其重，哲王之制也。肇自古昔，垂爲憲章。其或法因情遷，事與時異，則物力甚屈，人心用咨。是故《書》載「行之惟艱」，史稱「守而勿失」。伏惟睿聖文武皇帝陛下紹興丕圖，光啓鴻業，勤恤人隱，精知化源。以爲麥禾雖登，農食猶歉；布帛大賤，女工必傷。因發生之時，下慈惠之詔，清問疾苦，昭宣令宜。嚴除暴徵，令已逋責，首自京國，達於淮湖。三方雖遥，如視以宸鑒；萬幾誠衆[四]，皆經於睿心。自然事耕桑者忘四體之勤，游市井者樂一朝之便。慶共雲布，恩隨風翔，率土之内，不勝慶幸[五]。臣等叨逢聖運，預列班榮[六]，攀日月之光，無能獻替；遇雲雷之澤，空荷霑濡。捧戴德音，不勝抃躍屏營之至。

【箋校】

[一]本文載《文苑英華》卷五五九、《全唐文》卷五三九。《英華》題下有「憲宗」二字。本文云：「臣等叨逢聖運，預列班榮」，知非代節鎮所作賀表。《全唐文》卷六二憲宗皇帝李純有《賑恤百姓德音》，此表即賀此之作。憲宗文云：「朕嗣守丕圖，於兹七稔」，知爲元和六年事。《舊唐書·憲宗紀上》：「（元和六年二月）以京畿民貧，貸常平義倉粟二十四萬石，諸道州府依此賑貸。」故知本文作於元和六年二月。

［二］ 普，《英華》校：「《類表》作惠。」
［三］ 太上，《英華》校：「《類表》作大帝。」
［四］ 幾，《英華》校：「《類表》作務。」
［五］ 慶，《英華》校：「《類表》作欣。」
［六］ 預，《英華》校：「《類表》作皆。」

中書門下賀赦表［一］

臣某言：伏見今日制書，御丹鳳門大赦天下者。明照六幽，澤流九有。臣等誠歡誠喜，頓首頓首。臣聞覆幬生成，乾坤之盛德；疆理化育，帝王之極功。伏惟睿聖文武皇帝陛下受天元符，纂聖光宅，躬夏禹之勤儉，體帝堯之聰明。除惡必絶其根，耀武威而四凶既殛；制政皆循其本［二］，振文教而百度惟貞。今者東風發春，元日獻歲，凝旒視朝於正殿，步輦臨御於應門。開龐鴻之湛恩，孚涣汗之大號。萬物瞻睹，兆人允懷。至若移其放逐，解網之仁也［三］；吊彼傷殘，納隍之義也。罷開市之徵税，足以弘聖人厚下之風；褒卿士之祖先，足以廣聖人追遠之孝。潛蟄一振，槁根盡榮［四］，普天率土，不勝慶幸。臣某等謬司樞務，虔奉德音，喜抃之誠，倍百恒品。無任慶躍屏營之至。

【箋校】

［一］本文載《文苑英華》卷五五九、《全唐文》卷五三九。《英華》題下有「憲宗」二字，「令狐楚」名下注云：「《英華》作獨孤及，非。」爲校者所加。《舊唐書·憲宗紀下》：「（元和）十三年春正月乙酉朔，御含元殿受朝賀。禮畢，御丹鳳樓，大赦天下。」即訂本文作於是年。時令狐楚爲中書舍人，故文云「臣某等謬司樞務」。

［二］循，《英華》校：「一作修。」

［三］綱，《英華》校：「一作生。」

［四］槁根，《英華》校：「一作根眞。」

河陽節度使謝上表［一］

臣某言：伏奉前月二十七日詔旨，授臣朝議郎、使持節懷州諸軍事守懷州刺史、御史大夫、充河陽三城懷州節度使。寵任非常，怔營失次，已再奉表陳謝訖。臣某中謝。臣器質庸懦，材能駑下。文詞小技，不足飾身；軍旅大權，未嘗措意。頃者叨居近密，親事聖明，選擢皆出於宸衷[二]，遭逢似協於昌運[三]。進每憂國，退常樂天。曾不知操舟者忌臣及津，執轡者畏臣先路。雖皎皎下燭，鑒一心之無瑕；而營營謗興，扇十手以相指。去秋方半，已出嚴扃；今夏正中，又離禁掖。伏惟睿聖文武皇帝陛下恩深君父，德厚乾坤，憫棄席之恩，軫遺簪之念。徵臣自臨關輔，恭守章程，非官辦而政成，幸人安而事集。既無罪悔，亦望歸還。豈意便升疆埸[四]，超授鈇鉞，再麾飄飖而出守，十乘隱轔以啓行。荷委寄而誠深，苦離違之稍遠。就日積戀，瞻天靡遑，拂儒冠以自驚，對朝服而增嘆[五]。以今月十四日到本鎮上訖。伏以郡稱河內，山倚太行，古爲雄藩，今號要地。但緣瘡痍未復，杼軸已空，力欲輯綏，曷由振舉。謹當拊循羸卒，字育疲甿，横徵擅賦誓不爲[六]，峻法嚴科議不用。與之休息，使得便安，以此執心，期於報德。前臨河瀆[七]，羡朝宗而指期；仰觀衆星，俟拱辰而何日[八]。所守有限，不獲詣闕辭讓，無任感激攀戀涕咽之至[九]。

【箋校】

[一] 本文載《文苑英華》卷五八四、《全唐文》卷五四〇。《英華》題下有「憲宗」二字，并注曰：「元

和十三年。」《舊唐書·令狐楚傳》：「其年（元和十三年）十月，皇甫鎛作相，其月以楚爲河陽懷節度使。」實爲其年十一月事。《舊唐書·憲宗紀下》：「（元和十三年十一月）丁未，以華州刺史令狐楚爲懷州刺史、充河陽三城懷孟節度使。」《資治通鑒》卷二四〇唐憲宗元和十三年所載同。知本文作於元和十三年十一月。

［二］擢，《英華》校：「一作拔。」

［三］似，《英華》校：「一作自，又作偶。」

［四］疆場，《英華》校：「一作壇場。」

［五］嘆，《英華》校：「一作欷。」

［六］爲，《英華》校：「一作行。」

［七］河，《英華》校：「一作濟。」

［八］俟，《英華》校：「一作思。」

［九］激，《英華》校：「一作恩。」於文末注曰：「一作皆《唐類表》。」

讓中書侍郎表［一］

臣某言：臣聞斗筲之器，不可持盈；腹背之毛，安能翔遠。是以知進忘退，《易》象之深戒;在寵若驚,道家之切訓。此微臣所以遑遑然久積肝血,銜恩陳露而未得者也。中謝。臣代業儒素,心游文史,雖自勵己,豈敢發身。始望之官,止於中臺郎吏、外郡牧守而已。幸而因緣昌運,遭遇盛時,振拔群倫,驟登臺衮。伏惟皇帝陛下欽明御歷,睿哲配天,華夏宅心,俊賢翹首。方當選衆,固合退身。豈意遷於黄閣之崇,參以紫微之重。特出睿旨,不因人言,九重所知,萬殞何答。誠宜建用皇極,保合太和,弘聖功於堯舜之時,追恪德於夔龍之列。而和羹乏用,覆餗爲憂,空有仰於清光,實無裨於玄化。一自叨竊,遽經炎涼,裡影兢魂,痛心疾首。伏乞鑒其悃款,察其疾羸,賜以冗員,置於散地。溥求俊杰,委屬鈞衡。則大君知人之明,永光於典策;微臣妨賢之責,將息於輿言[二]。天下幸甚,微臣幸甚。不勝感恩屏營之至。

【箋校】

[一] 本文載《文苑英華》卷五七五、《全唐文》卷五四〇。《舊唐書·令狐楚傳》:「(元和十四年)七月,皇甫鎛薦楚入朝,自朝議郎授朝議大夫、中書侍郎、同平章事。與鎛同處臺衡,深承顧待。」《新唐書·宰相表中》:「(元和十四年)七月丁酉,(皇甫)鎛守門下侍郎,河陽節度使令狐楚守中書侍郎,同中書門下平章事。」《舊唐書·憲宗紀下》、《資治通鑒》卷二四一所載皆同。故知本文作於元和十四年

七月。

［二］輿言，《英華》校：「一作廟朝。」

進憲宗哀册文狀［一］

右，奉敕令臣撰者，臣今撰了，謹連如後。竊以揚先帝無疆之德，薦陛下罔極之恩，宜擇能者，永垂不朽。聖意以臣備位相府，策名文場，忘其庸虚，賜以撰述。頃自哀迷重叠，心緒摧落，雖磨鉛雕朽，已竭其精誠；捧日窺天，難窮其高遠。干冒封進，無任悲躍屏營之至。

【箋校】

［一］本文載《文苑英華》卷六四一、《全唐文》卷五四二。《舊唐書·令狐楚傳》：「（元和）十五年正月，憲宗崩，詔楚爲山陵使，仍撰哀册文。」故訂本文作於元和十五年正月。

謝宣行哀册文狀［一］

右，臣先準敕撰成封進訖，奉某月日敕旨，敬依典禮，無任號慕者。伏以範天地之大者難爲狀，鐫金石之堅者難爲工。况先皇之武烈文明，迥超前古；而微臣之瞽言憒學，不及中人。顧惟庸虚，謬獲紀述，叨蒙恩獎，特賜宣行。竊文士之名，誠有慚色；彰聖人之德，實荷經綸，云云[二]。

【箋校】

［一］本文載《文苑英華》卷六三四、《全唐文》卷五四一。《舊唐書·穆宗紀》：「（元和十五年五月）庚申，葬憲宗於景陵。」本文當作於此後不久。

［二］云云，《全唐文》無。

謝除宣歙觀察使表[一]

臣某言：伏奉今月日制，授臣宣州刺史兼御史大夫、充宣歙池等州觀察處置等使者。命自九重[二]，恩加一介，兢惶感惕，無地自容。臣某中謝。臣本以凡材，從來孤立，謬居要地，常積憂危。頃者陛下嚴奉園陵，孝思弓劍，微臣職當營護，理合勵精，而昧於堤防，誤有任使，既招騠訴，合抵憲章。豈意陛下恩過生成[三]，念深簪履，寬朝廷之典制，委藩鎮之賦輿。飛魂再還，戰汗交集。誓當飲冰食蘗，鏤骨銘肌，冀申絲髮之效，上報乾坤之德。不勝感恩惶恐屏營之至。

【箋校】

［一］本文載《文苑英華》卷五八四、《全唐文》卷五四〇。《英華》題下有「穆宗」二字，并於名下注曰：「元和十五年。」《舊唐書·令狐楚傳》：「其年（元和十五年）六月，山陵畢，會有告楚親吏贓污，事發，出爲宣歙觀察使。」同書《穆宗紀》：「（元和十五年七月）丁卯，以門下侍郎、平章事令狐楚爲宣州刺史、兼御史大夫、充宣歙池觀察使。」《新唐書·宰相表中》、《資治通鑑》卷二四一皆繫此事於元和十五年七月，即是文作年。

［二］自，《英華》校：「《類表》作出。」

［三］意，《英華》校：「《類表》作謂。」

衡州刺史謝上表［一］

臣某言：去年九月十五日於宣州伏奉某月日敕旨，貶授臣使持節衡州諸軍事、守衡州刺史，散官勳賜如故，仍馳驛發遣者。嚴威成命，忽降自天，戰灼飛魂，如臨於谷。臣某中謝。臣素以凡品，謬登高位，雖滿盈是戒[二]，每剖肺腑[三]；而怨讟所歸，難防頰舌。屬奉陵無狀，選吏不精，多偷見縉[四]，連斃枯木。擢臣之髮，豈可贖罪；粉臣之骨，不足勝刑。伏惟皇帝陛下德厚於乾坤，明齊於日月，斷自深慮，遽置寬科，降受郡符，錫留命服。九重殊渥，再荷生成；萬殞殘骸，何由報效。以今月十二日到所部上訖。伏以君親同致，臣子一例[五]，情有思於聞達，理合具而奏陳。今臣官忝頒條，職非奉使，謝上之外，拜章無因。欲隱默而不言，懼中傷而未已。何者？微臣頃蒙朝獎，謬列宰司，誠不曾壅隔賢才[六]，怨臣者至寡；辭京之後，毀臣者則多。今却望朝廷，更無庇援，曲全孤賤，唯托聖明。特乞眷慈，俯鑒哀懇，庶使窮鱗懷躍波之望，幽蟄有聞雷之期。仰天垂涕，伏地流汗。不勝感恩懼罪戰慄屏營之至。臣無任。

【箋校】

[一] 本文載《文苑英華》卷五八六、《全唐文》卷五四〇。《英華》題下有「穆宗」二字，并於名下注曰：「元和十五年。」據《舊唐書・令狐楚傳》及《穆宗紀》、《資治通鑒》卷二四一等書，令狐楚元和十五年七月出爲宣歙觀察使，八月再貶衡州刺史。本文云「去年九月十五日於宣州伏奉某月日敕旨」，則本

文已作於長慶元年矣。

［二］是，《英華》校：「一作之。」

［三］剖，《英華》校：「一作刻。」

［四］緡，《英華》校：「一作錢。」

［五］例，《英華》校：「一作列。」

［六］賢才，《英華》校：「一作才賢。」文末注曰：「一作皆《唐類表》。」

進張祜詩册表［一］

凡製五言，苞含六義。近多放誕，靡有宗師。前件人久在江湖，早工篇什，研幾甚苦，搜象頗深。輩流所推，風格罕及。云云。謹令録新舊格詩三百首，自光順門進獻，望請宣付中書門下［二］。

【箋校】

［一］本文載王定保《唐摭言》卷一一「薦舉不捷」條、《全唐文》卷五三九。《唐摭言》卷一一：「張

祜，元和、長慶中深爲令狐文公所知，公鎮天平日，自草薦表，令以新舊格詩三百篇表進，獻辭略曰：……祜至京師，方屬元江夏偃仰内庭，上因召問祜之詞藻上下，稹對曰：『張祜雕蟲小巧，壯夫耻而不爲者，或奬激之，恐變陛下風教。』上頷之，由是寂寞而歸。」令狐楚爲天平軍節度使在文宗大和三年十一月至六年二月，薦張祜表自當作於此期間。張祜詩《寓懷寄蘇州劉郎中》：「天子好文才自薄，諸侯力薦命猶奇。」爲寄贈劉禹錫之作，作於大和五年，即奉令狐楚薦表入京的時間。然此期間不可能有元稹阻撓之事。元稹進讒之事實有，然當在元和十五年，元和十五年張祜所奉則又非令狐楚所薦，《唐摭言》誤合二事於一時。

[二]「云云」至文末，《全唐文》無。按文意，亦爲薦表中語，故據《唐摭言》補。「云云」二字當是王定保所加，意思是中間部分文字省略。

奏節度使等帶器仗就尚書省參辭狀[一]

諸道新授方鎮節度使等，具帑抹帶器仗，就尚書省兵部參辭。伏以軍國異容，古今定制，若不由舊，斯爲改常。未聞省閣之門，忽内弓刀之器。鄭注外蒙恩寵，内蓄凶狂，首創奸謀，將興亂兆。致王璠、郭行餘之輩，敢驅將吏，直詣闕庭，震驚乘輿，騷動京國，血濺朝路，尸僵禁街。史册所書[二]，人神共憤。既往不咎，其源尚開。前件事宜，伏乞速令停罷。如須參謝，即具公服。

【箋校】

［一］本文載《舊唐書》卷一七二《令狐楚傳》、《全唐文》卷五四二。《舊唐書·令狐楚傳》：「先是元和十年，出内庫弓箭陌刀賜左右街使，充宰相入朝以爲翼衛，及建福門而止。至是，因訓、注之亂，悉罷之。楚又奏……」即此文。可知此文作於大和九年十二月。

［二］所書，《全唐文》作「未書」，此從《舊唐書》。

卷第五　奏疏　箋書　雜記　碑銘　哀祭

請罷榷茶使奏[一]

伏以江淮間數年已來，水旱疾疫，凋傷頗甚，愁嘆未平。今夏及秋，稍較豐稔，方須惠恤，各使安存。昨者忽奏榷茶，實爲蠹政。蓋是王涯破滅將至，怨怒合歸。豈有令百姓移茶樹就官場中栽植[二]，摘茶葉於官場中造作[三]？有同兒戲，不近人情。方在恩權，孰敢沮議？朝班相顧而失色，道路以目而吞聲[四]。今宗社降靈，奸凶盡戮，聖明垂祐，黎庶合安。微臣伏蒙天恩，兼領使務，官銜之内，猶帶此名。俯仰若驚，夙宵知愧。伏乞特迴聖聽，下鑒愚誠，速委宰臣除此使額。緣軍國之用或闕，山澤之利有遺，許臣條疏，續具聞奏。采造將及，妨廢爲虞。前月二十一日内殿奏對之次，鄭覃與臣同陳論訖。伏望聖慈，早賜處分，一依舊法，不用新條。唯納榷之時，須節級加價。商人轉賣[五]，必較稍貴。即是錢出萬國，利歸有司，既無害茶商，又不擾茶户。上以彰陛下愛人之德，下以竭微臣憂國之心。遠近傳聞，必當感悦[六]。

【箋校】

[一]本文載《舊唐書》卷一七二《令狐楚傳》、卷四九《食貨志下》、《册府元龜》卷四九四、《全唐文》卷五四一。《舊唐書·食貨志下》：「(大和)九年十二月，左僕射令狐楚奏新置榷茶使額……詔可之。」《册府元龜》卷四九四：「(大和九年)十二月，諸道鹽鐵轉運榷茶等使左僕射令狐楚奏新置榷茶使額。」故訂本文作於大和九年十二月。

[二]栽植，《舊唐書·食貨志下》《册府元龜》作「栽」。

[三]造作，《舊唐書·食貨志下》《册府元龜》作「造」。

[四]以，《全唐文》作「仈」。

[五]賫，《舊唐書·食貨志下》作「擡」。

[六]感，《舊唐書·食貨志下》作「咸」。

遺疏[一]

臣永惟際會，受國深恩，以祖以父，皆蒙褒贈；有弟有子，并列班行。全腰領以從先人[二]，委體魄而事先帝。此不自達，誠爲甚愚。但以永去泉扃，長辭雲陛，更陳尸諫，猶進瞽言。雖號叫而不能，豈誠明之敢忘？今陛下春秋鼎盛，寰海鏡清，是修教化之初，當復理平之始。然自前年夏秋已來，貶譴者至多，誅戮者不少。望普加鴻造，稍霽皇威，殁者昭洗以雲雷，存者霑濡以雨露，使五穀嘉熟，兆人安康。納臣將盡之苦言，慰臣永蟄之幽魄。

【箋校】

[一] 本文載《舊唐書》卷一七二《令狐楚傳》、《册府元龜》卷五四八、《全唐文》卷五四一。《舊唐書·令狐楚傳》：「（卒）前一日，召從事李商隱曰：『吾氣魄已殫，情思俱盡，然所懷未已，强欲自寫聞天，恐辭法乖舛，子當助我成之。』即秉筆自書曰：……」《舊唐書·文宗紀下》：「（開成二年十一月）丁丑，興元節度使令狐楚卒。」丁丑爲十七日。《劉禹錫集》卷一九《唐故相國贈司空令狐公集紀》云「開成二年十一月十二日薨於漢中官舍」，禹錫之紀爲實際卒日，《舊唐書》所載乃朝廷得奏報之日。李商隱《樊南文集》卷一有《代彭陽公遺表》，本文爲其中一段，可知此段爲令狐楚自撰，全文則李商隱完成。所謂自前年夏秋以來貶譴誅戮者，即指發生於大和九年甘露事變中的死難者和遭株連者，令狐楚至死不忘爲他們申冤。

[二] 腰，《全唐文》作「要」。

賀皇太子知軍國箋[一]

臣某箋：伏見七月二十八日皇帝宣詔[二]，軍國政事，并權委皇太子殿下勾當者。伏以皇帝陛下躬勤黼扆[三]，志奉山陵[四]，恭慕積中[五]，殷憂發外。瞻九廟之重，須有纘承；以萬機爲煩[六]，期在宴息。伏惟皇太子殿下日躋睿哲，天縱欽明，繼丕業而堯曆重昌，嗣鴻名而文功累盛。事有光於往古，慶實被於殊方[七]，率土臣心[八]，不任欣戴[九]。臣限以鎮守[一〇]，遠在方隅，不獲陪慶宫庭[一一]，抃舞稱賀。瞻戀踴躍之至，謹奉箋以聞。

【箋校】

［一］本文載《文苑英華》卷五五七、《全唐文》卷五四三。韓愈《順宗實録》卷四：「（貞元二十一年七月）乙未，詔軍國政事，宜權令皇太子某勾當。」《舊唐書·韋皋傳》：「皋知王叔文人情不附，又知與韋執誼有隙，自以大臣可議社稷大計，乃上表請皇太子監國。……又上皇太子箋曰……太子優令答之。而裴均、嚴綬表繼至，由是政歸太子。」由本文觀之，嚴綬亦曾上皇太子箋。據《順宗實録》，韋皋上箋爲六月事。本文云「七月二十八日皇帝宣詔」，則嚴綬上箋在貞元二十一年七月。本文即代嚴綬作。

[二]宣詔，《英華》校：「後篇作詔旨。」「後篇」指收於《文苑英華》卷六二七之重出者。
[三]「伏」字上，《英華》校：「後篇有右字。」
[四]山陵，《英華》校：「後篇作園宇。」
[五]恭，《英華》校：「後篇、《類表》作思。」
[六]機，《英華》校：「後篇作方。」
[七]慶，《英華》校：「《類表》作恩。」
[八]心，《英華》校：「後篇作子。」
[九]不，《英華》校：「後篇作無。」
[一〇]以，《英華》校：「後篇作於。」
[一一]不，《英華》校：「後篇作未。」慶，《英華》校：「後篇作位。」

薦齊孝若書[一]

某官至，辱垂下問，令公舉一人可管記之任者。愚以爲軍中之書記，節度之喉舌。指事立言而上達，思中天心；發號出令以下行，期悦人意。諒非容易，而可專據。竊見前進士高陽齊孝若，字考叔，年二十四，學必專授，文皆雅正，詞賦甚精，章表殊健。疏眉目，美風姿，外若坦蕩，中甚畏慎。執事儻引在幕下，列於賓佐，使其馳一檄，飛一書，必能應馬上之急求，言腹中之所欲。夫掇芳刈楚，不棄幽遠。况孝若相門子弟，射策甲科，家居君侯之化下，且數年矣。不勞重幣，而獲至寶，甚善甚善。雄都大府，多士如林，最所知者，實斯人也。請爲閣下記其若此，惟用與捨，高明裁之。

【箋校】

［一］本文載《唐文粹》卷八六、《全唐文》卷五四三。王定保《唐摭言》卷六「公薦」條云「（崔）顥《薦齊秀才書》」云云，并録此文，《全唐文》卷三三〇即據此又收入崔顥名下。蔣光煦《唐摭言校勘記》云：「按此篇《文粹》作令狐楚。」岑仲勉《跋唐摭言》：「按《元和姓纂》，齊映子孝若，《書》所云相門之子也。又洪興祖《韓子年譜》：貞元八年齊孝若與韓愈同登科第。所謂秀才或前進士也。……楚與孝若同時，自可信。若顥卒天寶十三載（《舊書》卷一九〇下），烏得而薦之？」（《岑仲勉史學論文集》，中華書局一九九〇年）所考甚是。故以此文爲令狐楚作，《唐摭言》所云有誤。《元和姓纂》卷三齊映兄昭，「生孝若，大理正」。《新唐書·宰相世系表五下》瀛州齊氏所載同。《韓子年譜》引《科名記》貞元八年進士

全榜，中有齊孝若，與韓愈、歐陽詹同年。本文云「前進士」，蓋孝若尚未有官名。周紹良、趙超主編《唐代墓志彙編續集》有齊孝若撰《唐故蔚州刺史兼殿中侍御史張府君墓志銘并序》，結銜爲「河東觀察推官試太常寺奉禮郎齊孝若」，撰於貞元十六年，可知齊孝若當時在太原任節度推官。歐陽詹有《太原旅懷呈薛十八侍御齊十二奉禮》，見《全唐詩》卷三四九，此「齊十二奉禮」即齊孝若。令狐楚此文當爲薦之於鄭儋者，貞元十六年十月李説卒，鄭儋繼爲河東節度使。鄭儋即聘請齊孝若爲節度推官。

〔二〕《唐摭言》文末有「謹再拜」三字。

【輯評】

王楙《野客叢書》卷二四「薦疏稱字與年」條：古之薦人，皆言幾歲，及稱其字。今之薦章，罕有此體，豈當時以其字素著故邪？此體至唐猶在，觀令狐楚薦齊孝若亦曰：「竊見前進士高陽齊孝若字孝叔，年二十四」云云。范雲《讓封侯表》曰：「晉安郡侯官令東海王僧孺，年三十五，理尚棲約，思致恬淡」，此稱年而不稱字。而唐韋處厚薦皇甫湜、崔顥薦樊衡，亦用此體。乃知唐人撰述，皆有所祖。

盤鑒圖銘記[一]

元和十三載二月八日，予爲中書舍人、翰林學士，夜直禁中，奏進旨檢事。因開前庫東閣，於架上閱古今撰集，凡數百家。偶於《王勃集》中卷末獲此《鑒圖》并序，愛玩久之。翌日，遂自摹寫，貯於箱篋。寶曆二年，乃命隨軍潘玄敏繪於縑素[二]，傳諸好事者。太原令狐楚記。

【箋校】

[一] 本文載桑世昌《回文類聚》卷二、《全唐文》卷五四三。文有「寶曆二年」云云，即此文作年。據兩《唐書·令狐楚傳》，元和十二年七月，楚草裴度淮西招撫使制，不合度意，憲宗乃罷楚學士，但守中書舍人。本文云：「元和十三載二月八日，予爲中書舍人、翰林學士」，「翰林學士」四字不合楚仕歷，當是後人所加。王勃《鞶鑒圖銘叙》見《回文類聚》卷二、《全唐文》卷一八〇。據《回文類聚》所載之圖及王勃文，《盤鑒圖銘》爲回環曲折的回文詩，原刻於鏡背，王勃推測詩爲婦人所作。「盤」通「鞶」。鞶鑒爲繫於鞶帶上的銅鏡。

[二] 潘玄敏，《全唐文》作「潘元敏」，爲避清諱改。

周先生住山記[一]

先生姓周氏，名隱遥，字息元，宗其道者相號爲太玄先生。汝南人也。抱天和冲澹之氣，含至精潔朗之質，玉泠泉潤[二]，松高鶴閑，韜精守道，冥得真契。谷神既存而長守，玄關無鍵而不開。貞元初，游蘇州吴縣之包山林屋洞。秋八月，始於洞西得神景觀，訊其居者，曰：「距此數里，世傳毛公塢。毛公道成羅浮，居山三百餘歲，有弟子七十二人。聚石爲壇，遺趾猶存。爾能勤求，吾請以導[三]。」既行而蘿篠迷密，不知所往。先生冥目久之，逢一物焉，雙眸盡碧，毛色紫而本白，高數尺餘，隨而行之，視乃鹿也。須臾乃跪止，若有所告，先生默記之而還。至十九年冬，剬木翦茅，奠厥攸居，得異石一方，上有蟲篆，驗之，即毛公鎮地符也[四]。既而鑿户牖以爲竇，有鶴銜弄冠裳[五]，戲舞於庭砌。後得一井，香白滑甘，溢爲白泉。其傍得古池焉，深廣袤丈，陽驗陰伏[六]，湛如也。初，先生嘗息於洞之南門中，神化恍惚，往往失其所在。遇好風日，亦來人間。將至，必先之以雲鶴，其弟子灑掃香室，俄而至矣。嗟乎！先生之體，同乎無體矣，不以晝夜更動息，不以寒暑易纖厚。不食而甚力，走及奔馬，全乎氣者也；雖飲而無漏，止如靈龜[七]，外乎形者也。鹿以導步，神柔異物也；符以存視，道契先躅也。井泉去厲，昭乎仁也；池水不枯，齊其慮也。仙雲靈鶴之驗，去來仿佛之狀，其必神行而智知乎[八]？予叔服膺先生之門，二紀於兹，録先生本起，見命爲記。凝神遐想，直而不遺。元和十三年八月，華州刺史兼御史中丞令狐楚記。

【箋校】

[一] 本文載范成大《吴郡志》卷四〇、鄭虎臣《吴都文粹》卷一〇、孫星衍《續古文苑》卷一〇、《全唐文》卷五四三。《全唐文》題作《送周先生住山記》，餘書皆無「送」字，文中亦無送意，故不取。陳思《寶刻叢編》卷一四「蘇州」引《諸道石刻録》：「《唐周先生住山碑》，唐令狐楚撰。」即此文。文云：「元和十三年八月，華州刺史兼御史中丞令狐楚記。」即此文作年。《資治通鑒》卷二四三唐敬宗寶曆二年：「道士趙歸真説上以神仙……山人杜景先請遍歷江嶺，求訪異人。有潤州人周息元，自言壽數百歲，上遣中使迎之。八月乙巳，息元至京師，上館之禁中山亭。」即此周先生。文中之毛公塢即毛公壇，《雲笈七籤》卷二七「七十二福地」：「第四十二毛公壇，在蘇州長洲縣屬莊，仙人修道之所。」范成大《石湖居士詩集》卷二〇《毛公壇福地》詩自注：「西山最深處。毛公，劉根也，身生緑毛，故云。有劉道人作小庵，在隱泉之上。」

[二] 泠，《吴都文粹》《全唐文》作「冷」。

〔三〕導，《吴都文粹》作「導之」。
〔四〕地，《吴都文粹》作「壇」。
〔五〕衒弄，《吴都文粹》作「御」。
〔六〕驗，《吴都文粹》作「愆」。
〔七〕止，《吴都文粹》作「正」。
〔八〕智，《吴都文粹》作「著」。

刻蘇公太守二文記〔一〕

大和五年春三月，兖海節度副使李員外虞致本府書幣，修好於我。卒事返命，且以故太守《蘇源明集》中《小洞庭宴籍》及《序》二首見寄，請余立一貞石，識其故處云。余爲之考尋圖牒，詢訪耇老〔二〕，自五六日至於旬時，茫然曾不得回源亭〔三〕、渦泊依稀仿佛者。從天寶十二載而下，及兹八十年，源明有盛名於朝，遺愛在鄆，嘗與五太守會集，宴游之所，形於文字，罔若金玉。若良二千石好事君子，接武而來，總不恢張增飾之〔四〕，必當思人愛樹，存爲此州故事。悲夫！恩澤之外，四紀有餘，自蕩平而還，三政相繼。不銛鋒摩刃，以戰鬥爲務；則長臂利爪，而攫拾是謀。視嘉山水，好風月，如越人之髢、瞽者之鑒，非惟無用，又從而仇之。余以爲不可使中行子之文無傳於此地，乃於溪亭作金石刻，引而記之，亦李志也。秋七月二十七日，天平軍節度等使、檢校尚書右僕射、鄆州刺史兼御史大夫、彭城縣公令狐楚記。

【箋校】

［一］本文載《唐文粹》卷九六、《全唐文》卷五四三。文首云「大和五年」，即此文作年。時令狐楚爲鄆州刺史、天平軍節度使。《新唐書·文藝傳中·蘇源明》：「天寶間及進士第，更試集賢院，累遷太子諭德，出爲東平太守。」《唐詩紀事》卷一九「蘇源明」條：「天寶十二載，源明守東平，宴濮陽守崔季重、魯郡李蘭、濟南田琦、濟陽李倰於回源亭，爲《小洞庭五太守宴集》。」《小洞庭洄源亭宴四郡太守詩并序》、《秋夜小洞庭離宴詩并序》，皆見《唐文粹》卷九六、《全唐詩》卷二五五。趙明誠《金石録》卷一〇：「《唐小洞庭五太守宴集記》，蘇源明撰。《後序》，令狐楚撰。大和五年七月。」乾隆《大清一統志》卷一四二泰安府：「小洞庭湖，在東平州北三十里蠶尾山下，唐蘇源明《宴小洞庭詩序》所謂在拂蠶尾首也。」文中言及李虞，《舊唐書·温造傳》：「嘗遇左補闕李虞於街，怒其不避，捕祇承人，决脊十下。」又《李逢吉傳》：「朝士代逢吉鳴吠者，張又新、李續之、張權輿、劉栖楚、李虞、程昔範、姜洽、李仲言，時號八關十六子，又新等八人居要劇。」當即此李虞。

〔二〕 耆，《全唐文》作「耆」。

〔三〕 回源亭，蘇源明詩題作「洄源亭」。

〔四〕 總，《全唐文》作「緃」。

【輯評】

朱彝尊《書唐蘇秘監小洞庭二碑後》：當五太守宴集，源明特字渦泊曰小洞庭，亭曰洄源。至大和中，天平節度使令狐楚以二詩立石，題云：「自源明迄楚，爲時僅八十年，洄源亭、渦泊已迷其處矣。」聞是碑尚存，惜儲藏金石文字者，多不著於録也。（《曝書亭集》卷四九）

沁源縣琴高靈泉碑記〔一〕

仙人琴高，生於周而游於冀。嘗入碭水，沉而不濡，時乘赤鯉，周旋自若。河東，冀州之城也。前此嘗命有司廟於沁水之東，有冽寒泉，在堂之下，廣圜累步，澄湛盈尺。噫！靈踪汗漫，雖羽化於何鄉；而真理希夷，或鱗潛於此地。不然，則何以旱暵而不耗，霖淫而不盈？居人乞靈以赴訴，游子玩奇而濯弄，澹乎不知其幾百年也。貞元十五祀，郡守之子弟，敢以葷血饌於傍。腥膻既漫，清泚遂涸，似有扃閉，孰知根源？迨兹七稔，無復一勺。永貞之元年，觀察使尚書右僕射馮翊嚴公，以清静□其心，以中和樂其職，中命前清源令范陽盧憚假符於州，逾月而吏知耻，逾時而人知敬，一年而生物盡康，衆績其凝。由是抗懷仙風，注意靈泉，且曰：「剡山而飛者，傳於故志；聞綺而赴者，載在前言。吾其禱焉，儻可復也。」秋九月一日，率其屬，有攝長史程義光，攝司馬周利用，軍從事王傳，州主簿趙鄂、王青溪、楊果雲、連道冲，并軍吏群從數十人，致齋陳信，肸蠁如答。初以神視，厭浥而未融；徐以氣聽，湔準而始達。奠未徹而可以鑒，晷不移而可以汲。其明日，潏然有響，澂然無波，舊痕皆平，故味不爽。州閭喜駭，瞻觀奔走，乞以其狀獻於府朝。而盧君善無近名，嫌不語怪，將使感通神速之事，寂寥無聲。越十月，楚聞風異之，伐石爲記。嗚呼！聖人之所以觀象設教，神而化之者，無他，其要在於禍淫福謙，懲惡勸善。苟或淫昧，將焉訓齋。吾知盧君之洗心餐和，勤力抱素。前領遼山也，未及周歲，獲白鹿以歸。聿來沁源，齋沐於赤松觀，有四白鶴自天翔集。是故精意專感，急於置郵，靈鈞而玄關洞開，神驅而幽鍵迎解。有以知神明之與仁助，信蓋章乎州民。於是潔其涯隒，新其廟貌。入於門者，不俟約束，自然齋莊。如承水仙，若睹龍鯉，上可以列瑞典，下可以編幽經。目爲靈泉，蓋傳信也。時永貞元年孟冬月十有八日記。

【箋校】

［一］本文載《全唐文》卷五四三，原出處不詳。據文末可知，作於永貞元年十月。唐河東道沁州陽城郡屬縣有沁源，見《新唐書·地理志三》。酈道元《水經注》卷二三《獲水》：「趙人有琴高者，以善鼓琴爲康王舍人。行彭涓之術，浮游碭郡間二百餘年。後入碭水中取龍子，與弟子期曰：『皆潔齋待於水旁，設屋祠。』果乘赤鯉魚出，入坐祠中。碭中有可萬人觀之。留月餘，復入水也。」有關琴高的遺迹甚多。黄裳《新定九域志》卷四威勝軍：「琴仙廟，《風俗傳》云：即琴高也。」雍正《山西通志》卷二五《山川九》：「琴泉山在（沁源）縣東三里，遞高五里，盤踞三十餘里，連青龍山。上有琴高真人廟，廟前有靈泉，禱雨多應。」即本文所寫沁源縣琴高臺。文云「觀察使尚書右僕射馮翊嚴公」即時爲河東節度使的嚴綬。沁州刺史盧憚未見於其他文獻。

白楊神新廟碑［一］

道太原而北，列郡數十，雁門爲大。在周秦時，與山戎、林胡犬牙其疆，國家以文德柔惠而驅去之。北迹距塞口猶千里而遠，若内地控於通都。秩二千石者，非休勳懿德，則名王旄士。乙亥歲，今尚書隴西李公廉刺并部，選第郡政之尤異者，得昌化守南康郡王河南元韶，首表其名，遽聞於天，璽書勞勉，移理於代。惟南康以壯事老謀逮事先侍中平王〔二〕，則尚書朗寧王，勤於君，惠於人，而敬恭於神。由是神降之福，人懷其德。是歲夏五月，赤車彤襜，至自石州。初一日，會計於官次，察掾吏之勤惰。次二日，存問於里閭，求人民之利病。既三日，遍祭於山川神祇。蓋無停陰，鑾不輟聲。於郡東凡四十里，白楊有祀，實代之主也。滹水旁注，雁門山前峙。磻礴相扺，爲堆爲阜；蓊薈柯條，如虬如龍。廣僅百畝，厥高又倍。信可以迴薄日月，而避逃風雨。豈朔漠之氣凝結於此乎？坤元之精決泄於此乎？不然，其何以巍巍蒼蒼，將欲戛若木，稍扶桑，卑大椿於漆園，小蟠桃於東方？與夫古墓多悲，蕪城早落者，不同品矣。按諸《經記》，且曰：「昔元魏高祖孝文帝，由一成而宅九有，起雲中而馭天下。損益三代，憲章百王。厥初經營，由此途出，繫馬其下，歇鞍於枝，威靈所憑，別白而在。既偃頓以附土，又跳騰而架空，如有高掌蹠，爲鳥勢形。」洎今朝中書令燕公説摹咏其事，張公《白楊篇》之卒章云：「欲識前王塔鞍處，正北苗抽一小枝。」〔三〕户部侍郎吉公中孚申而明之。建中初，吉公以萬年尉爲黜陟判官至此，爲之《歌序》，具載其事焉。故迹彌顯，高名益大。爲屏爲圖，播於海嵎。代人神之，是以祠也。而舊規相襲，未甚宏麗。檐牖東嚮，椽欒内奰，有祆蟲之氣，無尊嚴之威。式車馬者以避禍，非以致敬；奠蘋蘩者惟邀福，不惟饗德。猶此祀也，不亦逶孝文於代乎？南康，其孫也，大懼夫祖德之墜於地，因愀然而言曰：「於古有召公奭，以區區陝服爲周二伯。行野聽訟，憩於甘棠。後思其人，猶愛其樹。其在《詩》曰：『勿翦勿伐，召伯所茇。』矧我烈祖有開國之武，麗天之文，撫正萬方，照臨四海，而又儲祉降德於後子孫。俾不佞起家而王，專城爲守，愧不能顯揚先美，使若黄帝。幸君之使，使理此土。敢黷於祭祀，是褻於功烈而速其罪戾也。」一年，因農之隙而易其地。二年，乘歲之豐而改其制。不三四年，得請於上，而新廟成。南面衮服，所以稱尊也；兩楹阼階，所以定位也；築墉於外，所以禦侮也；設屏於前，所以修容也。耽耽沈沈，顯敞靚深，不風而清，無雲而陰。前王戾止之儀，於是乎在；裔孫聿追之孝，於是乎舉。不惟禁淫祀，廢非禮，抑亦開明德，摛耿光。欲使異日觀者，不俟請書問俗，而知樹之所由植，廟之所由崇。諗於有知，僉曰：「非頌聲不可。」初南康之典化，顧嘗客焉。迨今剖符，則又備位於隴西公之府，相得最舊。見繩爲文，故敢徵成之功，與作之義，篆刻貞石，立於前楹。庶擬衛悝彝鼎之銘，敢同魯僖《閟宫》之什。銘曰：

蔚彼白楊，叢生雁門。蒙暑翳寒，晴天色昏。巨抵交柯，龍翔虎眠。從古强名，莫知其原。惟昔魏帝，於枝息鞍。懸垂低昂，厥迹猶存。大畏其力，小懷其恩。爰有靈祠，號爲神明。二扉不扃，四簋不陳。樵蘇所往，雉兔爲鄰。於鑠良牧，時維孝孫。下車之初，致敬而言。蔽芾甘棠，猶思其人。綿綿葛藟，下庇於根。乃正名居，式崇藩垣。山立當寧，翼張重軒。有赫斯皇，既嚴且尊。允矣君子，孰如其仁？大椿之年，細柳之軍。吾與元也，人誰間然？欲載其功，莫先於文。編詞琢石，終古不遷。

【箋校】

［一］此文載《文苑英華》卷八七六、《全唐文》卷五四三。趙明誠《金石録》卷九：「《唐白楊新廟碑》，令狐楚撰，鄭造正書，貞元十六年七月。」闕名《寶刻類編》卷四鄭造名下所載同。文中所云「乙亥岁」則爲貞元十一年，爲元韶爲石州刺史之年。酈道元《水經注》卷一三《漯水》：「如渾水又南至靈泉池，枝津東南注池。池東西百步，南北二百步。池渚舊名白楊泉，泉上有白楊樹，因以名焉。其猶長楊、五柞之流稱矣。」所謂白楊神者疑即此處。《山西通志》卷一六七《祠廟四》：「白楊神廟，唐令狐楚《新廟碑》，代郡東四十里。白楊有祀，實代之主。」關於元韶，《元和姓纂》卷四「是云元氏」：「暢生韶，河陽節度、中丞。」《舊唐書・順宗紀》：「（貞元二十一年二月）甲申，以河陽三城行軍司馬元韶爲懷州刺史、河陽懷州節度使。」又《憲宗紀上》：「（永貞元年九月）辛未，河陽三城節度使元韶卒。」《全唐文》卷四八二有路隋《不載元韶事迹議》。

［二］先侍中平王，謂馬燧。下句之「尚書朗寧王」謂李自良。上文之「今尚書隴西李公」則謂李説。

〔三〕張説原詩已佚，陳尚君《全唐詩補編·全唐詩續拾》卷一〇已據此文將此二句收入張説名下。

【輯評】

王志慶《古儷府》卷一一：令狐楚《白楊神新廟碑》：「戛若木，稍扶桑，卑大椿於漆園，小蟠桃於東方？與夫古墓多悲，蕪城早落者，不同品矣。」

大唐故朔方靈鹽等軍州節度副大使知節度事管内支度營田觀察處置押蕃落等使銀青光禄大夫檢校刑部尚書兼靈州大都督府長史御史大夫安定郡王贈尚書左僕射李公神道碑銘并序〔一〕

□安定郡王諱光進，字耀卿。節制靈武之三年，歲在乙未，季夏六月，寢疾於理所。監軍使者驛馬以聞，皇帝遣中貴人賫尺一書，與御府醫藥，馳往臨視。旬有八日，奄棄厥命，享年五十七矣〔二〕。制詔丞相御史，罷朝會，加賵賻。然後以左揆之密印晝綬，告於第焉。其年，嗣子季元，河東衙前兵馬使、檢校太子賓客兼監察御史。次曰燧元，陳許節度押衙、檢校太子賓客兼監察御史。次曰毅元。次曰綬元，宣義郎行太原府太原縣尉。次曰宗元。次曰吉元。血泣柴立，護裳帷南歸太原。越十一年二月己酉，葬我尚書左僕射安定王於太原府東四十里孝敬原，禮也。公之先本阿跌氏，出於南單于左廂十二姓。代有才杰，繼爲酋師。嘗統數千廬落，號別部大人。貞觀初，大父賀之率其屬來歸，太宗制受鷄田州都督，仍充靈武、豐州定塞兵馬使。大父襲之，無禄早世。先父良臣，開府儀同三司、鷄田州刺史、充朔方先鋒左助兵馬使。夫以三葉之忠厚，一門之信謹，宜錫祚胤，降生畯賢。公形清而視明，神全而氣和，猿臂虬鬚，山立玉色。贈工部尚書李奉國，皆公之伯姊，器公於稠人，教之騎射，付以韜略。由是發迹雲中，策名太原。始以勇敢從北平王燧戰於蒲次，以願恭事朗寧王自良鎮於并[三]。或典領先偏，或訓齊部伍。公家之事無細大，戎府之務無重輕，緣手風生，過目冰泮。禮部尚書隴西公説待以心膂，奏兼殿中侍御史。工部尚書滎陽公儋仗爲爪牙，表兼御史中丞。大司空嚴公綬擇戲下之才，奏兼御史大夫。司徒范公希朝求軍中之舊，遷爲檢校左散騎常侍。古人云：「一心可以事百君。」於公見之。自時而後，氣概昭宣，風聲流聞，人望歸厚，天心委重。由代州刺史、石嶺鎮北兵馬使、代北軍使超遷工部尚書、單于大都護、振武節度支度營田觀察押蕃落等使。朝家思所以優寵尊異於公者，無所愛焉。八年秋遷爲秋官，改拜靈州，進階至銀青，封□

於安定，賜姓李氏，列宗籍，追命先君儀同爲工部尚書，先夫人史氏爲代國太夫人。君臣交感，家國儲慶，焜耀充塞，有如是耶！十三年春，介弟忠武軍節度等使、銀青光禄大夫、檢校司空同中書門下平章事、武威郡開國公光顔既平淮夷，秉圭來朝，疏公官伐德善，涕洟見請，以表丘壟。又會故吏御史任夷則條二府政事，上於考功，故得鋪陳馨香，追琢琬玉云。惟公□毅直清，潔矩莊明，不爲物遷，能以貞勝。忠信之教，自形於心術；孝悌之行，每合於天經。昔國太夫人嘗有霜露之疾，公與今司徒左右就養，不脱冠帶者累月。其到雁門也，先惠訓而後武斷，清静之政成，愷悌之化流，鰥孤遂安，奸盜訖息。貞元中，孝文之心，在宥天下。無何，李鄭二帥，相繼物故，大司空嚴公亦用寬和統三軍，轅門武人，驕蹇自便。及公之都紀綱也，言詞約而必信，號令明而必行，堂皇之上聽無嘩，大旆之前立無跛。范司徒之東討常山也，軍旅之事，□以咨之。或壍水以絶其歸居，或斷橋以防其走進[四]，繄君有命，皆我之爲。開網竟從於朝旨，改轅無失於戎律。其在振武也，懲邊候之不修，黠虜挻灾，我人離落，於是選騎戒期，揚威棱於沙磧。寇皆愕眙，深潛而遠遁矣。病公田之不闢，豪家射利，我庚空竭[五]，於是置吏立程，懸信賞於表綴，農皆鼓舞，寒耕而熱耘矣。罕羌之豪曰懷榮，曰黑□，戕賊攘敚，横於二垂，前後握兵者率不能禁。公乃飛語以速其卸，開恩而怠其意，密聲殄力，如取懷中而殺之。風清河湟，威動朔漠。遷之至於靈武，亦猶是也。而加之以勤儉，因之以廉平。夫家之徭有恒經，井地之徵有定制，生物滋殖，齊人樂康。利澤四布，淑聲一口。時縣官加兵蔡人，且三年矣，楚方奏薄技於内庭，雅知將欲徵□於朔方，濟師於許昌[六]，謂肺肝之可見，俾手足以相衛。公亦義形於色，情發於中，或攘臂而言，或投袂而起。豈天緩狡童之戮於終歲也？翌日而公疾，浹旬而公病，不月而公薨。悲夫！信之結於人也深，惠之被於物也久，聞喪而哭於野者雷動，會葬而登於壟者星奔。豈止剺面剌心，輟舂罷布而已。嗚呼！黑山雖順，赤嶺猶虞，而耀卿宰木已高，壽宫永閉，懷忠憤者，得不太息而掩涕乎！蔡邕撰有道之碑，自知無愧；范文觀武子之墓，可以與歸。銘曰：

天有風霆，是爲威刑。國之斧鉞，用以征伐。明明我后，耀武敷文。蟜蟜我王，砥節邀勳。昔在偏裨，其道則直。洎司綱紀，其儀不忒。一麾出守，十乘啓行。藩籬單于，襦袴朔方。心與世同，政由己出。塞上師壯，軍中廩實。既宣大忠，宜奏膚公。西戡畎夷，北伐山戎。慶方來兮任方崇，身已滅兮名已空。罕山之南汾水東，白楊黑柏多悲風。

【箋校】

［一］本文載王昶《金石萃編》卷一〇七、《全唐文》卷五四三。《舊唐書·憲宗紀下》：「（元和十年）秋七月庚午朔，靈武節度使李光進卒。」與本文云「歲在乙未」者合。《萃編》卷一〇七王昶云：「按此碑無建立年月，據撰文者令狐楚結銜爲門下侍郎同中書門下平章事，證以《新唐書·宰相表》，是此碑之立在元和十五年閏正月辛亥入相之後，七月丁卯罷相以前之事矣。然據碑文，是元和十三年春光進弟光顔入朝，疏請立碑，不知何以遲至兩年之後始撰文而立之也。碑云越十一年二月己酉葬，乃是元和十一年，非謂卒後十一年。《金石録補》謂葬在寶曆元年者，誤也。」據王昶考及碑文意，知李光進卒於元和十年七月，葬在十一年二月，碑則立於元和十五年。

［二］五十七，兩《唐書·李光進傳》皆云六十五，未知孰是。

［三］自良鎮，《全唐文》作「自良鐵」，誤，據《萃編》改。自良謂河東節度使李自良，兩《唐書》有傳。

［四］走進，《萃編》作「□集」。

［五］庚，王昶云「庚」爲「庚」之誤，是。見《萃編》。

［六］昌，《全唐文》闕此字，據《萃編》補。

【輯評】

朱彝尊《榆次縣三唐碑跋》：去榆次縣三十里趙村，有穹碑三。中央一通僕地，折爲二段，贈太保李良臣碑也。其辭李宗閔撰，楊正書，立於長慶二年。右一通安定郡王李光進碑也。其辭令狐楚撰，子季元書，立於元和平蔡之後。左一通太尉李光顔碑也。其辭李程撰，郭虔書，立於開成五年。……光進、光顔皆以功蓋天下，時人以大小大夫别之，兄弟孝睦，載於舊史。而碑稱光顔平吴元濟，師旋，請於朝，葬其兄，則史傳所未及。又碑書光進爲安定郡王，史没其文，吾意碑辭定不誣矣。（《曝書亭集》卷五〇）

大唐迴元觀鐘樓銘并序[一]

《禮》之《樂記》云：「鐘聲鏗。」鏗以立號，號以立横，言號令之發，充滿其氣也。《春秋》之義，有鐘鼓曰伐，言聲其罪以責之也。而道人桑門師亦謂爲信鼓，蓋以其警齋戒勤惰之心，時朝禮早暮之節[二]。故雖幽巖絶壑，精廬静室，隨其願力，靡不施設。京師萬年縣所置迴元觀者，按乎其地，在親仁里之巽維；考乎其時，當至德元年之正月。前此天寶初，玄宗皇帝創開甲第，寵錫燕戎。無何，貪狼睢盱，豶豕唐突。亦既梟戮，將爲污瀦。肅宗皇帝若曰：「其人是惡，其地何罪！」改作洞宮，謚曰迴元。乃範真容，以據正殿，即太一天尊之座，其分身歟！貞元十九年，規爲名園，用植珍木，敕以像設，遷於肅明觀名。輦輿既陳，組紼將引，連牛胸喘而不動，群夫股慄以相視。俄而或紫或黑，非烟非雲，蓬勃窗牖之間，絪緼階砌之上。主者惶恐，即以狀聞。德宗皇帝駭之，遽詔如舊。而廊廡未立，鼓鐘未鳴，入者不得其門，游者不知其方。

大和初，今上以慈修身，以儉莅物，永惟聖祖玄元清静之教，吾當率天下以行之。由是，道門威儀麟德殿講論大德賜紫郄玄表[三]，冲用希聲，爲玄門領袖，抗疏上論，請加崇飾。其明日，内錫銅鐘一口，不侈不揜，有銑有于。而帶篆之間，元無款識，今之人其罔聞，後之人其罔知。四年夏，有詔女道士侯瓊珍等，同於大明宮之玉晨觀設壇進籙，遂以鎮信金帛刀鏡之直，并中朝大僚、外舍信士之所施捨，合七十萬，於大殿之前少東創建層樓。欒櫨既構，簨簴既設，合大力者扛而登於懸間。鯨魚一發，坑谷皆滿。初拗然而怒，徐寥然而清，沉伏既揚，散越皆黜。終峰嶸以振動，觀臺廓而開爽。聞其聲者，寢斯興，行斯歸，貪淫由是衰息，昏醉以之醒寤。雖三塗六趣之中，亦當湯火滄寒，拲梏解脱。鐘之功德，可思量乎？余與威儀有重世之舊，聞其所立，悦而銘之。其詞曰：

鐘憑樓而發聲，樓托鐘以垂名。鐘乎樓乎，相須乃成。盤龍在旋，蹲熊在衡。百千斯年，吾知其不鑠而不傾。

【箋校】

［一］此篇録自《全唐文補遺》第一輯，又載陳尚君編《全唐文補編》卷七〇。此文原爲一九八六年西安出土石刻，陳尚君所録原據三秦出版社初拓本。題署「銀青光禄大夫守尚書左僕射上柱國彭陽郡開國公食邑二千户令狐楚撰」。文末云：「觀主太清宫供奉趙冬陽、上座韓諒、監齋任太和、前上座王辯超、大德郭嘉真、道士田令真、直歲田令德。開成元年四月廿日立。翰林學士兼侍書朝議大夫行尚書兵部郎中知制誥上柱國賜紫金魚袋柳公權書。」迴元觀是以當年唐玄宗賜安禄山的第宅建成的，鐘樓則建成於開成元年四月。此文當作於開成元年四月前，因爲開成元年四月令狐楚即出爲興元尹、山南西道節度使。《全唐詩》卷五六七鄭嵎《津陽門詩》注：「時於親仁里南陌爲禄山建甲第，令中貴人督其事，仍謂之曰：『卿善爲部署，禄山眼孔大，勿令笑我。』至於簩筐、籔箕、釜缶之具，咸金銀爲之。今回元觀即其故第耳。」

［二］時，《全唐文補遺》闕此字，據《全唐文補編》補。

［三］郄，《全唐文補遺》闕此字，據《全唐文補編》補。

唐憲宗章武皇帝哀册文[一]

維元和十五年歲次庚子，正月甲戌朔二十七日庚子，移殯於大内太極殿之西階。粤五月十五日庚申，遷座於景陵，禮也。玉衡南指，金波西落。皓雪集其麻衣，素雲褰其綃幕。柳宫龍動，竹池魚躍。兆庶雨泣於浩穰，萬靈風號於寥廓。哀子嗣皇帝仰攀雕輦，殷奠瓊筵，哀無容以觸地，痛不返而終天。仙仗徐進，宸儀永隔。降睿旨於鸞臺，揚聖功於鳳册。其詞曰：

配天維唐，伊祁同光。應道爲帝。玄元之系。聖人有作，孝子善繼。顯赫十朝，總齊四裔。執其大象，司彼左契。武烈誕敷，文明下濟。出潛離隱，或躍未融。親則磐石，封殊翦桐。承祧黄屋，主鬯青宫。禮樂盡在，謳歌薦至。軒皇倦勤，傳付神器。太母侍養，親臨寶位。怡聲下色，先意承志。家令敢言，天子屏貴。明明出震，業業承乾。其仁如山，其智如泉。理析堅白，學探幽玄。揮毫霧動，掞藻霞鮮。所持者儉，所寶者賢。刑靡不省，賞無不延。冕旒迎日，珪璧祈年。涕謁宗廟，臣朝昊天。天縱神聖，日躋孝敬。鴻名再加，寶曆一定。窮人屢賑，名士交聘。獸愛觸邪，草憐指佞。梯航修貢，鱗羽遂性。

河色呈符，山聲告慶。編書辯謗，創殿思政。甘節必稱，苦言終聽。棱威之遠，德政之盛。霜雪憲章，雷風號令。夏臺齒劍，上黨納阱。趙際宅心，鄴中聽命。誰能去兵，王者有征。玉壘霧廓，金陵鏡清。狐鳴上蔡，蟻聚東平。伏鑕就戮，迴戈受烹。始以上殺[二]，歸於好生。恢恢不失，蕩蕩難名。信及隱微，道存溥博。走馬斯郤，昆蟲咸若。調其玉燭，徇以木鐸。混同車書，遠頒正朔。範金合土，大興太學。清蹕鳴鑾，將登高嶽。四維既張，五刃已藏。蠻夷戎羌，敢不來王。天下清浄，朝廷樂康。會冠劍以高宴，戲魚龍於廣場。有嚴有翼，無怠無荒。俗皆臻於壽域，人自爲於羲皇。日出入兮安窮極，雲飛揚兮無處所。瑞方瞻乎鳳來，灾忽聞於鵩語。謂百年之可卜，嗟九齡之不與。當凝旒而下臨，奄脱屣以輕舉。萬姓哀其考喪，千官懷其后撫。封人猶禍於南山，帝子已號於北渚。嗚呼哀哉！披靈衣兮如在，委仙佩兮若休。建環海以静寐，謝鼎湖而遠游。桂華朗兮高殿寂，梧葉暗兮深宫愁。驚同軌之遽至，咽長川而不流。嗚呼哀哉！威儀肅設，文物前列。酌玉斝以宵奠，駕金根而曉發。出朱雀之正門，背青鸞之迴闕。逶迤原野，蒼茫日月。去復去兮降堯階，悲莫悲矣臨禹穴。嗚呼哀哉！地開蒼谷，天作豐山。江海自流於泉下，城郭取象乎人間。高封馬鬣，永秘龍顔。鱗有逆兮曾觸，髯欲升兮尚攀[三]。朝百靈以肅肅，遺八駿以閟閟。陵植柏兮未拱，閣生苔兮已斑。嚴日宫而深閉，藹雲幄以空還。興衆感於萬井，結宸悲於九闕。嗚呼哀哉！神行無方，乾健不息。物皆被於聖澤，人自迷於帝力。巍乎高代之行，至矣動天之德。後玄壤以長存，冠蒼穹而罔極。嗚呼哀哉！

【箋校】

［一］本文載《唐文粹》卷三二、《全唐文》卷五四三。《舊唐書·憲宗紀下》：「（元和十五年正月庚子）是夕，上崩於大明宫之中和殿，享年四十三。時以暴崩，皆言内官陳弘志弑逆，史氏諱而不書。」《舊唐書·令狐楚傳》：「（元和）十五年正月，憲宗崩，詔楚爲山陵使，仍撰哀册文。」

［二］上，《全唐文》作「止」。

［三］尚，《全唐文》作「高」。

【輯評】

劉禹錫《唐故相國贈司空令狐公集紀》：公爲宰相，奉詔撰憲宗神聖章武孝皇帝哀册文，時稱乾陵崔文公之比。（《劉禹錫集》卷一九）

《舊唐書·令狐楚傳》：所撰《憲宗哀册文》，辭情典鬱，爲文士所重。

祭侄女行軍夫人文[一]

年月日，某官某致祭於故十三侄女行軍夫人之靈。嗚呼！婦德尚柔，以宜其家。人之不幸，生也有涯。側聞夫人，明懿穠華。輝奪夜光，鮮侔晨葩。行軍之妻，尚書之女。動而中禮，欲不逾矩。婉彼宋子，歸於鄭武。主吏之昌，副軍大鹵。雲霄兹始，琴瑟方調。孰云大年，曾莫崇朝。曄曄蕣華，不思風飄[二]。瀼瀼薤露，先旦而消。嗚呼哀哉！昔也北來，繡帷虧蔽。今兹南去，丹旐容曳。逝矣冥漠，宛然慈惠。嫡女墜心，良人迸涕。嗚呼哀哉！本支百世，如水一源。况是鰥夫，彌憐小孫。千齡共盡，萬化如存。申奠致詞，悲何可言。尚饗！

【箋校】

［一］本文載《文苑英華》卷九九三、《全唐文》卷五四三。令狐楚有弟從、定二人，既云侄女，當是令狐從或令狐定之女，然二人皆未曾官至尚書，祭文云「行軍之妻，尚書之女」，與從、定二人仕歷皆不合，故疑是代人作。文又曰：「婉彼宋子，歸於鄭武」，疑其夫姓鄭，故以鄭武公喻之。鄭儋爲河東節度

使前先爲河東行軍司馬，後娶之妻爲李氏，生三女，鄭儋卒，遺命與二夫人各别爲墓，不合葬，見韓愈《唐故河東節度觀察使滎陽鄭公神道碑文》，則可知李氏亦卒在鄭儋前。若此，則此文爲代李氏之諸父作。其諸父即李說耶？待考。

［二］思，《英華》於其下注一「疑」字。

祭豐州李大夫十八丈文[一]

嗚呼！齠齔之年，獲見大夫。目以成器，異於群倫。自降而遷，垂三十春。服義懷德，遠而逾親。靈州不協，坐謫三楚。遐服徂征，高館晤語。謂天之道，正直是與。捧手欲辭，以心相許。群后抗疏，訟公無辜[二]。羽林森森，天授兵符。適值南還，穎耀神都。風天雪夜，買酒相呼。帝命并土，喜公爲副。令尹是毗，賢王是輔。嗟我小子，此焉婚娶。贄幣既求，酒牢亦具。河外西城，振胡鎖戎。詔遷大夫，開府其中。平生相知，招我以弓。竟逼方寸，不能從公。自此違奉，無由詣謁。絡繹篇章，綢繆書札。不聞嬰疾，不得留訣。倉卒一辭，寂寞長别。嗚呼哀哉！惟先將軍，有庸有勳。及公嗣興，武不害文。義分如霜，志氣干雲。頭蓬面垢，報國事君。土田未封，旄鉞未受。天實福善，神明爲咎。埋没黄沙，摧殘白首。雖以瞑目，豈能鉗口。孤旐翩翩，反葬秦川。經過故府，悵望新阡。魂兮何之？音容悄然。攀轅薦奠，若淚潺湲。

【箋校】

［一］本文載《文苑英華》卷九八八、《全唐文》卷五四三。豐州李大夫爲李景略。據《舊唐書・李景略傳》，景略爲靈武節度使杜希全辟在幕府，轉殿中侍御史兼豐州刺史、西受降城使。因威名爲杜希全所忌，上表誣奏，貶袁州司馬。徵爲左羽林將軍。爲太原少尹、河東節度行軍司馬。又爲李説所排，遷豐州刺史兼御史大夫、天德軍西受降城都防禦使。貞元二十年卒於鎮。《舊唐書・德宗紀下》：「（貞元）二十年春正月……丙申，天德軍防禦團練使、豐州刺史李景略卒。」本文當即作於貞元二十年。

［二］訟，《英華》作「頌」，校曰：「疑作訟。」《全唐文》作「訟」，從之。

殘　篇

登科後爲桂、并四府從事，掌箋奏者十三年，始遷御史。綴其藁，得一百九十三篇。《表奏集自序》［一］

伯喈縱見，肯題外孫之虀臼；士衡如聞，當覆季弟之酒甕。夏屋崇高，固當容其艱拙；秦臺照燭，何所竄其嗤鄙。雖磨鉛雕朽，已竭其精誠；而揆日窺天，難窮於高遠。以上兩段皆《送碑本》[二]

前奉手筆，令撰晋碑，依違涉春牽課，綴慮裁篇。桃逵終日，庶冀等威，附麗皇極。[三]

碑箋所行，將垂久遠，篆籀即至樸，昧者難知。行隸又太繁，涉於非敬。唯八分爲字，二妙能相兼之。得文質之美，□□至中。□經古今，流而不惠。《與嚴少保論書碑箋》[四]

準六典，若賢良遺滯於下，拾遺則條其事實而篤言之。《爲右拾遺表》[五]

厩焚魯國，先師唯恐傷人；屋倒閿鄉，常侍豈宜問馬。《馬斃判》[六]

自刑部員外郎出，得累歷方鎮，携挈隨逐。《白時詩序》[七]

大師泥洹荼毗之六年，余以門下侍郎平章事攝太尉。《唐百巖大師懷暉碑》[八]

前件劍武庫神兵，先皇特賜，既不合將歸泉下，又不宜留在人間。《進寶劍表》[九]

【箋校】

［一］晁公武《郡齋讀書後志》卷二：「令狐楚《表奏》十卷，右唐令狐楚字慤士撰。楚相憲宗，爲文善於箋奏。自爲序云：『登科後，爲桂、并四府從事，掌箋奏者十三年，始遷御史。綴其稿，得一百九十三篇。』自號白雲孺子。」按：關於令狐楚之號，江休復《江鄰幾雜志》云：「韓文公《鄭儋碑文》『自號白雲翁』，令狐楚《白雲表奏》取使府爲名耳。」方崧卿《韓集舉正》卷八云：「令狐楚嘗爲太原從事，唐志有《表奏》十卷，自號白雲孺子，蓋以媢（鄭）儋也。」其説非是。陳景雲《韓集點勘》卷四：「按令狐楚《表奏》十卷，蓋集前後佐桂林、太原二府事，四帥幕下所草，非専爲鄭儋從事時作也。初桂帥王拱奏辟楚，楚以父官并州，不得奉養，未嘗預帥府燕樂，滿歲謝歸太原。諸帥皆高其行，相繼引入幕府。及後表奏之編，自佐桂林幕府始，自號白雲孺子，蓋用狄梁公登太行遥望并州親舍事，方氏媢儋之誚，恐承小説之失實也。」

［二］以上兩段殘文皆見晏殊《類要》卷二一，轉録自陳尚君《全唐文補編·全唐文又再補》卷五「令狐楚」條，又見唐雯《晏殊〈類要〉研究》附録四，上海古籍出版社二〇一二年。按：「夏屋」爲山名，在代州雁門縣，見李吉甫《元和郡縣圖志》卷一四河東道代州。秦臺即秦陵，指始皇陵。《史記·秦始

皇本紀》云始皇陵「以人魚膏爲燭」。《字彙補・至部》：「臺，古謂陵墓爲臺。」

［三］見《類要》卷二一，闕題，出處同上。按：細按文意，當與以上兩段屬同一篇，文題亦爲《送碑本》(當是簡稱)。「桃逵」不詞，當是「挑達」之訛。《詩經・鄭風・子衿》：「挑兮達兮，在城闕兮。」毛傳：「挑達，往來相見貌。」當是有人請令狐楚爲立於晋地之碑撰文并書寫碑文，令狐楚書寫後將文本奉上，并附書箋。

［四］見《類要》卷二三，轉録自陳尚君《全唐文補編・全唐文又再補》卷五「令狐楚」條，又見唐雯《晏殊〈類要〉研究》附録四。按：此嚴少保爲嚴綬。《舊唐書・嚴綬傳》：「裴度見上，屢言綬非將帥之才，不可責以戎事。乃拜太子少保代歸。」同書《憲宗紀下》：「(元和十年十一月)乙亥，以山南東道節度使嚴綬爲太子少保。」以上四段皆與書法有關，頗疑爲同一篇中的文字，文題皆爲晏殊簡化或代擬。嚴綬曾爲河東節度使，或是嚴綬欲於晋地立一碑，如德政碑之類，托令狐楚撰文并書寫，令狐楚寫成後寄予嚴綬，并附此書箋。

［五］見《類要》卷一六，轉録自陳尚君《全唐文補編・全唐文又再補》卷五「令狐楚」條，又見唐雯《晏殊〈類要〉研究》附録四。

［六］趙璘《因話録》卷三《商部下》：「相國令狐公楚自河陽徵入，至閿鄉，暴風，有裨將飼官馬在逆旅，屋毁馬斃。到京，公旋大拜。時魏義通以檢校常侍代鎮三城，裨將當還，緣馬死，懼帥之責，以狀

請一字爲判。公援筆判曰：……」即此文。文題代擬。按：《論語·鄉黨》：「厩焚，子退朝曰：『傷人乎？』不問馬。」判意出此。

〔七〕阮閲《詩話總龜》前集卷四五引《雜志》：「令狐楚《宫人斜》詩云：『唯應四仲祭，使者暫悲嗟。』又《白時詩序》云：『自刑部員外郎出，得累歷方鎮，携挈隨逐。』又有《茈菰花》《芹花》詩，亦唐賢所罕咏者。」按：「白時」之義未詳。

〔八〕歐陽修《集古録跋尾》卷九：「《唐百巖大師懷暉碑》（歲月未詳）。右《百巖大師懷暉碑》，權德輿撰文，鄭餘慶書，歸登篆額。又有别碑，令狐楚撰文，鄭絪書。懷暉者，吾不知爲何人，而彼五君者皆唐世名臣，其喜爲之傳道如此。欲使愚庸之人不信不惑，其可得乎？民之無知，惟上所好惡是從，是以君子之所慎者，在乎所學。楚之文曰：『大師泥洹茶毗之六年，余以門下侍郎平章事攝太尉。』『泥洹茶毗』是何等語！宰相坐廟堂之上，而口爲斯言邪？皋夔稷契，居堯舜之朝，其語言《尚書》載之矣，異乎此也。治平元年七月十三日雨中書。（右真蹟）」按：陳思《寶刻叢編》卷七《京兆府中》：「《唐章敬寺百巖大師靈塔碑》，唐汴州刺史、宣武節度副大使令狐楚撰，吏部尚書鄭絪書。大師以元和中詔至京師章敬寺，長慶初，令狐楚請賜謚及塔，名曰宣教碑，乃大和三年立。（《集古録目》）」權德輿《唐故章敬寺百巖大師碑銘并序》云百巖大師卒於元和十年，見《權載之文集》卷二八。「泥洹」即涅槃，「茶毗」即焚化，皆梵語音譯。

〔九〕 孫光憲《北夢瑣言》卷七：「李商隱員外依彭陽令狐公楚，以箋奏受知。相國危急，有寶劍嘗爲君上所賜，將進之，命李起草，不愜其旨。因口占云：『前件劍武庫神兵，先皇特賜，既不合將歸泉下，又不宜留在人間。』時人服其簡當。彭陽之子綯，繼有韋、平之拜，似疏隴西，未嘗展分。重陽日，義山詣宅，於廳事上留題，其略云：『十年泉下無消息，九日樽前有所思。郎君官重施行馬，東閣無因許再窺。』相國睹之，慚悵而已。乃扃閉此廳，終身不處也。（小字注：裴晉公臨終，進先帝所賜玉帶表文，與令狐公事頗同，未知孰是。舊朝士多云：李義山草進劍表，令狐公曰：『今日不暇多云。』信口占之。）」

卷第六　詩

青雲干呂[一]

郁郁復紛紛，青霄干呂雲。色令天下見，候向管中分。遠覆無人境，遥彰有德君。瑞容驚不散，冥感信稀聞。湛露羞依草，南風耻帶薰。恭惟漢武帝，餘烈尚氛氲。

【箋校】

［一］此詩見《文苑英華》卷一八二、《全唐詩》卷三三四。《英華》依類歸爲省試詩，同作尚有林藻、王履貞、彭伉，可知爲進士試題。令狐楚、林藻等皆貞元七年進士登第，故訂此詩作於是年。參見徐松《登科記考》卷一二。此年即試《青雲干呂》詩、《珠還合浦賦》。青雲干呂，指慶雲翔集，吉祥之象。

【輯評】

吴智臨《唐詩增評》卷三：東方朔《十洲記》：「天漢三年，月氏國獻神香，曰：『東風入律，十旬不休，青雲干呂，連月不散，意中國有好道之君乎？』」班固詩：「寶鼎見兮色氛氲。」兩語破完全題。三、四上句「青雲」，下句「干呂」。五、六補出題旨，七、八還清題面。九、十撇筆襯托，以起下結句叙事之意。結語不假雙關寓意，直作頌詞，此另一體式。

立秋日悲懷[一]

清曉上高臺，秋風今日來。又添新節恨，猶抱故年哀。淚豈揮能盡，泉終閉不開。更傷春月過，私服示無縗。

【箋校】

[一] 此詩見蒲積中《古今歲時雜咏》卷二三、《全唐詩》卷三三四。由詩中「泉終閉不開」及「私服示無縗」之句觀之，令狐楚時在丁憂。令狐楚先後兩次丁憂，先丁父憂，後丁母憂。此詩所云爲丁父憂還是丁母憂，不得而知。故此詩難以繫年。

南宮夜直宿見李給事封題其日所下制敕知奏直在東省因以詩寄[一]

番直同遥夜，嚴扃限幾重。青編書白雀，其日敕：鄜州奏白雀，宜付史館。黄紙降蒼龍。北極絲綸句，東垣翰墨踪。尚垂玄露點，猶濕紫泥封。炫眼凝仙燭，馳心裊禁鐘。定應形夢寐，暫似接音容。玉樹春枝動，金樽臘釀醲。在朝君最舊，休浣許過從。

【箋校】

［一］此詩見《文苑英華》卷一九一、高棅《唐詩品彙》卷七九、《全唐詩》卷三三四。《英華》題缺「封」字，《全唐詩》無「日」字。李給事爲李逢吉。《舊唐書·李逢吉傳》：「（元和）六年，遷給事中。」南宫指尚書省，後又專稱禮部。王禹偁《贈禮部宋員外閣老》：「未還西掖舊詞臣，且向南宫作舍人。」自注：「禮部員外，號南宫舍人。」見《小畜集》卷一〇。《舊唐書·令狐楚傳》：「免喪，徵拜右拾遺，改太常博士、禮部員外郎。」此詩作於元和六年。由此詩亦可知令狐楚由太常博士改禮部員外郎亦在元和六年。李逢吉有《和嚴揆省中宿齋遇令狐員外當直之作》，見《唐詩紀事》卷四七「李逢吉」條、《全唐詩》卷四七三，即和令狐楚之作。由李逢吉詩，亦知令狐楚元和六年已爲禮部員外郎。

省中直夜對雪寄李師素侍御[一]

密雪紛初降，重城杳未開。雜花飛爛漫，連蝶舞徘徊。灑散千株葉，銷凝九陌埃。素華凝粉署，清氣繞霜臺。明覺侵窗積，寒知度塞來。謝家争擬絮，越嶺誤驚梅。暗魄微茫照，嚴飆次第催[二]。稍封黄竹亞，先集紫蘭摧。孫室臨書幌，梁園泛酒杯。静懷瓊樹倚，醉憶玉山頽。翠陌飢烏噪，蒼雲遠雁哀。此時方夜直，想望意悠哉。

【箋校】

［一］此詩見《文苑英華》卷一九一、高棅《唐詩品彙》卷七九、《全唐詩》卷三三四。題「侍御」，《英華》作「侍郎」。詩云：「素華凝粉署，清氣繞霜臺。」前句指己所在之尚書省，後句指御史臺，可知當以「侍御」爲正。故從《品彙》。《册府元龜》卷四八一：「李師素爲兵部員外郎，元和十五年九月坐與令狐楚親，出爲資州刺史。」又卷九二五：「李師素爲兵部員外郎，令狐楚坐山陵事貶，師素與楚親，出爲賓州刺史。」即此李師素。「資州」與「賓州」當有一誤。

［二］催，《英華》校：「一作堆。」

夏至日衡陽郡齋書懷[一]

一來江城守，七見江月圓。齒髮將六十，鄉關越三千。褰帷罕游觀，閉閤多沉眠。新節還復至，故交盡相捐。何時犴闇闔，上訴高高天。

【箋校】

[一] 此詩見蒲積中《古今歲時雜咏》卷二二、《全唐詩》卷三三四。令狐楚元和十五年八月貶爲衡州刺史。詩題云「夏至」，可知作於長慶元年五月。又由詩「七見江月圓」句觀之，其至衡州爲元和十五年十一月。

將赴洛下旅次漢南獻上相公二十兄言懷八韻[一]

臺室名曾繼，旌門迹暫過[二]。歡情老去少，苦事别離多。便爲開樽俎，應憐出網羅。百憂今已失，一醉孰知他。帝德千年日，君恩萬里波。許隨黄綺輩，閑唱紫芝歌。龍衮期重補，梅羹伫再和。嵩丘來携手[三]，君子意如何？

【箋校】

［一］此詩見《文苑英華》卷二四五、《全唐詩》卷三三四。相公二十兄謂李逢吉。李逢吉自元和十五年正月至長慶二年三月爲襄州刺史、山南東道節度使，見《舊唐書・穆宗紀》。此詩當作於長慶元年十二月，時令狐楚由郢州刺史改授太子賓客、分司東都。其赴洛陽時途經襄陽，詩即作於此時。《文苑英華》卷二四五於令狐楚此詩後緊接《奉和酬相公賓客漢南留贈八韻》，二詩韻同，署曰「前人」，意謂亦令狐楚作，大誤。後者實即李逢吉酬和令狐楚之作，只是後一首《全唐詩》編者未收歸令狐楚，也未收歸李逢吉。陳尚君《全唐詩補編・全唐詩續拾》卷二六補入李逢吉名下，甚是。

［二］迹，《全唐詩》作「節」。

［三］來，《英華》作「未」，從《全唐詩》。

奉送李相公重鎮襄陽[一]

海内埏埴遍，漢陰旌旆還。望留丹闕下，恩在紫霄間。冰雪背秦嶺，風烟經武關。樹皆人尚愛，轅即吏曾攀。自惜兩心合，相看雙鬢斑。終期謝戎務，同隱鑿龍山。

【箋校】

［一］此詩原載《文苑英華》卷二四五，署曰李逢吉，《全唐詩》卷四七三遂據之收入李逢吉名下，實誤。詩題之「李相公」即逢吉，安有自己作詩送自己之理？此詩實爲令狐楚作，中華書局影印《文苑英華》重新編目，已將此詩移歸令狐楚。陳尚君《全唐詩補編・全唐詩續拾》卷二七據之補入令狐楚名下，甚是。《英華》卷二四五前面四首詩署名有些混亂，如將李逢吉之《奉和酬相公賓客漢南留贈八韻》誤歸令狐楚，又將令狐楚之《奉送李相公重鎮襄陽》誤歸李逢吉。若將二詩的位置交換一下，就正確無誤了。誤或在此。李逢吉寶曆二年十一月至大和二年十月檢校司空、同平章事，爲襄州刺史、山南東道節度使，見《舊唐書・敬宗紀》及《文宗紀上》。此已是李逢吉第二次出鎮襄陽，故詩題曰「重鎮」。此詩即作於寶曆二年十一月，時令狐楚爲汴州刺史、宣武軍節度使。李逢吉和詩爲《再赴襄陽辱宣武相公貽詩今用奉酬》，見《文苑英華》卷二四五、《全唐詩》卷四七三。

九日黃白二菊花盛開對懷劉二十八［一］

西花雖未謝，二菊又初芳。鬢雲徒云白，腰金未是黃。曙花凌露彩，宵艷射星芒。日正開邊足，風清發更香。山椒應散亂，籬下倍熒煌。泛酒遥相憶，何由更醉狂？

【箋校】

［一］此詩見蒲積中《古今歲時雜咏》卷三五，原署「相公」，其下爲劉禹錫和詩，即「素萼應寒秀」一首。檢劉詩題爲《和令狐相公九日對黄白二菊花見懷》，見《劉禹錫集》外集卷三，可知「相公」謂令狐楚。陳尚君《全唐詩補編·全唐詩續拾》卷二七已據之收入令狐楚名下。楊巨源有《和汴州令狐相公白菊》（《全唐詩》卷八八三），劉禹錫有《和令狐相公玩白菊》（《劉禹錫集》外集卷三）、《酬令狐相公庭前白菊花謝偶書所懷見寄》（同前），前者有「家家菊盡黄，梁國獨如霜」之句，可知令狐楚此詩亦當作於汴州。約作於大和元年。九日即九月九日重陽節。宗懔《荆楚歲時記》：「九月九日，四民並藉野飲宴。按杜公瞻云：九月九日宴會未知起於何代，然自漢至宋未改。今北人亦重此節，佩茱萸，食餌，飲菊花酒，云令人長壽。近代皆設宴於臺榭。」

八月十七夜書懷［一］

三五既不留，二八又還過。金蟾著未出，玉樹悲稍破。誰向西園游，空歸北堂卧。佳期信難得，永夕無可奈。撫枕獨高歌，煩君爲予和。

【箋校】

［一］此詩見蒲積中《古今歲時雜咏》卷二九、《全唐詩》卷三三四。夜，《全唐詩》作「日夜」。

贈符道士[一]

偶逢蒲家郎，乃是葛仙客。行常乘青竹，飢即煮白石。腰間嫌大組，心内保尺宅。我願從之游，深山鍊玉液[二]。

【箋校】

［一］此詩見王安石《唐百家詩選》卷一四、《錦繡萬花谷》後集卷二七「道士」條。後者無題目。《全唐詩》卷三三四據《錦繡萬花谷》收入斷句。

［二］山、玉，《全唐詩》分别作「卜」「上」。鍊，《錦繡萬花谷》作「鑠」。

發潭州日寄李寧常侍[一]

君今侍紫垣，我已墮青天。委廢從兹日[二]，旋歸在幾年。心爲西靡樹，眼是北流泉。更過長沙去，江風滿驛船。

【箋校】

［一］此詩見王安石《唐百家詩選》卷一四、《全唐詩》卷三三四。《全唐詩》題無「日」字。元和十五年八月，令狐楚被貶爲衡州刺史，此詩即作於其赴衡州途經潭州時。潭州，今湖南長沙。關於李寧，《全唐文》卷六一九收其判一道，小傳云：「寧，元和中官常侍。」餘不詳。此詩「寧」當爲「益」之訛。「寧」字或寫作「寍」，遂與「益」字相混。詩爲寄李益者（李寧爲李益之誤參陶敏《全唐詩人名彙考》，遼海出版社二〇〇六年）。兩《唐書·李益傳》皆云李益憲宗朝爲右散騎常侍。《册府元龜》卷四八一：「李益爲右常侍，元和十五年入閣失儀，侍御史許康佐奏乖錯，俱待罪，各罰俸一月。」可證元和十五年李益官常侍。李益有《述懷寄衡州令狐相公》，見《全唐詩》卷二八三。

［二］廢，《全唐詩》校：「一作棄。」

【輯評】

葛立方《韻語陽秋》卷九：唐穆宗時，令狐楚爲相，爲景陵使，以傭錢獻羨餘，怨聲載路，致有衡州之貶。觀《發潭州寄李寧常侍》詩云：「君今侍紫垣，我已墮青天。委廢從兹日，旋歸在幾年。」又有《答竇鞏中丞》詩，末句云：「何年相贈答，却得在中臺。」亦可見其去國慘傷之情矣。孔子曰：「苟患失之，無所不至。」其楚之謂乎？觀「甘露」之中，則可見矣。當是時也，王涯等被繫神策，仇士良白涯與李訓謀逆，將立鄭注，楚時以舊相在闕下，文宗召楚至，帝對楚悲憤，因付涯訊牒曰：「果涯書邪？」楚曰：「然。涯誠有罪，罪應死。」嗚呼，觀望腐夫閹人，而誣置人於死地，楚忍爲是乎？《甘露野史》乃言尚賴舊相令狐楚獨爲辯明，若以史爲證，則野史之言未必公也。

郢城秋懷寄江州錢徽侍郎[一]

晚歲俱爲郡，新秋各異鄉。燕鴻一驚叫[二]，郢樹遠青蒼[三]。山露侵衣潤，江風卷簟涼。相思如漢水，日夜向潯陽。

【箋校】

［一］此詩見王安石《唐百家詩選》卷一四、高棅《唐詩品彙》卷六七、《全唐詩》卷三三四。《品彙》與《全唐詩》皆題作《秋懷寄錢侍郎》。《舊唐書·穆宗紀》：「（長慶元年四月丁丑）貶禮部侍郎錢徽爲江州刺史。」又見兩《唐書·錢徽傳》及《資治通鑒》卷二四一等。時令狐楚正爲郢州刺史。可知此詩作於長慶元年秋。

［二］驚，《品彙》《全唐詩》作「聲」。

［三］遠，《品彙》《全唐詩》作「盡」。

【輯評】

丘迴刊刻《王荆公唐百家詩選》卷一四引何焯批：此篇於慤士爲高格。

立秋日［一］

平日本多恨，新秋偏易悲。燕詞如惜別，柳意已呈衰。事國終無補，還家未有期。心中舊氣味，若校去年時［二］。

【箋校】

［一］此詩見蒲積中《古今歲時雜詠》卷二三、《全唐詩》卷三三四。

［二］若，《全唐詩》作「苦」。

鄂州使至竇七副使中丞見示與元相公獻酬之什鄙人任户部尚書時中丞是當司員外郎每示篇章多相唱和今因四韻以寄所懷［一］

仙吏秦城別［二］，新詩鄂渚來。才推今八米［三］，職賦舊三臺。雕鏤心偏許，緘封手自開。何年相贈答，却得在中臺［四］。

【箋校】

［一］此詩見《竇氏聯珠集》、王安石《唐百家詩選》卷一四、《全唐詩》卷三三四。詩題「竇七副使中丞」，《百家》作「竇鞏中丞副使」；「元相公」，《百家》作「元稹相公」；「鄙人」，《百家》作「余頃」；「時」，《百家》作「日」；「示」，《百家》作「有」；「今因」，《百家》作「因題」。《全唐詩》題作《和寄竇七中丞》。竇鞏原作是《忝職武昌初至夏口書事獻府主相公》，元稹和詩爲《戲酬副使中丞見示四韻》，皆載《竇氏聯

珠集》。元稹大和四年正月爲鄂州刺史、武昌軍節度使，竇鞏爲副使，可知竇、元，以及令狐楚此詩皆作於大和四年。白居易、裴度也有和詩。據此詩尚可知竇鞏爲武昌軍節度副使前爲户部員外郎。

［二］城，《全唐詩》作「峨」。

［三］八米，《全唐詩》作「八斗」。《北史·盧思道傳》：「文宣崩，當朝文士各作挽歌十首，擇其善者而用之。魏收、陽休之、祖孝徵等，不過得一二首，惟思道獨得八篇，故時人稱爲八米盧郎。」可知「八米」不誤。謝靈運言天下共有才一石，曹植獨占八斗，他自己得一斗，天下共分一斗，見宋缺名撰《釋常談》卷中。作「八斗」亦有據，似更切。

［四］在，《全唐詩》作「到」。

【輯評】

方回《瀛奎律髓》卷四二：令狐楚時爲吏部尚書，和此詩。以前任户部尚書，友封爲當司員外郎，故第四句所云如此。觀此五言詩，足見一時人物風流之盛。紀昀批：唱和雖盛，詩皆不佳。存爲故實則可，以爲詩法則不可。又批：「秦蛾」字未詳，再考。

九日言懷[一]

二九即重陽，天清野菊黄。近來逢此日，多是在他鄉。晚色霞千片，秋聲雁一行。不能高處望，恐斷老人腸。

【箋校】

[一] 此詩見蒲積中《古今歲時雜咏》卷三五、《全唐詩》卷三三四。

奉和僕射相公酬忠武李相公見寄之作[一]

麗藻飛來自相庭，五文相錯八音清。初瞻綺色連霞色，又聽金聲繼玉聲。才出山西文與武，歡從塞北弟兼兄。白頭老尹三川上，雙和陽春喜復驚。

【箋校】

［一］此詩見《文苑英華》卷二四五、《全唐詩》卷三三四。僕射相公爲李逢吉，忠武李相公爲李光顔。李光顔於長慶元年十二月至寶曆元年七月爲許州刺史、忠武軍節度使，同時檢校司空、同中書門下平章事，見《舊唐書・李光顔傳》及吴廷燮《唐方鎮年表》。長慶四年，李逢吉封涼國公，兼右僕射，見《舊唐書・李逢吉傳》及《敬宗紀》。可知此詩作於長慶四年，時令狐楚正爲河南尹，與詩所云「白頭老尹三川上」亦合。李逢吉原作爲《奉酬忠武李相公見寄》，見《唐詩紀事》卷四七《李逢吉》、《全唐詩》卷四七三。李詩云：「直繼先朝衛與英，能移孝友作忠貞。劍門失險曾縛虎，淮水安流緣斬鯨。黄閣碧幢惟是儉，三公二伯未爲榮。惠連忽贈池塘句，又遣羸師破膽驚。」《舊唐書・李光顔傳》：「後隨高崇文平蜀，搴旗斬將，出入如神，由是稍稍知名。」元和十三年平淮西吴元濟之叛，李光顔也頗有戰功。李逢吉詩之三、四句即寫此事。李光顔與其兄光進皆有將名，令狐楚詩之「弟兼兄」；李逢吉詩以謝靈運之弟惠連喻之，即謂此。李光進卒，令狐楚曾爲其作《神道碑銘》。《舊唐書・李光進傳》：「本河曲部落稽阿跌之族也。父良臣……光進兄弟少依葛旃，因家於太原。」李逢吉、令狐楚早年皆家居太原，可知二人與李光顔兄弟之交往，亦由來已久。

節度宣武酬樂天夢得[一]

蓬萊仙監樂天客曹郎劉爲主客，曾枉高車客大梁。見擁旌旃治軍旅[二]，知親筆硯事文章。愁看柳色懸離恨，憶遞花枝助酒狂。洛下相逢肯相寄，南金璀錯玉淒涼。

【箋校】

［一］此詩見《唐詩紀事》卷四二《令狐楚》、《全唐詩》卷三三四。詩作於大和二年春，時令狐楚爲汴州刺史、宣武軍節度使。白居易原詩爲《早春同劉郎中寄宣武令狐相公》，見《白居易集》卷二五。劉禹錫詩爲《洛中逢白監同話游梁之樂因寄宣武令狐相公》，見《劉禹錫集》外集卷一。劉禹錫與白居易曾分别於寶曆二年與大和元年罷州郡刺史路過汴州，受到令狐楚的款待，停留小游，詩「曾枉高車客大梁」即謂此事。大和二年白居易新授秘書監，劉禹錫正爲主客郎中。

［二］旃，《全唐詩》作「旄」。

郡齋左偏栽竹百餘竿炎涼已周青翠不改而爲墻垣所蔽有乖愛賞假日命去齋居之東墻由是俯臨軒階低映帷户日夕相對頗有翛然之趣[一]

齋居栽竹北窗邊，素壁新開映碧鮮[二]。青藹近當行樂處[三]，緑陰深到卧帷前。風驚曉葉如聞雨，月過春枝似帶烟。老子憶山心暫緩，退公閑坐對嬋娟。

【箋校】

[一] 此詩見《文苑英華》卷三二五、《全唐詩》卷三三四。題「假」字下《英華》校：「一作暇。」翛，《英華》作「修」，此從《全唐詩》。此詩作於大和二年令狐楚爲汴州刺史、宣武軍節度使時。白居易有《和令狐相公新於郡内栽竹百竿拆壁開軒旦夕對玩偶題七言五韻》，見《白居易集》卷二六。劉禹錫亦有和詩，即《和宣武令狐相公郡齋對新竹》，見《劉禹錫集》外集卷一。由劉詩，已知令狐楚此詩作於汴州。

[二] 映，《英華》校曰：「一作見。」

[三] 藥，《英華》作「樂」，從《全唐詩》。藥指芍藥。

立春後言懷招汴州李匡衙推[一]

閑齋夜擊唾壺歌，試望夷門奈遠何。每聽塞笳離夢斷，時窺清鑒旅愁多。初驚宵漏丁丁促，已覺春風習習和。海内故人君最老，花開鞭馬更相過[二]。

【箋校】

[一]此詩見《古今歲時雜咏》卷三、《唐詩紀事》卷四二《令狐楚》、《全唐詩》卷三三四。李匡，《唐詩紀事》作「李庭」，當是避宋太祖諱改。令狐楚於大和二年十月由汴州刺史、宣武軍節度使召入京爲户部尚書，大和三年三月除東都留守。此詩當作於大和三年春。李匡無疑是令狐楚爲宣武軍節度使時之僚屬。此詩又作竇常，見《全唐詩》卷二七一竇常卷内，然《竇氏聯珠集》中竇常并無此詩，作竇常者誤。

[二]開，《紀事》作「間」。

游義興寺寄上李逢吉相公[一]

柳宮無事詣蓮宮[二]，相公久住此寺。步步猶疑是夢中。勞役徒爲萬夫長，閑游曾與二人同。

鳳鸞飛去仙巢在，龍象潛來講席空。松下花飛頻佇立，一心千里憶梁公。

【箋校】

［一］此詩見《唐詩紀事》卷四二《令狐楚》、《全唐詩》卷三三四。《法苑珠林》卷一二〇：「（唐高祖）又於京内造會昌、勝業、慈悲、證果四寺，及集仙尼寺，又捨舊第爲興聖寺。并州造義興寺，竝堂宇輪奂，像設雕華。」可知義興寺在太原，李淵即皇帝位後所造。詩末句云「一心千里憶梁公」，梁公謂狄仁杰，并州太原人。此以狄梁公仁杰喻李涼公逢吉。詩云「萬夫長」，可知作於令狐楚爲太原尹、北都留守、河東節度使時，即大和六年或七年春。李逢吉早年曾寓居太原，有《送令狐秀才赴舉》詩，即送令狐楚之作。楚貞元七年及進士第，可見令狐楚由太原赴京應試時李逢吉亦在太原，與《游晋祠上李逢吉相公》詩所云「少壯同游」者亦合。只是諸書不載李逢吉早年寓居太原事，或因其父李歸期在太原爲官之故。李逢吉貞元十年及進士第，當是其離開太原之時。

［二］柳宫，《全唐詩》作「柳營」。

游晋祠上李逢吉相公[一]

不歷晋祠三十年[二]，白頭重到一凄然。泉聲自昔鏘寒玉，草色雖秋耀翠鈿。少壯同游寧有數，尊榮再會便無緣。相思臨水下雙淚，寄入并汾向洛川。

【箋校】

［一］此詩見《唐詩紀事》卷四二《令狐楚》、《全唐詩》卷三三四。晉祠在太原。李吉甫《元和郡縣圖志》卷一三「太原府」：「晉祠，一名王祠，周唐叔虞祠也，在（晉陽）縣西南十二里。《水經注》曰：『昔智伯遏晉水以灌晉陽，其川上溯，後人蓄以爲沼。沼西際山枕水有唐叔虞祠，水側有凉堂，結飛梁於水上。晉川之中，最爲勝處。』《序行記》曰：『高洋太保中，大起樓觀，穿築池塘，自洋以下，皆游集焉。』至今爲北都之勝。」由此詩首聯觀之，此詩當作於令狐楚爲太原尹、北都留守、河東節度使時，即大和六年秋。《舊唐書·李逢吉傳》：「（大和）五年八月，入爲太子少師、東都留守、東畿汝防禦使，加開府儀同三司。八年，李訓用事，三月，徵拜左僕射，兼守司徒。」可知大和六年秋李逢吉正在洛陽，與此詩「寄入并汾向洛川」正合。令狐楚與李逢吉二人交往甚早，裴夷直《斷金集序》曰：「二相未遇時，每有所作，必驚流輩。」見《唐詩紀事》卷四七「李逢吉」條。

［二］歷，《全唐詩》作「立」。

【輯評】

陸時雍《唐詩鏡》卷三五：三四嚼之有聲。

宮中樂五首[一]

楚塞金陵静[二]，巴山玉壘空。萬方無一事，端拱大明宫。

雪霽長楊苑，冰開太液池。宫中行樂日，天下盛明時。

柳色烟相似，梨花雪不如[三]。春風空有意[四]，一一麗皇居。

月上宫花静，烟含遠樹深[五]。銀臺門已閉，仙漏夜沉沉。

九重青瑣闥[六]，百尺碧雲樓。明月秋風起，珠簾上玉鈎。

【箋校】

〔一〕此詩見《元和三舍人詩》、郭茂倩《樂府詩集》卷八二《近代曲辭四》、計有功《唐詩紀事》卷四二令狐楚名下、洪邁《萬首唐人絶句》卷七、《全唐詩》卷二八及卷三三四。孟棨《本事詩·高逸第三》：「(玄宗)嘗因宫人行樂，謂高力士曰：『對此良辰美景，豈可獨以聲伎爲娱？倘時得逸才詞人吟咏之，可以誇耀於後。』遂命召(李)白。時寧王邀白飲酒，已醉，既至，拜舞頹然。上知其薄聲律，謂非所長，命爲《宫中行樂》五言律詩十首。……白取筆抒思，略不停輟，十篇立就，更無加點。」《宫中樂》即出此。

〔二〕静，《紀事》《萬首》作「靖」。

〔三〕梨花，《三舍人詩》作「愁華」，據諸書改。

〔四〕空，《樂府》《萬首》作「真」。

〔五〕遠，《樂府》《萬首》作「苑」。

〔六〕瑣，《樂府》《紀事》《萬首》作「鎖」。

【輯評】

(第五首)

黄生《唐詩摘抄》卷二：語并渾成。只寫宫中夜景之佳，情事俱在言外。

春游曲三首[一]

曉游臨碧殿[二]，日上望春亭[三]。芳樹羅仙苑[四]，青山展翠屏[五]。

一夜好風吹，新花一萬枝。風前調玉管，花下簇金羈[六]。

閶闔春風起，蓬萊冰雪消[七]。相將折楊柳，争取最長條。

【箋校】

［一］此詩載《元和三舍人詩》、郭茂倩《樂府詩集》卷五九《琴曲歌辭三》、洪邁《萬首唐人絶句》卷七、《全唐詩》卷二三及卷三三四。計有功《唐詩紀事》卷四二令狐楚名下只載前面二首。《樂府》《紀事》《萬首》題作《游春詞》，《全唐詩》卷三三四題作《游春曲》。《樂府詩集》卷五九解題曰：「《琴曆》曰：『琴曲有蔡氏《五弄》。』《琴集》曰：『《五弄》：《游春》《淥水》《幽居》《坐愁》《秋思》，並宫調，蔡邕所作也。』《琴書》曰：『邕性沉厚，雅好琴道。嘉平初，入青溪訪鬼谷先生，所居山有五曲，一曲制一弄：

山之東曲，常有仙人游，故作《游春》；……三年曲成，出示馬融，甚異之。』……今按近世作者多因題命辭，無復本意云。」

［二］曉，《樂府》誤作「晚」。

［三］此句《紀事》作「晚日上春亭」。

［四］苑，《樂府》《萬首》作「仗」。

［五］青，《三舍人詩》校：「一作晴。」《樂府》《紀事》作「晴」。

［六］羈，《三舍人詩》作「鷄」，并校：「一作羈。」《樂府》《紀事》《萬首》皆作「羈」，據改。《全唐詩》校：「一作鷄。」

［七］冰雪，《樂府》《萬首》作「雪水」。

從軍辭五首［一］

荒鷄隔水啼，汗馬向風嘶［二］。終日隨征旆，何時罷鼓鼙？

孤心眠夜雪，滿眼是秋沙。萬里猶防塞，三年不見家。

却望冰河闊，前登雪嶺高。征人幾多在，又擬戰臨洮。

胡風千里驚，漢月五更明。縱有還家夢，猶聞出塞聲[三]。

暮雪迷青海[四]，陰霞覆白山[五]。可憐班定遠，生入玉門關[六]。

【箋校】

［一］此詩載《元和三舍人詩》、郭茂倩《樂府詩集》卷三三《相和歌辭八》、《唐詩紀事》卷四二令狐楚名下、洪邁《萬首唐人絶句》卷七、《全唐詩》卷一九及卷三三四。《樂府》《紀事》《萬首》皆題作《從軍行》。吴兢《樂府古題要解》卷下：「《從軍行》，右皆述軍旅苦辛之辭也。」《樂府詩集》卷三二引《樂府廣題》曰：「左延年辭云：『苦哉邊地人，一歲三從軍。三子到燉煌，二子詣隴西。五子遠鬥去，五婦皆懷身。』陳伏知道又有《從軍五更轉》。」

［二］向，《三舍人詩》校：「一作逐。」《樂府》《萬首》作「逐」。

［三］聲，《樂府》誤作「身」。

［四］迷，《樂府》《萬首》作「連」。

［五］霞，《樂府》作「雲」。

［六］生，《樂府》作「出」。

【輯評】

胡應麟《詩藪》内編卷六：唐五言絶，初、盛前多作樂府，然初唐只是陳、隋遺響。開元以後，句格方超，如崔國輔《流水曲》《采蓮曲》、儲光羲《江南曲》、王維《班婕妤》、崔顥《長干行》、劉方平《采蓮》、韓翃《漢宫曲》、李端《拜新月》《聞箏曲》、張仲素《春閨曲》、令狐楚《從軍行》《長相思》、權德輿《玉臺體》、王建《新嫁娘》、王涯《贈遠曲》、施肩吾《幼女詞》，皆酷得六朝意象，高者可攀晋宋，平者不失齊梁。唐人五言絶佳者，大半此矣。

（第三首）

俞陛雲《詩境淺説續編一》：第二首（按俞氏誤作張籍《從軍行二首》之二）言既涉冰河，又登雪嶺，從軍者愈行愈遠，已嗟征戍之勞。頻年戰伐，精鋭銷亡，乃軍符忽下，又趨戰臨洮。瘏馬殘兵，寧堪再戰。二詩皆爲久役者悲也。

（第四首）

唐汝詢《唐詩解》卷二三：風驚月皎，欲寐猶難，奈何復爲笳聲所迫耶？

周珽《删補唐詩選脉箋釋會通評林》卷四九：徐用吾曰：旅魂摇摇，可憐。吴山民曰：景中有情，情中有景。唐汝詢曰：後二句又深一層。周珽訓：風驚月皎，對此景已難成夢，况復有笳聲聒耳耶？「縱有」二字，深刻動人。

吴昌祺《删訂唐詩解》卷一二：言邊聲所擾，夢亦不成也。

徐增《而庵説唐詩》卷九：風從西北來，故言「朔風」。「千里」言風來之遠。守戍者審聽風聲，聲如有異，時作一驚。月從東照，故言「漢月」。五更是月將落之際，守戍者刁斗將歇，堡堠寂然，清如水出。此時略得少息，未必便作還家之夢。縱使作得還家之夢，心神不寧，猶聞主將號令，傳呼出塞之聲。出塞是極恐懼之事，歸既不可得，即夢亦不慊意，總是道從軍之苦。

閨人贈遠二首[一]

君行登隴上，妾夢在閨中。玉箸千行落，銀床一半空。

綺席春眠覺[二]，紗窗曉望迷。朦朧殘夢裏，猶自在遼西[三]。

【箋校】

[一] 此詩見《元和三舍人詩》、郭茂倩《樂府詩集》卷六九《雜曲歌辭九》、計有功《唐詩紀事》卷四二令狐楚名下、洪邁《萬首唐人絶句》卷七、《全唐詩》卷二五與卷三三四，皆二首并列。《樂府》《紀事》《萬首》題作《長相思》。《樂府詩集》卷六九解題曰：「古詩曰：『客從遠方來，遺我一書札。上言長相思，下言久離别。』李陵詩曰：『行人難久留，各言長相思。』蘇武詩曰：『生當復來歸，死當長相思。』長者久遠之辭，言行人久戍，寄書以遺所思也。古詩又曰：『客從遠方來，遺我一端綺。文彩雙鴛鴦，裁爲合歡被。著以長相思，緣以結不解。』謂被中著綿以致相思綿綿之意，故曰長相思也。又有《千里思》，與此相類。」《閨人贈遠》即由此出。

[二] 綺席，《萬首》作「幾度」。

[三] 猶，《萬首》作「獨」。

【輯評】

（第一首）

沈雄《古今詞話·詞話上卷》「別見之五言詩」條：如《長相思》，已收琴調之長短句矣……又令狐楚之平韻《長相思》云：「君行登隴上，妾夢在關中。玉箸千行落，銀床一夕空。」諸如此類，恐後之集譜者，多以詩句而亂詞調也。

（第二首）

《删補唐詩選脉箋釋會通評林》卷四九：周珽訓：睡覺望迷，已不勝悲，感而昏昏，夢中猶疑在夫戍之側，相思不既切乎？長相思何時已乎？

賀裳《載酒園詩話》卷一《三偷》：又如金昌緒：「打起黃鶯兒，莫教枝上啼。啼時驚妾夢，不得到遼西。」令狐楚則曰：「綺席春眠覺，紗窗曉望迷。朦朧殘夢裏，猶自在遼西。」張仲素更曰：「褭褭城邊柳，青青陌上桑。提籠忘采葉，昨夜夢漁陽。」或反語以見奇，或循蹊而別悟，若盡如此，何病於偷。

遠別離二首[一]

楊柳黃金穗，梧桐碧玉枝。春來消息斷，早晚是歸期[二]？

玳織鴛鴦履，金裝翡翠簪[三]。畏人相借問[四]，不擬到城南。

【箋校】

［一］此詩載《元和三舍人詩》、郭茂倩《樂府詩集》卷七二《雜曲歌辭十二》、計有功《唐詩紀事》卷四二令狐楚名下、洪邁《萬首唐人絶句》卷七、高棅《唐詩品彙拾遺》卷四、《全唐詩》卷二六及卷三三四。《樂府詩集》卷七一《古别離》解題曰：「《楚辭》曰：『悲莫悲兮生别離。』《古詩》曰：『行行重行行，與君生别離。相去萬餘里，各在天一涯。』後蘇武使匈奴，李陵與之詩曰：『良時不可再，離别在須臾。』故後人擬之爲《古别離》。梁簡文帝又爲《生别離》，宋吴邁遠有《長别離》，唐李白有《遠别離》，亦皆類此。」

［二］期，《三舍人詩》校：「一作時。」《樂府》《紀事》作「時」。

［三］篸，《紀事》作「簾」，《萬首》作「簮」。

［四］借問，《樂府》作「問著」。《全唐詩》卷二六作「問著」，并校：「集作借問。」

【輯評】

（第一首）

黄生《唐詩摘抄》卷二：對景懷人，本是常想，妙在首二語將春色裝點得極濃至，便覺盼歸期者情事極難堪。此唐人神境所在，非膚冒唐人者所知。「春來」字緊接上二句，針綫極密。宋之荆補評：末句指我所懷之人言。

（第二首）

黄生《唐詩摘抄》卷二：古樂府《陌上桑》「采桑城南隅」，梁姚翻擬此題：「日照茱萸嶺，風摇翡翠簪。」陳張正見擬此題：「人多羞借問。」題本《遠别離》，此却融會《陌上桑》諸詩語意成詩，所以爲遠。若擬《陌上桑》題作此四語，便不免拾前人破草鞋也。

俞陛雲《詩境淺説續編一》：題既云《遠别離》，宜鉛華不御，深閟芳踪，乃前二句金履翠簪，炫妝麗服，何爲其然耶？故三句接以畏人相問，不敢至城繁盛之區，頗似朱竹垞《咏履》詞：「假饒無意把人看，又何用明金壓繡。」作者其藉以寓諷耶？

思君恩[一]

小苑鶯歌歇，長門蝶舞多。眼看春又去，翠輦不曾過[二]。

【箋校】

［一］此詩見《元和三舍人詩》、郭茂倩《樂府詩集》卷九五《新樂府辭六》、計有功《唐詩紀事》卷四二令狐楚名下、洪邁《萬首唐人絶句》卷七。《三舍人詩》此題列三首，於此詩前曰：「懿士一首。」於「鷄

鳴天漢曉」一首前曰：「廣津一首。」於「紫禁香如霧」一首前曰：「繪之一首。」《樂府》《紀事》《萬首》皆并列三首，作令狐楚詩。《全唐詩》卷三三四令狐楚卷只收第一首，而於卷三六七張仲素卷收入「紫禁香如霧」一首，「鷄鳴天漢曉」一首則於卷三四六收入王涯卷。既然《三舍人詩》明確標爲一人一首，則此題當是三人唱和之作，《樂府》《紀事》《萬首》有誤，故不從。

［二］曾，《樂府》《紀事》作「經」。《全唐詩》校：「一作曾。」

【輯評】

李攀龍《唐詩選》卷六：寫出望幸之情，如怨如訴。

唐汝詢《唐詩解》卷二三：鶯歌蝶舞，春將暮矣，於此望君不至，安有來幸時耶？

俞陛雲《詩境淺説續編一》：凡作宫闈詩者，每藉物喻懷，詞多幽怨。此作僅言翠輦不來，質直言之，有初唐渾樸之格。殆以題爲《思君恩》，故但念舊恩，不言幽恨也。

王昭君［一］

錦車天外去，毳幕雪中開［二］。魏闕蒼龍遠，蕭關赤雁哀［三］。

【箋校】

[一] 此詩見《元和三舍人詩》、郭茂倩《樂府詩集》卷二九《相和歌辭四》、計有功《唐詩紀事》卷四二令狐楚名下、洪邁《萬首唐人絶句》卷七。《三舍人詩》此題列二首，於此詩前曰：「慤士一首。」，於「仙娥今下嫁」一首前曰：「繪之一首。」《全唐詩》卷一九及卷三三四令狐楚名下只收此首，而「仙娥今下嫁」一首於卷一九作張仲素，卷三六七張仲素卷亦收之。《樂府》《紀事》《萬首》皆二首并列，作令狐楚詩。今從《三舍人詩》及《全唐詩》。《舊唐書・音樂志二》：「《明君》，漢元帝時，匈奴單于入朝，詔王嬙配之，即昭君也。及將去，光彩射人，聳動左右，天子悔焉。漢人憐其遠嫁，爲作此歌。晉石崇妓緑珠善舞，以此曲教之，而自製新歌……晉文王諱昭，故晉人謂之《明君》。此中朝舊曲，今爲吴聲，蓋吴人傳授訛變使然。」

[二] 雪，《樂府》作「雲」。

[三] 哀，《紀事》作「來」。

聖明樂[一]

海浪恬丹徼[二]，邊塵静黑山[三]。從今萬里外，不復鎖蕭關[四]。

【辨證】

[一] 此詩見《元和三舍人詩》、《全唐詩》卷二七及卷三三四。《三舍人詩》并列二首，於此詩前曰：「愨士一首。」於「九陌祥烟合」一首前曰：「繪之一首。」郭茂倩《樂府詩集》卷八〇《近代曲辭二》收張仲素《聖明樂三首》，其中第二首即此詩，《唐詩紀事》卷四二「張仲素」條、《萬首唐人絶句》卷五張仲素名下亦皆收三首。王涯、令狐楚、張仲素之五、七言絶句曾共作一集，號《三舍人集》，故三人詩有相混淆的現象。此詩依《三舍人詩》歸入令狐楚作。《紀事》題作《聖神樂》，《萬首》題作《聖明朝》。《隋書·音樂志下》：「（開皇）六年，高昌獻《聖明樂》曲，帝令知音者於館所聽之，歸而肄習。及客方獻，先於前奏之，胡夷皆驚焉。」《樂府詩集》卷八〇引《樂苑》：「《聖明樂》，開元中太常樂工馬順兒造。又有《大聖明樂》，並商調曲也。」

[二] 丹，《三舍人詩》作「月」，據《樂府》《紀事》《萬首》改。

[三] 黑，《三舍人詩》作「異」，據《樂府》《紀事》《萬首》改。

[四] 鎖，《樂府》作「鎮」。

春閨思[一]

戴勝飛晴野，凌澌下濁河。春風樓上望，誰見淚痕多。

【辨證】

［一］此詩見《元和三舍人詩》、《全唐詩》卷三三四令狐楚卷。《三舍人詩》並列三首，於此詩前曰：「慤士一首。」於「雪盡萱抽葉」一首前曰：「廣津一首。」於「裊裊城邊柳」一首前曰：「繪之一首。」然計有功《唐詩紀事》卷四二「王涯」條將其列爲《閨人贈遠四首》之四，洪邁《萬首唐人絶句》卷五又將其列爲張仲素《春閨思三首》之三。《全唐詩》卷三四六王涯卷、卷三六七張仲素卷則皆未收入此詩。《三舍人詩》爲據舊本《三舍人集》所鈔，作者題名當無誤，故從之。

李相薨後題斷金集[一]

一覽斷金集，載悲埋玉人。牙弦千古絶，珠淚萬行新。

【箋校】

［一］此詩見《唐詩紀事》卷四七《李逢吉》，《全唐詩》卷三三四據之收入令狐楚名下。《紀事》云：「逢吉與令狐楚有唱和詩曰《斷金集》，裴夷直爲之序……逢吉卒，楚有《題斷金集》詩云……」即此詩。洪邁《萬首唐人絶句》卷九將此詩收作裴夷直，故《全唐詩》題下注曰：「一作裴夷直詩。」此詩無疑爲令

狐楚作，作裴夷直詩顯誤。《斷金集序》爲裴作，此詩却是令狐楚作。書名《斷金集》，取義《周易・繫辭上》：「二人同心，其利斷金。」李逢吉大和九年正月卒，見《舊唐書・文宗紀下》及《李逢吉傳》。詩即作於此時。疑此詩爲五言律詩之半，《紀事》未收全。

社日早出赴祠祭[一]

滿城人盡閑，唯我早開關。慚被家童問：因何別舊山？

【箋校】

［一］此詩見蒲積中《古今歲時雜咏》卷一〇，署令狐楚，陳尚君《全唐詩補編・全唐詩續拾》卷二七據之收入令狐楚名下。社日爲古代祀社神之日，一般用戊日，以立春後第五個戊日爲春社，立秋後第五個戊日爲秋社。宗懔《荆楚歲時記》：「社日，四鄰並結綜合社，牲醪，爲屋於樹下，先祭神，然後饗其胙。」

塞下曲二首[一]

雪滿衣裳冰滿鬚[二]，曉隨飛將伐單于[三]。平生意氣今何在[四]，把得家書淚似珠。

邊草蕭條塞雁飛，征人南望盡霑衣[五]。黄塵滿面長須戰[六]，白髮生頭未得歸。

【箋校】

[一] 此詩見《元和三舍人詩》、郭茂倩《樂府詩集》卷九三《新樂府辭四》、計有功《唐詩紀事》卷四二令狐楚名下、洪邁《萬首唐人絶句》卷二五、《全唐詩》卷三三四。《樂府詩集》卷二一横吹曲辭解題：「《晉書·樂志》曰：『《出塞》《入塞》曲，李延年造。』……按《西京雜記》曰：『戚夫人善歌《出塞》《入塞》《望歸》之曲。』則高帝時已有之，疑不起於延年也。唐又有《塞上》《塞下曲》，蓋出於此。」

[二] 鬚，《樂府》作「鬢」。

[三] 伐，《三舍人詩》校：「一作發。」《紀事》作「發」。

[四] 意，《三舍人詩》校：「一作志。」《樂府》《紀事》《萬首》皆作「志」。

[五] 盡，《全唐詩》作「淚」。

[六] 戰，《三舍人詩》作「戟」，據《樂府》《紀事》《萬首》改。

游春辭[一]

高樓喜見一花開[二]，便覺春光四面來。暖日晴雲知次第[三]，東風不用更相催。

【箋校】

[一] 此詩見《元和三舍人詩》、郭茂倩《樂府詩集》卷九五《新樂府辭六》、計有功《唐詩紀事》卷四二令狐楚名下、洪邁《萬首唐人絶句》卷二五、《全唐詩》卷三三四。《三舍人詩》只一首，《樂府》題作《望春辭》，《紀事》《萬首》作《望春詞》，皆與「雲霞五彩浮天闕」并列爲二首。《全唐詩》此首題作《游春詞》，「雲霞五彩浮天闕」一首題作《漢苑行》，二首分列。

[二] 喜，《樂府》《萬首》作「曉」，《紀事》作「望」。《全唐詩》校曰：「一作喜。」

[三] 暖，《樂府》作「晚」，《紀事》作「曉」。

漢苑行[一]

雲霞五彩浮天闕，梅柳千般夾御溝[二]。不上樂游原上望[三]，豈知春色滿皇州[四]。

【箋校】

［一］ 此詩見《元和三舍人詩》、郭茂倩《樂府詩集》卷九五《新樂府辭六》、計有功《唐詩紀事》卷四二令狐楚名下、洪邁《萬首唐人絶句》卷二五、《全唐詩》卷三三四。《三舍人詩》只一首，《樂府》題作《望春辭》，《紀事》《萬首》作《望春詞》，皆與「高樓喜見一花開」并列爲二首。《全唐詩》題作《漢苑行》，且與「高樓喜見一花開」一首分列。

［二］ 般，《全唐詩》校：「一作枝。」

［三］ 樂游原上，《樂府》《紀事》《萬首》作「黄山南北」。樂游原漢名樂游苑，漢宣帝時建，因修樂游廟而得名，唐代習稱樂游原。見張禮《游城南記》。黄山又名黄麓山，唐屬京兆府興平縣。李吉甫《元和郡縣圖志》卷二：「漢黄山宫，在（興平）縣西南三十里。」《文選》張衡《西京賦》：「繞黄山而款牛首」，即此。作「黄山」亦可。

［四］ 皇，《樂府》《紀事》《萬首》作「神」。

少年行四首［一］

少小邊城慣放狂［二］，驏騎蕃馬射黄羊。如今年老無筋力［三］，獨倚營門數雁行［四］。

家本清河住五城，須憑弓箭覓功名[五]。等閑飛鞚秋原上，獨向寒雲試射聲。

弓背霞明劍照霜，秋風走馬出咸陽。未收天子河湟地[六]，不擬回頭望故鄉。

霜滿庭中月滿樓[七]，金樽玉柱對清秋。當年稱意須行樂[八]，不到天明未肯休[九]。

【箋校】

[一] 此詩載《元和三舍人詩》、郭茂倩《樂府詩集》卷六六《雜曲歌辭六》、計有功《唐詩紀事》卷四二令狐楚名下、洪邁《萬首唐人絶句》卷二五、《全唐詩》卷二四及卷三三四。《三舍人詩》《紀事》與《全唐詩》題作《年少行》，此從《樂府》。《少年行》原出《結客少年場行》，吴兢《樂府古題要解》卷下：「《結客少年場行》，右言輕生重義，慷慨以立功名也。」李白、王維皆有《少年行》。

[二] 城，《樂府》《萬首》作「州」。

[三] 老，《樂府》《萬首》作「事」。

[四] 獨，《樂府》作「猶」。

〔五〕覓，《三舍人詩》校：「一作得。」《樂府》《萬首》作「得」。
〔六〕湟，《樂府》作「隍」，《紀事》作「源」。
〔七〕庭中，《樂府》《萬首》作「中庭」。滿，《樂府》作「過」。
〔八〕行，《樂府》《紀事》作「爲」。
〔九〕未，《三舍人詩》校：「一作不。」

【輯評】

（第二首）

俞陛雲《詩境淺説續編二》：首二句言家住五城，本關西將種，雕弓羽箭，鎮日隨身，爲拾取青紫之具。後言其身手勤能，暇輒縱馬平原，獨試其落雁射雕之技。但見箭拂寒雲，如漢代射聲校尉之冥冥聞聲必中。此少年之材武，較崔輔國之咏少年只解章臺折柳者，迥不侔矣。

樂府詞〔一〕

秦箏慢調當秋日，玉指頻移碎音律。清風分化山水聲，妙曲泠泠度華室。

【箋校】

［一］此詩見日本宫内廳書陵部藏書唐人樂府詩殘卷《雜抄》，見王勇《佚存日本的唐人詩集〈雜抄〉考釋》，《文學遺産》二〇〇三年第一期；陳尚君《伏見宫舊藏〈雜抄〉卷十四中的唐人逸詩》，原刊《中國詩學》第八輯，後收入《唐詩求是》，上海古籍出版社二〇一八年。此詩署曰「令狐公」，唐代當過宰相的令狐人氏唯有令狐楚、令狐綯父子，然令狐綯無詩傳世（《全唐詩》卷五六三所收綯《登望京樓賦》一首實爲令狐楚詩），令狐楚則擅長樂府歌詞，尤袤《遂初堂書目》記載有令狐楚歌詞，《宋史·藝文志七》則記載令狐楚有《歌詩》一卷，此「令狐公」當是令狐楚，故將此詩收入令狐楚名下。

三月晦日會李員外座中頻以老大不醉見譏因有此贈［一］

三月唯殘一日春，玉山傾倒白鷗馴。不辭便學山公醉［二］，花下無人作主人。

【箋校】

［一］此詩載蒲積中《古今歲時雜咏》卷一九、洪邁《萬首唐人絶句》卷二五、《全唐詩》卷三三四。《萬首》題作《三月晦日會李員外》。李員外爲李逢吉。《舊唐書·李逢吉傳》：「逢吉登進士第，釋褐授

振武節度掌書記。入朝爲左拾遺、左補闕，改侍御史，充入吐蕃册命副使、工部員外郎。又充入南詔副使。」李逢吉爲工部員外郎約在元和三年或四年。

［二］公，《萬首》作「人」。「山公」用晋山簡典。

重修望京樓因登樓賦詩［一］

夷門一鎮五經秋，未得朝天不免愁。因上此樓望京國，便名樓作望京樓。

【箋校】

［一］此詩《全唐詩》卷五六三收爲令狐綯詩，題作《登望京樓賦》。原出樂史《太平寰宇記》卷一《東京上》。岑仲勉《讀全唐詩札記》「九函三册」條云：「按《寰宇記》一開封府浚儀縣：『望京樓，城西門樓，本無名。唐文宗大和二年節度使令狐綯重修，因登臨賦詩曰』云云。詩中『不免』作『未免』。據《舊書》卷一七上，長慶四年九月『庚辰，以河南尹令狐楚檢校禮部尚書、汴州刺史、宣武軍節度、宋汴亳觀察等使』。由此計至大和二年，恰是五年。綯雖嘗一鎮宣武，但《舊書》卷一七二綯傳云：『咸通二年，改汴州刺史、宣武軍節度使。三年冬，遷揚州大都督府長史、淮南節度副大使知節度事。』則先後衹

兩年，非『五經秋』也。且在大和二年後三十餘祀，紀年亦不合。是知《寰宇記》之令狐綯，實令狐楚之訛。」（附載《唐人行第録》，中華書局二〇〇四年新一版）所考良是。陳尚君《全唐詩補編·全唐詩續拾》卷二七已移歸令狐楚名下。

赴東都别牡丹[一]

十年不見小庭花，紫萼臨開又别家。上馬出門回首望，何時更得到京華？

【箋校】

[一] 此詩見洪邁《萬首唐人絶句》卷二五、《全唐詩》卷三三四。當作於大和三年三月。《舊唐書·令狐楚傳》：「大和二年九月，徵爲户部尚書。三年三月，檢校兵部尚書、東都留守、東畿汝都防禦使。」劉禹錫《和令狐相公别牡丹》：「平章宅裏一欄花，臨到開時不在家。莫道兩京非遠别，春明門外即天涯。」見《劉禹錫集》外集卷三。

寄禮部劉郎中[一]

一別三年在上京，仙垣終日選群英。除書每下皆先看，惟有劉郎無姓名。

【箋校】

［一］此詩見洪邁《萬首唐人絶句》卷二五、《全唐詩》卷三三四。劉郎中爲劉禹錫。《劉禹錫集》外集卷三《酬令狐相公見寄》：「群玉山頭住四年，每聞笙鶴看諸仙。何時把得浮丘袂，白日將升第九天。」即酬此詩之作。白居易亦有和詩，即《和令狐相公寄劉郎中兼見示長句》，見《白居易集》卷二七。詩作於大和五年，時劉禹錫爲禮部郎中、集賢學士，令狐楚則在天平軍節度使任。

坐中聞思帝鄉有感[一]

年年不見帝鄉春，白日尋思夜夢頻。上酒忽聞吹此曲，坐中惆悵更何人。

【箋校】

［一］此詩見洪邁《萬首唐人絶句》卷二五、高棅《唐詩品彙》卷五二、《全唐詩》卷三三四。《思帝鄉》爲唐教坊曲，見崔令欽《教坊記》。劉禹錫有和詩，即《遥和令狐相公坐中聞思帝鄉有感》，云：「當初造曲者爲誰？説得思鄉戀闕時。滄海西頭舊丞相，停杯處分不須吹。」見《劉禹錫集》外集卷三。故疑此詩作於令狐楚爲鄆州刺史、天平軍節度使時。

春思寄夢得樂天［一］

花滿中庭酒滿樽，平明獨坐到黄昏。春來詩思偏何處？飛過函關入鼎門。

【箋校】

［一］此詩見洪邁《萬首唐人絶句》卷二五、《全唐詩》卷三三四。爲寄劉禹錫、白居易之作。當作於開成二年春，時令狐楚爲興元尹、山南西道節度使，白居易爲太子少傅分司東都，劉禹錫爲太子賓客分司，皆在洛陽。鼎門即謂洛陽。酈道元《水經注》卷一六《穀水》：「《地理志》曰：河南河南縣，故郟、鄏地也。京相璠曰：郟，山名，鄏地邑也。卜年定鼎，爲王之東都，謂之新邑，是爲王城。其城東南名

曰鼎門，蓋九鼎所從入也，故謂是地爲鼎中。楚子伐陸渾之戎，問鼎於此。」劉禹錫和詩爲《令狐相公春思見寄》：「一紙書封四句詩，芳晨對酒遠相思。長吟盡日西南望，猶及殘春花落時。」見《劉禹錫集》外集卷三。

皇城中花園譏劉白賞春不及[一]

五鳳樓西花一園，低枝小樹盡芳繁。洛陽才子何曾愛，下馬貪趨廣運門。

【箋校】

[一] 此詩見洪邁《萬首唐人絶句》卷二五、《全唐詩》卷三三四。當作於開成二年春，時令狐楚爲興元尹、山南西道節度使，白居易爲太子少傅分司東都，劉禹錫爲太子賓客分司，皆居洛陽。此年三月三日，白居易、劉禹錫與東都留守裴度、河南尹李珏等十餘人修禊於洛濱，故令狐楚寄詩譏其賞春不及皇城也。劉禹錫和詩《城内花園頗曾游玩令公居守亦有素期適春霜一夕委謝書實以答令狐相公見謔》：「樓下芳園最占春，年年結侶采花頻。繁霜一夜相撩治，不似佳人似老人。」見《劉禹錫集》外集卷三。詩題之「令公」謂裴度。裴度於大和九年十月加中書令。令狐楚詩之「皇城」指東都洛陽的皇城。

五鳳樓與廣運門亦皆在洛陽。前者參鄭處晦《明皇雜録》卷下：「玄宗在東洛，大酺於五鳳樓下」；後者見徐松《唐兩京城坊考》卷五。「洛陽才子」謂劉禹錫，劉爲洛陽人。

中元日贈張尊師[一]

偶來人世值中元，不獻玄都永日閑[二]。寂寂焚香在仙觀，知師遥禮玉京山。

【箋校】

[一] 此詩見蒲積中《古今歲時雜咏》卷二八、洪邁《萬首唐人絶句》卷二五、《全唐詩》卷三三四。中元謂農曆七月十五日。張尊師未詳。古以七月十五日爲中元節。宗懔《荆楚歲時記》：「七月十五日，僧尼道俗悉營盆供諸佛。按《盂蘭盆經》云：有七葉功德，並幡花、歌鼓、果食送之。蓋由此也。」

[二] 獻，《萬首》作「厭」。

斷句

何日肩三署，終年尾百僚。[一]

唯應四仲祭，使者暫悲嗟。《宫人斜》[二]

移石幾回敲廢印，開箱何處送新圖。[三]

【箋校】

[一]《太平廣記》卷一五三引《續定命録》：「唐渭北節判崔朴，故滎陽太守祝之兄也。常會客夜宿，有言及宦途通塞，則曰：『崔琯及第後，五任不離釋褐。令狐相七考河東廷評，六年太常博士，嘗自賦詩嗟其蹇滯曰：「何日肩三署，終年尾百寮。」其後出入清要。張宿遭際，除諫議大夫宣慰山東，憲宗面許回日與相，至東洛都亭驛暴卒。崔元章在舉場無成，爲執權者所嘆，主司要約，必與及第，入試日中風，不得一名如此。』」此令狐相即令狐楚。又見朱勝非《紺珠集》卷七引《定命録》。錢易《南部新書》乙：「令狐楚久爲太常博士，有詩云：『何日肩三署，終年尾百僚。』」

[二] 阮閲《詩話總龜》前集卷四五引《雜志》：「令狐楚《宫人斜》詩云：『唯應四仲祭，使者暫悲嗟。』又《白時詩序》云：『自刑部員外郎出，得累歷方鎮，携挈隨逐。』又有《茈菰花》《芹花》詩，亦唐賢所罕咏者。」周煇《清波雜志》卷四：「唐内人墓，謂之宫人斜。（原注：宫人斜，見宋次道《春明退朝録》。）四時遣使祭之。『唯應四仲祭，使者暫悲嗟。』令狐楚詩也。」

［三］宋敏求《春明退朝録》卷上：「予治平初同判尚書禮部，掌諸處納到，廢印極多，率皆無用。按唐舊説，禮部郎中掌省中文翰，謂之南宫舍人，百日内須知制誥。王元之與宋給事詩云：『須知百日掌絲綸。』又謂員外郎爲瑞錦窠。員外郎廳前有大石，諸州府送到廢印，皆於石上碎之。又圖寫祥瑞，亦員外郎廳所掌。令狐楚元和初任禮部員外郎，有詩曰：『移石幾回敲廢印，開箱何處送新圖』是也。今之廢印，宜準故事碎之。」陳應行《吟窗雜録》卷四〇亦引此兩句，唯後句「送」作「納」，且曰「初任員外郎作詩」。

附録一　誤收之作

代河南裴尹請拜掃表

臣某言：臣聞天地之大，曲成於品物；臣子之心，無隱於君父。下情上達，至化旁流。伏惟開元天寶聖文神武應道皇帝陛下睿謀作聖，孝理奉天，蒼生之願不違，皇極之慈廣運。不以臣微劣無取，累擢大官，位高尹京，職重居守。犬馬陳力，未酬明主之恩；霜露感懷，遽有私家之請。臣某中謝。先臣墳墓，俯在近郊，頃歲以來，闕伸拜掃。每至寒節，展臣情禮，晨往暮還，所職無闕。又臣於墳塋立碑，恐其向就，建樹之際，獲遂躬親。重泉承日月之光，舉家蒙雨露之澤。不勝罔極之至。

【辯證】

此文載《文苑英華》卷六〇九、《全唐文》卷五四〇。本文非令狐楚作。文云「伏惟開元天寶聖文神武應道皇帝陛下」，乃天寶七載群臣所上玄宗皇帝尊號，見《舊唐書·玄宗紀下》、《資治通鑑》卷二一六唐玄宗天寶七載，與楚不相及。此河南裴尹當爲裴迥，天寶十載至十三載爲河南尹，見《全唐文》卷三二二蕭穎士《庭莎賦序》、《唐會要》卷八六《橋梁》。《新唐書·地理志二·河南府河南縣》：「龍門山東抵天津，有伊水石堰，天寶十載尹裴迥置。」此篇宋刊殘本《文苑英華》原缺，中華書局影印《英華》時以明刊本補入。當是明刊本《文苑英華》誤署作者名，《全唐文》編者遂據之收入令狐楚名下，其實非是。

中書門下賀白野鷄表

臣某言：內常侍吴承倩至，宣示臣淮南節度使陳少游所進白野鷄者。臣聞聖法天以調氣，天表聖以呈祥，皆啓迪皇猷，發揮至理，事均影響，必在感通。伏惟寶應元聖文武皇帝陛下德合太和，化高前古，休徵異瑞，以月繫年。方啓率舞以來儀，豈俟重譯而作貢。臣謹按《瑞應圖》云：「王者仁聖，旁流四海，則見。」又云：「祭祀不相逾，宴會衣服有節，則見。」耿介之性，自能馴狎，綷雜之姿，翻然純素。玉立丹檻，雪映雕籠。時和自叶於禎祥，天意實彰於變化。

豈越裳之獻，獨美於前王；而岱宗之精，用呈於今貺。必然之應，幽贊如斯。載表大平之符，克明柔遠之德。臣謬參樞近，獲睹鴻休，慶躍之情，倍萬恒品。

【辯證】

此文載《文苑英華》卷五六五、《全唐文》卷五三九。《英華》題下有「代宗」二字。文云「伏惟寶應元聖文武皇帝陛下」，是爲寶應二年群臣所上代宗尊號，見《舊唐書·代宗紀》、《資治通鑒》卷二二三唐代宗廣德元年。文又云「淮南節度使陳少游所進白野鷄」，陳少游於代宗大曆八年爲淮南節度使，德宗興元元年卒於鎮，見《舊唐書·代宗紀》、《德宗紀上》及兩《唐書·陳少游傳》。令狐楚貞元七年方進士及第，而本文云「臣謬參樞近」，故知爲僞作。考《英華》收此文於《賀白鹿表》後，而作者處并未署曰「前人」，蓋清編《全唐文》誤收入令狐楚名下。

奉和嚴司空重陽日同崔常侍崔郎中及諸公登龍山落帽臺佳宴

謝公秋思渺天涯，蠟屐登高爲菊花。貴重近臣光綺席，笑憐從事落烏紗。萸房暗綻紅珠朵，茗碗寒供白露芽。咏碎龍山歸出號，馬奔流電妓奔車。

【辯證】

此詩蒲積中《古今歲時雜咏》卷三五題令狐楚作，《全唐詩》卷三三四據之收入令狐楚卷。陳師道《九日寄秦觀》：「淮海少年天下士，可能無地落烏紗。」任淵注：「唐令狐楚《重陽日登落帽臺》詩云：『貴重近臣光綺席，笑談從事落烏紗。』」見《後山詩注》卷二。也以此詩中的兩句爲令狐楚作。然此詩又作元稹，係重出作品，見《元氏長慶集》卷一八、《全唐詩》卷四一三，題目相同。到底是誰的作品？先考地點。龍山在江陵。《世説新語・識鑒》「武昌孟嘉作庾太尉州從事」條劉孝標注引《孟嘉别傳》：「九月九日，(桓)温游龍山，參寮畢集，時佐史並著戎服，風吹嘉帽墮落，温戒左右勿言，以觀其舉止。嘉初不覺，良久如厠，命取還之，令孫盛作文嘲之。」范成大《吴船録》卷下：「辛未泊沙頭道大堤，入(江陵)城謁渚宫，詢龍山落帽臺，云在城北三十里，一小丘耳。」可知嚴司空爲嚴綬。《舊唐書・憲宗紀上》：「(元和六年三月)丁未，以檢校右僕射嚴綬爲江陵尹、荆南節度使。」令狐楚自離太原後，與嚴綬無甚往來。元稹元和五年貶爲江陵府士曹參軍，正是嚴綬的僚屬，故此詩無疑爲元稹作，蒲積中誤作令狐楚。題中「崔常侍」謂崔潭峻。《册府元龜》卷六六七：「崔潭峻元和末爲荆南監軍」；《舊唐書・元稹傳》：「荆南監軍崔潭峻甚禮接稹，不以掾吏遇之，常徵其詩什諷咏之。」崔郎中則謂崔倰。元稹《有唐贈太子少保崔公墓志銘》：「公諱倰，字某……會朝廷始置兩税使，俾之聽郡縣，授公檢校膳部郎中，襄州湖鄂之税皆莅焉，且主轉運留務於江陵。」見《元氏長慶集》卷五四。可知當時崔倰也在江陵。

元稹集中呈獻嚴綬之詩尚有多篇，不止此一首。

酬蘇少尹中元夜追懷去年此夕郚人與故李諫議郭員外見訪感時傷舊之作

直繼先朝衛與英，能移孝友作忠貞。劍門失險曾縛虎，淮水安流緣斬鯨。光閣碧幢惟是儉，三公二伯未爲榮。惠連忽贈池塘句，又遣羸師破膽驚。

【辯證】

此詩蒲積中《古今歲時雜咏》卷二八署作令狐楚，陳尚君《全唐詩補編·全唐詩續拾》卷二七據之收入令狐楚名下。然此詩實爲李逢吉作，題爲《奉酬忠武李相公見寄》，見《唐詩紀事》卷四七《李逢吉》、《全唐詩》卷四七三。李相公爲李光顏，詩中所寫功績與光顏無一不合，而與《歲時雜咏》所署之題毫不相干，參見本書《奉和僕射相公酬忠武李相公見寄之作》校箋［一］。故知作令狐楚者誤。

贈毛仙翁

宣州渾是上清宫,客有真人貌似童。紺髮垂纓光髧髧,細髯緣頷緑茸茸。壺中藥物梯霞訣,肘後方書縮地功。既許焚香爲弟子,願教年紀共椿同。

【辯證】

此詩原載於計有功《唐詩紀事》卷八一《毛仙翁贈行詩》,《全唐詩》卷三三四據之收入令狐楚卷。《唐詩紀事》所録,實全采杜光庭所編《毛仙翁贈行詩》。杜光庭,道士,唐僖宗賜號廣成先生,王建據蜀,尊爲天師。平生弘揚道教,著述甚多,亦間爲小説家言,《虬髯客傳》即其所作。杜光庭於後蜀廣正元年撰《毛仙翁傳》,又纂裴度、牛僧孺、李翱、令狐楚、李程、李宗閔、韓愈、崔郾、王起、李益、鄭澣、楊於陵、楊嗣復、元稹、沈傳師、崔元略、柳公綽、白居易、李紳、劉禹錫、張仲方共達官名士二十一人所贈毛仙翁詩文,置於傳前,以成此卷。觀諸人詩文,多不載本集,後人增輯集外詩文,亦往往爲有識者指爲僞作,棄而不取。如韓愈《送毛仙翁十八兄序》,朱熹云:「最末見,决非公文。」删而不録。劉禹錫贈行序,亦不載《劉禹錫集》及補集,《全唐文》亦不收録。白居易《送毛仙翁》詩,題下注曰:「江州司馬時作。」而江州自編詩集中并不收。再如元稹《贈毛仙翁詩并序》，云：「余廉問浙東歲，毛仙翁惠然來顧……止於山亭三日，而南棲天台，謂余曰：『入相之年，相候於安仁里。』」意謂毛仙翁預言元稹當入相，後來其言果驗，而不悟元稹廉問浙東却是在入相之後。元稹《序》又云：「仙翁嘗與葉法善、吴筠游於稽山」，葉、吴乃開元、天寶間人，至元和、長慶間殆已七八十年，其間詩人文士輩出，何以所贈詩文，無一流傳，而獨出於元和、長慶間耶？毛仙翁事本荒誕無稽，朱金城《白居易集箋校》、卞孝萱《元稹年譜》皆以白、元之毛仙翁之作爲僞作，甚是。杜光庭《毛仙翁傳》及所纂贈行詩文等，純屬小説家言，如舉牛僧孺之説，以相辯難，意在闡明長生可致，神仙真有，以此宣揚道法。故此令狐楚詩，亦屬杜光庭爲惑衆所造之假貨。（以上并參王仲鏞《唐詩紀事校箋》，巴蜀書社一九八九年）

思君恩二首

鷄鳴天漢曉，鶯語禁林春。誰入巫山夢，唯應洛水神。

紫禁香如霧，青天月似霜。雲韶何處奏，衹是在昭陽。

【辯證】此詩見《元和三舍人詩》、郭茂倩《樂府詩集》卷九五《新樂府辭六》、計有功《唐詩紀事》卷四二令狐楚名下、洪邁《萬首唐人絶句》卷七。《三舍人詩》此題列三首，於「鷄鳴天漢曉」一首前曰：「廣津一首。」於「紫禁香如霧」一首前曰：「繪之一首。」《樂府》《紀事》《萬首》皆并列三首，作令狐楚詩。《全唐詩》卷三三四令狐楚卷只收「小苑鶯歌歇」一首，而於卷三六七張仲素卷收入「紫禁香如霧」一首、卷三四六王涯卷收入「鷄鳴天漢曉」一首。個别文字小有不同，不校。既然《三舍人詩》明確標爲一人一首，則此題當是三人唱和之作，《樂府》《紀事》《萬首》將三首詩皆收作令狐楚，誤。

王昭君

仙娥今下嫁，驕子自同和。劍戟歸田盡，牛羊繞塞多。

【辯證】此詩見《元和三舍人詩》、郭茂倩《樂府詩集》卷二九《相和歌辭四》、計有功《唐詩紀事》卷四二令狐楚名下、洪邁《萬首唐人絶句》卷七。《樂府》《紀事》《萬首》皆二首并列，作令狐楚詩。《三舍人詩》此題列二首，前曰「慤士一首」的已归作令狐楚，於此一首前曰：「繪之一首。」此首《全唐詩》於卷一九作張仲素，卷三六七張仲素卷亦收之。今從《三舍人詩》及《全唐詩》作張仲素詩。

相思河

誰把相思號此河？塞垣車馬往來多。只應自古征人淚，灑向空洲作碧波。

【辯證】

阮閲《詩話總龜》前集卷一五《留題門》引《倦游録》：「鄜州東百里，有水名相思河，傳舍曰相思鋪。令狐楚詩曰：『誰把相思號此河，塞垣車馬往來多。只應自古征人淚，灑向空洲作碧波。』」《全唐詩》卷三三四遂據之收入令狐楚名下。又，此詩洪邁《萬首唐人絶句》卷三八題作《題鄜州相思鋪》，作者爲令狐挺。第四句「洲」作「川」，「碧」作「逝」，餘同。《全唐詩》卷七七八遂又收入令狐挺名下，令狐挺則世次爵里無考。令狐挺實爲宋人，字憲周，山陰人，宋仁宗天聖五年進士，歷官吉州軍事判官、延州通判、彭州知州事，遷提點兩浙刑獄公事，移江東路，官至司封員外郎、知單州，見畢仲游《西臺集》卷一二《司封員外郎令狐公墓志銘》。《萬首》誤令狐挺作唐人，《全唐詩》卷七七八沿其誤。彭乘《墨客揮犀》卷六：「鄜州東百里，有水名相思河，岸有郵置，亦曰相思鋪。令狐挺題壁以詩曰：『誰把相思號此河，塞垣車馬往來多。只應自古征人淚，灑向空洲作碧波。』」可知此詩確實爲令狐挺詩，爲其通判延州時作，《詩話總龜》誤作令狐楚。

賦山

山。聳峻，回環。滄海上，白雲間。商老深尋，謝公遠攀。古巖泉滴滴，幽谷鳥關關。樹島西連隴塞，猿聲南徹荆蠻。世人只向簪裾老，芳草空餘麋鹿閑。

【辯證】

此詩原載於計有功《唐詩紀事》卷三九《韋式》，《全唐詩》卷三三四據之收入令狐楚卷。《紀事》云：「樂天分司東洛，朝賢悉會興化亭送別。酒酣，各請一字至七字詩，以題爲韻。」下載王起賦《花》、李紳賦《月》、令狐楚賦《山》、元稹賦《茶》、魏扶賦《愁》、韋式郎中賦《竹》、張籍司業賦《花》、范堯佐道士賦《書》、白居易賦《詩》。白居易大和三年三月辭刑部侍郎爲太子賓客分司東都，其時王起爲陝虢觀察使，李紳爲滁州刺史，令狐楚爲東都留守，元稹爲浙東觀察使，俱不在長安，何得賦詩送別？故《紀事》

所録諸詩俱屬僞作，何况元、白、張籍之詩均不載於本集。韋式其人無考。興化亭，爲裴度池亭。《白居易集》卷三一有《侍中晋公欲到東洛先蒙書問宿龍門思往感今輒獻長句》，首句「昔蒙興化池頭送」下自注：「大和三年春，居易授賓客分司東來，特蒙侍中於興化里池上宴送。」《張司業集》《劉禹錫集》中并載有《宴興化池亭送白二十二舍人東歸聯句》，即裴度、白居易、張籍、劉禹錫四人。《紀事》所載却無裴度與劉禹錫，已與事實不符。今觀九詩所咏，悉與送别無關，僞作無疑。只是未詳計氏所從出。（以上參王仲鏞《唐詩紀事校箋》）

附録二　令狐楚研究資料

傳記

《舊唐書》卷一七二《令狐楚傳》：令狐楚，字慤士，自言國初十八學士德棻之裔。祖崇亮，綿州昌明縣令。父承簡，太原府功曹。家世儒素。楚兒童時已學屬文，弱冠應進士，貞元七年登第。桂管觀察使王拱愛其才，欲以禮辟召，懼楚不從，乃先聞奏而後致聘。楚以父掾太原，有庭闈之戀，又感拱厚意，登第後徑往桂林謝拱。不預宴游，乞歸奉養，即還太原，人皆義之。李説、嚴綬、鄭儋相繼鎮太原，高其行義，皆辟爲從事。自掌書記至節度判官，歷殿中侍御史。楚才思俊麗，德宗好文，每太原奏至，能辨楚之所爲，頗稱之。鄭儋在鎮暴卒，不及處分後事，軍中喧嘩，將有急變。中夜十數騎持刃迫楚至軍門，諸將環之，令草遺表。楚在白刃之中，搦管即成，讀示三軍，無不感泣，軍情乃安。自是聲名益重。丁父憂，以孝聞。免喪，徵拜右拾遺，改太常博士、禮部員外郎。母憂去官。服闋，以刑部員外郎徵，轉職方員外郎、知制誥。楚與皇甫鎛、蕭俛同年登進士第。元和九年，鎛初以財賦得幸，薦俛、楚俱入翰林，充學士。遷職方郎中、中書舍人，皆居内職。時用兵淮西，言事者以師久無功，宜宥賊罷兵，唯裴度與憲宗志在殄寇。十二年夏，度自宰相兼彰義軍節度、淮西招撫宣慰處置使。宰相李逢吉與度不協，與楚相善。楚草度淮西招撫使制，不合度旨，度請改制内三數句語。憲宗方責度用兵，乃罷逢吉相任，亦罷楚内職，守中書舍人。元和十三年四月，出爲華州刺史。其年十月，皇甫鎛作相，其月以楚爲河陽懷節度使。十四年四月，裴度出鎮太原。七月，皇甫鎛薦楚入朝，自朝議郎授朝議大夫、中書侍郎、同平章事，與鎛同處臺衡，深承顧待。十五年正月，憲宗崩，詔楚爲山陵使，仍撰哀册文。時天下怒皇甫鎛之奸邪。穆宗即位之四日，群臣素服，班於月華門外，宣詔貶鎛，將殺之。會蕭俛作相，托中官救解，方貶崖州。物議以楚因鎛作相而逐裴度，群情共怒。以蕭俛之故，無敢措言。其年六月，山陵畢，會有告楚親吏贜污事發，出爲宣歙觀察使。楚充奉山陵時，親吏韋正牧、奉天令于翬、翰林陰陽官等同隱官錢，不給工徒價錢，移爲羡餘十五萬貫上獻。怨訴盈路，正牧等下獄伏罪，皆誅。楚再貶衡州刺史。時元稹初得幸，爲學士，素惡楚與鎛膠固希寵，稹草楚衡州制，略曰：「楚早以文藝，得踐班資，憲宗念才，擢居禁近。異端斯害，獨見不明，密隳討伐之謀，潛附奸邪之黨。因緣得地，進取多門，遂忝臺階，實妨賢路。」楚深恨稹。長慶元年四月，量移郢州刺史，遷太子賓客、分司東都。二年十一月，授陝州大都督府長史、兼御史大夫、陝虢觀察使。制下旬日，諫官論奏，言楚所犯非輕，未合居廉察之任。上知之，遽令追制。時楚已至陝州，視事一日矣。復授賓客，歸東都。時年逢吉作相，極力援楚，以李紳在禁密沮之，未能擅柄。敬宗即位，逢吉逐李紳，尋用楚爲河南尹、兼御史大夫。其年九月，檢校禮部尚書、汴州刺史、宣武軍節度、汴宋亳觀察等使。汴軍素驕，累逐主帥，前後韓弘兄弟，率以峻法繩之，人皆偷生，未能革志。楚長於撫理，前鎮河陽，代烏重胤移鎮滄州，以河陽軍三千人爲牙卒，卒咸不願從，中路叛歸，又不敢歸州，聚於境上。楚初赴任，聞之，乃疾驅赴懷州，潰卒亦至，楚單騎喻之，咸令櫜弓解甲，用爲前驅，卒不敢亂。及莅汴州，解其酷法，以仁惠爲治，去其太甚，軍民咸悦，翕然從化，後竟爲善地。汴帥前例，始至率以錢二百萬實其私藏，楚獨不取，以其羨財治廨舍數百間。大和二年九月，徵爲户部尚書。三年三月，檢校兵部尚書、東都留守、東畿汝都防禦使。其年十一月，進位檢校右僕射、鄆州刺史、天平軍節度、鄆曹濮觀察等使。奏故東平縣爲天平縣。屬歲旱儉，人至相食，楚均富贍貧，而無流亡者。六年二月，改太原尹、北都留守、河東節度等使。楚久在并州，練其風俗，因人所利而利之，雖屬歲旱，人無轉徙。楚始自書生，隨計成名，皆在太原，實如故里。及是垂旄作鎮，邑老歡迎。楚綏撫有方，軍民胥悦。七年六月，入爲吏部尚書，仍檢校右僕射。故事，檢校高官者，便從其班。楚以正官三品不宜從二品之列，請從本班，優詔嘉之。九年六月，轉太常卿。十月，守尚書左僕射，進封彭陽郡開國公。十一月，李訓兆亂，京師大擾。訓亂之夜，文宗召右僕射鄭覃與楚宿於禁中，商量制敕，上皆欲用爲宰相。楚以王涯、賈餗冤死，叙其罪狀浮泛，仇士良等不悦，故輔弼之命移於李石。乃以本官領鹽鐵轉運等使。先是，鄭注上封置榷茶使額，鹽鐵使兼領之，楚奏罷之，曰（文略）從之。先是，元和十年，出内庫弓箭陌刀賜左右街使，充宰相入朝以爲翼衛，及建福門而止。至是，因訓、注之亂，悉罷之。楚又奏（文略）從之。又奏請罷修曲江亭絹一萬三千七百匹，回修尚書省，從之。開成元年上巳，賜百僚曲江亭宴。楚以新誅大臣，不宜賞宴，獨稱疾不赴，論者美之。以權在内官，累上疏乞解使務。其年四月，檢校左僕射、興元尹，充山南西道節度使。二年十一月，卒於鎮，年七十二，册贈司空，謚曰文。楚風儀嚴重，若不可犯，然寬厚有禮，門無雜賓。嘗與從事宴語方酣，有非類偶至，立命徹席，毅然色變。累居重任，貞操如初。未終前三日，猶吟咏自若。疾甚，諸子進藥，未嘗入口，曰：「修短之期，分以定矣，何須此物？」前一日，召從事李商隱曰：「吾氣魄已殫，情思俱盡，然所懷未已，强欲自寫聞天，恐辭語乖舛，子當助我成之。」即秉筆自書曰（文略）書訖，謂其子緒、綯曰：「吾生無益於人，勿請謚號。葬日，勿請鼓吹，唯以布車一乘，餘勿加飾。銘志但志宗門，秉筆者無擇高位。」當殁之夕，有大星隕於寢室之上，其光燭廷。楚端坐與家人告訣，言已而終。嗣子奉行遺旨。詔曰：「生爲名臣，殁有理命，終始之分，可謂兩全。鹵簿哀榮之末節，難違往意；誄謚國家之大典，須守彝章。鹵簿宜停，易名須准舊例。」後綯貴，累贈至太尉。有文集一百卷，行於時。所撰《憲宗哀册文》，辭情典鬱，爲文士所重。

《新唐書》卷一六六《令狐楚傳》：令狐楚，字慤士，德棻之裔也。生五歲，能爲辭章。逮冠，貢進士，京兆尹將薦爲第一，時許正倫輕薄士，有名長安間，能作蜚語，楚嫌其争，讓而下之。既及第，桂管觀察使王拱愛其材，將辟楚，懼不至，乃先奏而後聘。雖在拱所，以父官并州不得奉養，未嘗豫宴樂。滿歲謝歸。李説、嚴綬、鄭儋繼領太原，高其行，引在幕府，由掌書記至判官。德宗喜文，每省太原奏，必能辨楚所爲，數稱之。儋暴死，不及占後事，軍大喧，將爲亂。夜十數騎挺刃邀取楚，使草遺奏，諸將圜視，楚色不變，秉筆輒就，以徧示，士皆感泣，一軍乃安。由是名益重。以親喪解，既除，召授右拾遺。憲宗時，累擢職方員外郎、知制誥。其爲文，於箋奏制令尤善，每一篇成，人皆傳諷。皇甫鎛以言利幸，與楚、蕭俛皆厚善，故薦於帝。

帝亦自聞其名，召爲翰林學士，進中書舍人。方伐蔡，久未下，議者多欲罷兵，帝獨與裴度不肯赦。元和十二年，度以宰相領彰義節度使，楚草制，其辭有所不合，度得其情。時宰相李逢吉與楚善，皆不助度，故帝罷逢吉，停楚學士，但爲中書舍人。俄出爲華州刺史。後它學士比比宣事不切旨，帝抵其草，思楚之才。鎛既相，擢楚河陽懷節度使，代烏重胤。始，重胤徙滄州，以河陽士三千從，士不樂，半道潰歸，保北城，將轉掠旁州。楚至中潬，以數騎自往勞之。衆甲而出，見楚不疑，乃皆降。楚斬其首惡，衆遂定。度出太原，鎛薦楚爲中書侍郎、同中書門下平章事。穆宗即位，進門下侍郎。鎛得罪，時謂楚緣鎛以進，且嘗逐裴度，天下所共疾，會蕭俛輔政，乃不敢言。方營景陵，詔楚爲使，而親吏韋正牧、奉天令于翬等不償傭錢十五萬緡，楚獻以爲羨餘，怨訴繫路。詔捕翬等下獄，誅。出楚爲宣歙觀察使。俄貶衡州刺史，再徙，以太子賓客分司東都。長慶二年，擢陝虢觀察使。諫官論執不置，楚至陝一日，復罷，還東都。會逢吉復相，力起楚，以李紳在翰林沮之，不克。敬宗立，逐出紳，即拜楚爲河南尹。遷宣武節度使。汴軍以驕故，而韓弘弟兄務以峻法繩治，士偷於安，無革心。楚至，解去酷烈，以仁惠鐫諭，人人悅喜，遂爲善俗。入爲户部尚書。俄拜東都留守，徙天平節度使。始，汴、鄆帥每至，以州錢二百萬入私藏，楚獨辭不取。又毁李師古園檻僭制者。久之，徙節河東。召爲吏部尚書，檢校尚書右僕射。故事，檢校官重，則從其班。楚以吏部自有品，固辭，有詔嘉允。俄兼太常卿，進拜左僕射、彭陽郡公。會李訓亂，將相皆繫神策軍。文宗夜召楚與鄭覃入禁中，楚建言：「外有三司御史，不則大臣雜治，内仗非宰相繫所也。」帝頷之。既草詔，以王涯、賈餗冤，指其罪不切，仇士良等怨之。始，帝許相楚，乃不果，更用李石，而以楚爲鹽鐵轉運使。先是，鄭注奏建榷茶使，王涯又議官自治園植茶，人不便，楚請廢使，如舊法，從之。元和中，出禁兵畀左右街使衛宰相入朝至建福門。及是亂，乃罷。楚即奏：「鎮帥初拜，必戎服屬仗詣省謁辭，本於鄭注，實爲亂兆，故王璠、郭行餘驅將吏蹀血京師，所宜停止。」詔可。開成元年上巳，賜群臣宴曲江。楚以新誅大臣，暴骸未收，怨沴感結，稱疾不出。乃請給衣衾棺櫝，以斂刑骨，順陽氣。是時，政在宦豎，數上疏辭位，拜山南西道節度使。卒，年七十二，贈司空，謚曰文。楚外嚴重不可犯，而中寬厚，待士有禮。客以星步鬼神進者，一不接。爲政善撫御，治有績，人人得所宜。疾甚，諸子進藥，不肯御，曰：「士固有命，何事此物邪？」自力爲奏謝天子，召門人李商隱曰：「吾氣魄且盡，可助我成之。」其大要以甘露事誅譴者衆，請霽威，普見昭洗。辭致曲盡，無所謬脱。書已，敕諸子曰：「吾生無益於時，無請謚，勿求鼓吹，以布車一乘葬，銘志無擇高位。」是夕，有大星隕寢上，其光燭廷。坐與家人訣，乃終。有詔停鹵簿以申其志。子緒、綯，顯於時。

辛文房《唐才子傳》卷五《令狐楚》：楚，字慤士，燉煌人也。五歲能文章。貞元七年尹樞榜進士及第。時李説、嚴綬、鄭儋繼領太原，高其才行，引在幕府，由掌書記至判官。德宗喜文，每省太原奏疏，必能辨楚所爲，數稱美之。憲宗時，累擢知制誥。皇甫鎛薦爲翰林學士，遷中書舍人，拜中書侍郎、同平章事。楚工詩，當時與白居易、元稹、劉禹錫唱和甚多。有《漆奩集》一百三十卷，行於世。自稱曰白雲孺子。

著録

别集

《崇文總目》卷五《别集類六》：令狐楚《章奏集》二十卷。又《别集類七》：令狐楚《梁苑文類》三卷。

《新唐書·藝文志四》：令狐楚《漆匳集》一百三十卷。又《梁苑文類》三卷。《表奏集》十卷。（原注：自稱《白雲孺子表奏集》。）

尤袤《遂初堂書目·别集類》：《令狐楚表奏事》。

又：《令狐楚歌詞》。

又《章奏類》：唐令狐楚《表奏集》。

晁公武《郡齋讀書後志》卷二：令狐楚《表奏》十卷。右唐令狐楚字慤士撰。楚相憲宗，爲文善於箋奏，自爲序，云：「登科後爲桂并四府從事，掌箋奏者十三年，始遷御史，綴其稿得一百九十三篇。」自號白雲孺子。

陳振孫《直齋書録解題》卷二二：令狐公《表奏》十卷，唐宰相畢原令狐楚慤士撰。長於應用，嘗以授李商隱。

《宋史・藝文志七》：令狐楚《梁苑文類》三卷。

又：令狐楚《表奏》十卷。又《歌詩》一卷。

唱和集

《斷金集》：

《崇文總目》卷五《總集類下》：《斷金集》一卷，李逢吉、令狐楚撰。

又：《浙東聯句集》二卷，李逢吉、令狐楚撰。

《新唐書·藝文志四》：《斷金集》一卷（李逢吉、令狐楚唱和）。

計有功《唐詩紀事》卷四七《李逢吉》：逢吉與令狐楚有唱和詩，曰《斷金集》。裴夷直爲之序云：「二相未遇時，每有所作，必驚流輩。不數年，遂壓秉筆之士。及入官登朝，益復隆高。我不求異，他人自遠。」逢吉卒，楚有《題斷金集》詩云：「一覽斷金集，載悲埋玉人。牙弦千古絶，珠淚萬行新。」

晁公武《郡齋讀書志》卷四中：《斷金集》一卷。右唐李逢吉、令狐楚，自未第至貴顯所唱和詩也。後逢吉卒，楚編次之，得六十餘篇，裴夷直名曰《斷金集》，爲之序。

又卷四下：《斷金集》一卷，右唐令狐楚輯其與李逢吉酬唱詩什，開成初，裴夷直序之。

陳振孫《直齋書録解題》卷一五：《斷金集》一卷，唐令狐楚、李逢吉，自爲進士以至宦達，所與唱酬之詩。開成初，裴夷直爲之序。

《宋史·藝文志八》：令狐楚《斷金集》一卷，又《纂雜詩》一卷。

《彭陽唱和集》：

劉禹錫《彭陽唱和集引》：丞相彭陽公始由貢士，以文章爲羽翼，怒飛於冥冥。及貴爲元老，以篇咏佐琴壺，取適乎閑宴，鏘然如朱弦玉磬，故名聞於世間。鄙人少時，亦嘗以詞藝，梯而航之，中途見險，流落不試。而胸中之氣，伊鬱蜿蜒，泄爲章句，以遣愁沮。凄然如焦桐孤竹，亦名聞於世間。雖窮達異趣，而音英同域，故相遇甚歡。其會面必抒懷，其離居必寄興，重酬累贈，體備今古，好事者多傳布之。今年，公在并州，余守吴門，相去迥遠，而音徽如近。且有書來，抵曰：「三川守白君編録與吾子贈答，緘縹囊以遺余，白君爲詞以冠其前，號曰《劉白集》。悠悠思與所賦，亦盈於巾箱，盍次第之，以塞三川之請。」於是緝綴，凡百有餘篇，以《彭陽唱和集》爲目，勒成兩軸。爾後繼賦，附於左云。大和七年二月五日，中山劉禹錫述。（《劉禹錫集》外集卷九）

劉禹錫《彭陽唱和集後引》：貞元中，予爲御史，彭陽公從事於太原，以文章相往來有日矣。無何，予受譴南遷，十餘年間，公登用至宰相，出爲衡州，方獲會面。輸寫藴積，相視泫然。爾後，或雜賦詩贈答，編成兩軸。大和五年，余領吴郡，公鎮太原，常發函寓書，必有章句，絡繹於數千里内，無曠旬時。八年，公爲吏部尚書，予牧臨汝，有詩嘆七年之别，署其後云：「集卷自此爲第三。」未幾，予轉左馮，公登左揆，每恨近而不見，形於咏言。開成元年，公鎮南梁，予以太子賓客分司東都，新韻繼至，率云：「三軸成矣。」二年冬，忽寄一章，詞調凄切，似有永訣之旨，伸紙悖嘆。居數日，果承訃書。嗚呼！聆風相悅者四十年，會面交歡者十九年，以詩見投凡七十九首，勒成三卷，以副平生之言。（《劉禹錫集》外集卷九）

《新唐書·藝文志四》：《彭陽唱和集》三卷（令狐楚、劉禹錫）。

《宋史·藝文志八》：劉禹錫《彭陽唱和集》二卷。又《彭陽唱和後集》一卷。

廣宣與令狐楚唱和詩：

《新唐書·藝文志四》：僧廣宣與令狐楚唱和一卷。

《元和三舍人集》：

《元和三舍人詩集序》：《元和三舍人詩》者，蓋一時倡和之作也。其曰廣津，則王相國涯；曰慤士，則令狐相國楚；曰繪之，則張學士仲素也。按慤士以元和十二年守中書舍人，廣津以正元九年正拜舍人，仲素史傳未著，獨《韋貫之傳》有云：是時段文昌、張仲素受知憲宗，將以爲學士，貫之以行止未正，不宜在内庭，尼之。未幾，李逢吉進而貫之貶，則仲素之爲舍人，必在貫之去位後也。又按唐制：舍人及學士俱六品，而中書舍人則出納王命，預課文武，清要兼焉。爲舍人於學士之後，殆可必耳。但韋貫之以元和十一年罷相，王涯亦以其年拜平章事，令狐楚以十二年八月罷翰林學士，左遷中書舍人，又似不相及，不可考也。或云仲素，建封子，而徐州自有子名賁，此又不可知也。歲丙子，予從京邑，言首西路，息驧道傍村塾，有老書生出是書相質，予因爲道，所憶如此，并停一日，校之而去。漢老叙。（轉録自傅璇琮、陳尚君、徐俊編《唐人選唐詩新編》陳尚君校點《元和三舍人集》。「漢老」則未詳何人，由諱「貞元」爲「正元」觀之，當是宋人。）

計有功《唐詩紀事》卷四二《張仲素》：右王涯、令狐楚、張仲素五言、七言絶句共作一集，號《三舍人集》，今盡録於此。

錢謙益《絳雲樓書目》卷三《唐詩類》：《元和三舍人集》。

陸心源《皕宋樓藏書志》卷一一三《總集類一》：《元和三舍人詩集》一卷，不著編輯者姓氏。元和三舍人詩者，蓋一時倡和之作也。其曰廣津則王相國涯，曰慤士則令狐相國楚，曰繪之則張學士仲素也。

詩文存目

《登白樓賦》：歐陽修《集古録跋尾》卷九：「《唐令狐楚登白樓賦》（咸通二年）。右《登白樓賦》，令狐楚撰。白樓在河中，至楚子綯爲河中節度使，乃刻於石。綯父子爲唐顯人，仍世宰相，而楚尤以文章見稱。世傳綯爲文，喜以語簡爲工。常飯僧，僧判齋，綯於佛前跪爐諦聽，而僧倡言曰：『令狐綯設齋，佛知！』蓋以此譏其好簡。楚之此賦，文無他意，而至千有六百餘言，何其繁也！其父子之性，相反如此，信乎堯朱之善惡異也。（右集本）」趙明誠《金石録》卷一〇：「第一千九百十八，唐令狐楚《登白樓賦》，令狐澄書，咸通二年三月。」王應麟《玉海》卷一六四：「（祥符四年二月）甲子，幸河中府……觀令狐楚《登白樓賦》、王祐詩。上作《登逍遥樓詩》，賜從臣。」按：令狐楚未曾爲河中節度使，蓋爲其早年所作，至其子綯爲河中節度使，刻其賦於石。宋時尚存。唐河中府本蒲州，有白樓，盧綸《奉陪渾侍中五日登白樓》《九日陪渾侍中登白樓》《春日喜雨奉和馬侍中宴白樓》《九日奉陪侍中宴白樓》《九日奉陪令公登白樓同咏菊》（皆見《全唐詩》卷二七九）之白樓皆即河中白樓。

《晋祠新松記》：《金石録》卷九：「第一千六百七十二，《唐晋祠新松記》，令狐楚撰，顔顒正書，憲宗元和元年三月。」闕名《寶刻類編》卷五顔顒：「《晋祠新松記》，令狐楚撰，元和元年三月立，太原。」按：晉祠爲太原名勝，李吉甫《元和郡縣圖志》卷一六太原府晉陽縣：「晉祠一名王祠，周唐叔虞祠也，在縣西南十二里。」

《唐贈司空令狐承簡碑》：陳思《寶刻叢編》卷七《京兆府中》：「《唐贈司空令狐承簡碑》，子楚撰并書，元和七年。（《京兆金石録》）」闕名《寶刻類編》卷五令狐楚：「《唐贈司空令狐承簡碑》，子楚撰并書，元和七年。京兆。」

《唐太府寺丞李泳墓志》：《金石録》卷九：「第一千六百三十一，《唐太府寺丞李泳墓志》，令狐楚撰，段全緯行書，元和十二年十二月。」闕名《寶刻類編》卷五段全緯：「《太府寺丞李咏墓志》，令狐楚撰，元和十二年十一月。」按：唐朝名李泳者有多人，如開元二十四年爲鄧州南陽令之李泳，見《册府元龜》卷七〇七、卷九二九；李甹子，見《新唐書·宰相世系表二上》趙郡李氏東祖趙叡房；李百藥四世孫，見《新唐書·宰相世系表二上》漢中李氏；文宗時爲振武、河陽節度使之李泳，見《舊唐書·文宗紀》《册府元龜》等書。李百藥四世孫李泳元和十五年曾書《張天師靈廟碑》，見《寶刻類編》卷五，可知非令狐楚所撰墓志之李泳。唯李甹子李泳年代最爲接近，未知是否。《寶刻類編》作「李咏」，李咏可考者亦有三人：《新唐書·宰相世系表二上》趙郡李氏東祖趙叡房李迪子，不詳歷官；同書李兼金子亦名咏，亦不詳歷官，皆未知是否。

勞格、趙鉞《唐尚書省郎官石柱題名考》卷一八倉部員外郎李咏在郭囿後、李嬪前，年代較後，當非是。故亦未知「泳」「咏」何者爲正。

《唐建後周逍遥公韋夐曬書臺銘》：陳思《寶刻叢編》卷七《京兆府上》：「《唐建後周逍遥公韋夐曬書臺銘》，唐令狐楚撰并書，元和十二年。（《京兆金石録》）」闕名《寶刻類編》卷五令狐楚：「《建後周逍遥公韋夐曬書臺銘》，撰并書，元和十二年。京兆。」按：《周書・韋夐傳》：「（明）帝大悦，敕有司日給河東酒一斗，號之曰逍遥公。」

《石鼻溪碑》：《山西通志》卷二〇《山川四》汾陽縣：「石鼻溪在城西北。《汾陽古志》：城西北石鼻溪、賀魯諸泉。其碑令狐楚辭，董叔經書，文翰絶妙。」

《臺駘神廟碑》：《山西通志》卷五八《古蹟二》汾陽縣：「《唐臺駘神廟碑》，貞元九年，令狐楚撰文。」按：同書卷一六四《祠廟一》：「汾河神廟在西門外演武堂東，祀臺駘神，以尹鐸、董安于配。金張守愚《廟記》：『神之靈應在人者，唐有令狐楚謝雨文之碑，晋有昌寧公之封，宋有靈感元應公之贈、宣濟廣惠之額。』」又卷一六五《祠廟二》汾陽縣：「昌寧公廟在東南三里，土人名臺駘神廟，唐貞元九年建，令狐楚撰碑文。金大定十三年禱雨有應，王遵古記。」當指令狐楚同一文。

《文湖神廟碑》：《山西通志》卷五八《古蹟二》汾陽縣：「《唐文湖神廟碑》，令狐楚撰文。宋崇寧間，汾水泛漲，碑没。」

《太清宫宿齋寄張弘靖詩》：陳思《寶刻叢編》卷七《京兆府上》：「《唐太清宫宿齋寄張弘靖詩》，唐令狐楚撰，正書，無名。元和十四年。（《京兆金石録》）」按：張弘靖元和九年爲刑部尚書同中書門下平章事，元和十一年出爲太原尹、河東節度使，元和十四年入朝爲吏部尚書。兩《唐書》有傳。

評論

《舊唐書》卷一七二《令狐楚牛僧孺傳論》：彭陽、奇章，起徒步而升臺鼎。觀其人文彪炳，潤色邦典，射策命中，横絶一時，誠俊賢也。而峨冠曳組，論道於皋、夔之伍，孰曰不然？如能蹈道匪躬，中立無黨，則其善盡矣。

《册府元龜》卷五五一：令狐楚爲職方員外知制誥，善於箋表制誥，每爲一詞，纔成，衆立傳寫。憲宗聞其名，召見，擢爲翰林學士。

《新唐書》卷一六六《賈耽杜佑令狐楚傳贊》：耽、佑、楚皆惇儒，大衣高冠，雍容廟堂，道古今，處成務，可也；以大節責之，蓋珉中而玉表歟？

陳振孫《直齋書録解題》卷一八汪藻《浮溪集》：四六偶儷之文，起於齊梁，歷隋唐之世，表章、詔誥多用之。然令狐楚、李商隱之流，號爲能者，殊不工也。本朝楊、劉諸名公，猶未變唐體。至歐、蘇，始以博學富文爲大篇長句，叙事達意，無艱難牽强之態，而王荆公尤深厚爾雅，儷語之工，昔所未有。紹聖後置詞科，格律精嚴，一字不苟措。若浮溪，尤其集大成者也。

吴師道《吴禮部詩話》引時天彝評《唐百家詩選》：武元衡、令狐楚皆以將相之重，聲蓋一時。其詩宏毅闊遠，與灞橋驢子上所得者異矣。

胡應麟《詩藪》内編卷六：王涯、張仲素、令狐楚三舍人合詩一卷，五言絶多可觀，在中、晚自爲一格。

又：唐五言絶，太白、右丞爲最，崔國輔、孟浩然、儲光羲、王昌齡、裴迪、崔顥次之。中唐則劉長卿、韋應物、錢起、韓翃、皇甫冉、司空曙、李端、李益、張仲素、令狐楚、劉禹錫、柳宗元。

周珽《删補唐詩選脉箋釋會通評林》卷四九《中唐五絶》令狐楚總評引胡應麟：中唐五言絶，則令狐楚樂府，大有盛唐風格。

楊慎《升庵詩話》卷三「令狐楚塞上曲」條：令狐楚與王涯、張仲素同時爲中書省舍人，其詩長於絶句，號三舍人詩，同爲一集。

王志堅《四六法海》卷三：令狐楚字慤士，其爲文於箋奏制令尤善，每一篇成，人皆傳諷。素與皇甫鎛善，其得學士、進平章，皆鎛薦之。又嘗謀逐裴度，天下共疾之。及甘露之變，以王涯、賈餗冤，草詔指其罪不切，爲仇士良等所怨，不得再相。將卒，令門人代爲奏言，以甘露事誅遣者衆，請霽威，普見昭雪。蓋瑕瑜互見云。

孫梅《四六叢話》卷一〇《表五之一》：至於人臣遺表，述哀叙戀，尤屬所難。爲黨人而辯雪，義山不能代其師；録恩賜以上陳，晋公不能委其客。况夫當白刃之交前，令狐以掞辭戢恨；恨青編之失實，端叔以代奏除名。可見文章之有用，而詞豪之杰出也。

又：案令狐文公於白刃之下，立草遺表，讀示三軍，無不感泣，遂安一軍。與宣公草興元赦書，山東將士讀之流涕，同一手筆。必如此始爲有用之文，四六所由與古文并垂天壤也。若以堆垛爲之，固屬輪轅虚飾；純以清空取勝，亦無非臭腐陳言。一言以斷之曰：惟情深而文明，沛然從肺腑流出，到至極處，自能動人。作之者非關文與不文，感之者亦不論解與不解，手舞足蹈，有不知其然而然者。

又卷三二《作家五·令狐楚》：案義山章奏之學，得自文公，蓋具體而微者矣。詳觀文公所作，以意爲骨，以氣爲用，以筆爲馳騁出入，殆脱盡裁對隸事之迹，文之深於情者也。滔滔亹亹，一往清婉，而又非宋時一種空腐之談，盡失駢儷真面者所可藉口。由其萬卷填胸，超然不滯，此玉谿生所以畢生服膺，欲從未由者也。吾於有唐作家集大成者，得三家焉：於燕公極其厚，於柳州致其精，於文公仰其高。

又《作家五·李商隱》：案柳子厚少習詞科，工爲箋奏，及竄永州，肆力古文，爲深博無涯涘，一變而成大家。李玉谿少能古文，不喜聲偶，及事令狐，授以章奏，一變而爲今體，卒以四六名家。此二家者，從入各有自，而始終成就，相反如此，所謂學焉得其所近者。何以稱焉？蓋子厚得昌黎遥爲之應和，而玉谿惟令狐爲之親炙，其遇合遭際，自是不同。要之天資學力，固大有徑庭矣。

《四庫全書總目》卷一八六《御覽詩》提要：本傳稱楚於箋奏制令尤善，每一篇成，人皆傳諷。《舊唐書·李商隱傳》亦稱楚能章奏，以其道授商隱，均不稱其詩。《劉禹錫集》和楚詩，雖有「風情不似四登壇」句，而今所傳詩一卷，唯《宫中樂》五首、《從軍詞》五首、《年少行》四首，差爲可觀。氣格色澤，皆與此集相同。蓋取其性之所近。其他如《郡齋咏懷》詩之「何時狂簡闔」；《九日言懷》詩之「二九即重陽」；《立秋日悲懷》詩之「泉終閉不開」；《秋懷寄錢侍郎》詩之「燕鴻一聲叫」；《和嚴司空落帽臺宴》詩之「馬奔流電妓奔車」；《郡齋栽竹》詩之「退公閑坐對嬋娟」；《青雲干呂》詩之「瑞容驚不散」；《譏劉白賞春不及》之「下馬貪趨廣運門」，皆時作鄙句，而《贈毛仙翁》一首，尤爲拙鈍。蓋不甚避俚俗者。

雜録

劉禹錫《彭陽侯令狐氏先廟碑》：今上元年七月十三日，汴州刺史、宣武軍節度副大使知節度事、汴宋亳等州觀察處置使、銀青光禄大夫、檢校禮部尚書兼御史大夫、上柱國、彭陽縣開國伯令狐公西嚮拜章，上言：「守臣楚蒙被恩澤，列爲元侯，得立家廟，以奉常祀。」制書下其奏於有司，於是善相考祥得地於京師通濟里。居無何，新廟成。公以守藩，故申命季弟監察御史定卜牲練日，越八月丁亥，祔饗三室。堉墉以尚幽，設幄以迎精，禮無尤違，神用寧謐。第一室曰秦州上邽縣尉諱濬，以妣太原王氏配。第二室曰綿州昌明縣令贈吏部尚書諱崇亮，以妣贈太原郡夫人河東柳氏配。第三室曰太原府功曹參軍贈太子太保諱承簡，以妣贈魏國太夫人富春孫氏配。明年十月，公由浚郊以介圭入覲，真拜户部尚書，進爵爲魯侯。既辭戎旃，得以列侯謁三廟。是歲南至，上不視朝，又得以時展祭。先期致齋，栗然以敬。既齋盡志，歆然永思。奉其百順，陳以具物，始躋而虔恭，終獻而汍瀾。既卒事，顧麗牲之石，宜有刊紀，乃俾家老授其諜於所知。云：令狐，晋邑也。晋大夫魏顆以輔氏之功，始封焉，其易名曰文，《國語》所謂令狐文子是已。其先，周文王之昭畢公高之裔，畢萬爲晋卿，始封於魏。自萬至顆，蓋四世。其後三十七世藍田侯虬，仕拓跋魏爲燉煌郡太守，子孫因家，遂占數爲郡人。藍田之孫熙，在隋爲納言。惟上邽府君，納言之玄孫，道克肖而位不至。惟尚書府君，西州之右族，光未耀而德已基。惟太保府君，志爲君子儒，以明經居上第，調補陽安縣主簿，歷正平尉、汾州司法參軍、陜州大都督府兵曹，終於太原府首掾。始以顓經進，既仕，旁通百家，愛《穀梁子》清而婉，左丘明《國語》辯而工，司馬遷《史記》文而不華。咸手筆朱墨，究其微旨。愷悌以肥家，信誼以急人，德充齒耋，獨享天爵。故休祐集於身後，徽章流乎佳城。凡以子貴承澤、降命書告第者，始贈尚書祠部郎中，再贈禮部尚書，三加右僕射，四進太保，五爲上公。先夫人亦四徙封。密印累累，邦族聳慕。生三子，皆才。彭陽公爲嗣。次子從，端實肅給，今爲檢校膳部郎中，參河東軍事。季子，前所謂監察御史，今主柱下方書，温敏而有文，綽綽然真令兄弟。唯彭陽以詞筆取科名，累參侍從，由博士主尚書箋奏，典内外書命，遂登樞衡，言文章者以爲冠。擁節總戎，率身和衆，留惠於盟津，變風於浚都，言方略者以爲能。夫浚師嚄唶難治，乘釁竊發，浸成習俗，莅止五載，飲和革心，束馬來朝，熊羆隕涕。問公還期，觴必祝之，留爲常伯，旋命居守。汴人聞公之東，近而愈懷，翹翹瞿瞿，盡西其首。言遺愛者可紀焉。貴而率禮，老而能慕，怵惕乎霜露，齊莊乎廟祧，睦其仲季，施及鄉黨，言孝悌者歸厚焉。勒銘於碑，以代彝鼎。（銘略）

（《劉禹錫集》卷二）

劉禹錫《汴州鄭門新亭記》：亭於西門，尊闕路也，實相公以心規，群僚以辭叶，而百工以樂成。斧斤無聲，丹素有嚴，主人肅容，落以金石。走鄭之門，嶔爲右垣，黄河一支，滉漾北軒。前瞻東顧，甍動軌直，含景生姿，溯空欲翔。汴城具八方之人，殊形詭言，而耳目一説。初公來臨，擁節及門，馭吏曰：「此鄭州門。」公心非之，若曰：「野哉！」居無何，即舊號而更之曰鄭門。故事，王人大僚之去來，元侯前驅，翊門而旋，率立馬塵坌中，挹策爲禮。公心不然之，乃下亭令於執事。按亭東西函丈者三之有奇，而南北五之有羸，樂縣宴豆，前後以位。棋闔對明，弭掀順時，修梁衡建，中虚上荷，圓脊方廉，高卑中經。簾鑪茵帟，文椸睆榻，儲以應猝，周用而宜。乃命尹闍視亭長，抱關視掌固，啓閉拚除，是謹是孜。錫命賜胙，勞迎贈餞，我當躬行，汝先汝躅。挾膳提醪，生芻縞衣，我寮展事，靡問文武，汝唯汝從。凡入而修容，凡出而修輚，裼襲威儀，勿籍勿訶。繇是貴人稱諸朝，群吏咏於家，行者誇於道，與人同其安者，人人騹其聲而吟之。始乎諓諓而成乎龐鴻，欲無文字不可也，公遂條白其所以然，遠命學古者書之。公姓令狐氏，以文章典内外書命，以謨明登左右相，以飛語策免，以思材復徵。自有浚師，無如今治，文武兩熾，其古之大臣歟！（《劉禹錫集》卷八）

劉禹錫《唐故相國贈司空令狐公集紀》：起文章而陟大位，丹青景化，焜耀藩方，如非烟祥風，緣飾萬物，而與令名相終始者，有唐文臣令狐公實當之。公名楚，字慤士，燉煌人，今占數於長安右部。天授神敏，性能無師，始學語言，乃協宫徵，故五歲已爲詩成章。既冠，參貢士，果有名字。時司空杜公以重德知貢舉，擢居甲科。琅邪王拱識公於童丱，雅器重之。至是，拱自虞部正郎領桂州，鋭於辟賢，以酬不次之遇，先拜章而後告公，既而授試弘文館校書郎。公爲人子，重難遠行，禀命而去。居一歲，竟迫方寸而歸。家在并汾間，急於禄養，捧從事檄於并州，凡更三牧，官至監察御史。元和初，憲宗聞其名，徵拜右拾遺。歷太常博士，入爲尚書禮部員外郎。性至孝，既孤，以善居喪聞。中月除刑部員外。時帝女下嫁，相禮闕官，公以本官攝博士。當問名之荅，上親臨帳幄，簾内以窺之，禮容甚偉，聲氣朗徹。上目送良久，謂左右曰：「是官可用。」記其姓名。未幾，改職方、知制誥。詞鋒犀利，絶人遠甚。適有旨選司言高第者視草内庭，宰臣以公爲首，遂轉本司郎中，充翰林學士。滿歲，遷中書舍人，專掌内制。武帳通奏，柏梁陪燕，嘉猷高韻，冠於一時。會淮右稽誅，上遣丞相即戎以督戰，公草詔書，詞有涉嫌者，相府上言，有命中書參詳竄定，因罷内職，歸閤中。而君心眷然，將有大用，且出入以試之。乃牧華州兼御史中丞，錫以金紫。居鎮七月，遷大夫、充河陽三城、懷州節度使。又七月，急召抵京師，拜中書侍郎、同中書門下平章事。天下然後知上心倚以爲相，非一朝也。是歲，元和十四年秋。明年正月，憲宗晏駕，惜其在位日淺，遭時大變。穆宗踐祚，轉門下侍郎平章事。萬機百度，别有所付，第以舊相署位，充山陵使。七月禮畢，部下吏有以贓狀聞者，朝典用責率之義，是以左授宣歙池等州都團練觀察處置使兼御史大夫。恩顧一異，媒孽隨生，旋又貶衡州刺史。移郢州。轉太子賓客、分司東都。尋起爲陝虢觀察使。或有上封者，稱前以奉陵寢不檢，下獲讟，今陵土猶濕，未宜遽用。次陝一日，重爲賓客分司。長慶四年，改河南尹。其秋，授檢校禮部尚書兼汴州刺史、充宣武軍節度管内觀察處置等使。汴州爲四戰之地，擇帥先有功，峻刑右武，疑似沈命，號爲危邦者積年。公始以清儉自律，以恩信待人，以夷坦去群疑，以禮讓汰慘急，自上化下，速於置郵。泮林革音，無復故態，璽書勞之，就加大司馬。文宗纂服，三年冬上表，以大臣未識天子，願朝正月，制曰可。操節入覲，遷户部尚書。俄爲東都留守，又轉檢校尚書右僕射兼鄆州刺史、天平軍節度使。後以王業之始，實爲北京，移鎮太原，從人望也。以吏部尚書徵，續换太常卿，真拜尚書左僕射。大和九年冬十一月，京師有急，兵起，上方御正殿，即日還宫。是夕，召公決事禁中，以見事傳古義爲對，其詞讜切，無所顧望，上心嘉之。居一二日，守本官兼諸道鹽鐵轉運使。以斡利權，既非素尚，仡仡牢讓，故復爲檢校左僕射、興元尹、山南西道節度觀察使兼御史大夫。開成二年十一月十二日，薨於漢中官舍，享年七十。齊終之前一日，自修遺表，初述感恩陳力之大義，中及朝廷刑政之或闕，意切言盡，神識不昏。上深悼之，形於愍册。未登三事，故以贈之。歸全之夕，有大星殞於正寢之上，光燭於庭，天意若曰：既稟之而生，亦有涯而落。其文章貴壽之氣焰歟？初，憲宗覽國書，見五王復辟之際，狄梁公實尸之。公爲臺臣，獨召便殿，問曰：「仁杰有後乎？」公以其支孫試校書郎兼謨爲對，即日拜左拾遺。公遂草制，他日相銜者因抉其詞，以爲非《春秋》諱魯之旨。穆宗新即位，謙讓不自決，遂有衡州之貶，公議冤之。嗟乎！天之於賦予也，甚嗇而難周。公獨富文華，丁良時，歷名卿至元老，蓋忠廉孝友，愛才與物，合是粹美以將之邪？可謂全德矣。既免喪，嗣子左補闕綯，集公之文，成一百三十卷。因長子太子左諭德弘分司東都，負其笥來謁，泣曰：「先贈司空與丈人爲顯交，撤懸之前五日，所賦詩寄友，非他人也。今手澤尚存。」言之嗚咽長號，予爲之慟。收淚而視，分當編次之。始公參大鹵記室，以文雄於邊，議者謂一方不足以騁用。徵拜於朝，累遷儀曹郎，乃登西掖，入内署，訏謨密勿，遂委魁柄，斯以文雄於國也。嗚呼！咫尺之管，文敏者執而運之，所如皆合。在藩聳萬夫之觀望，立朝賁群寮之頰舌，居内成大政之風霆，導畎澮於章奏，鼓洪瀾於訓誥，筆端膚寸，膏潤天下，文章之用，極其至矣。而又餘力工於篇什，古文士所難兼焉。昔王珣爲晋僕射，夢人授大筆如椽，覺而謂人曰：「此必有大手筆。」事後孝武哀册文，乃珣之詞也。公爲宰相，奉詔撰《憲宗聖神章武孝皇帝哀册文》，時稱乾陵崔文公之比。今考之而信，故以爲首冠，尊重事也。其他各以類聚，著於篇。（《劉禹錫集》卷一九）

張籍《和令狐尚書平泉東莊近居李僕射有寄十韻》：平地有清泉，伊南古寺邊。漲池閑繞屋，出野遍澆田。舊隱離多日，新鄰得幾年。探幽皆一絶，選勝又雙全。門静山光別，園深竹影連。斜分采藥徑，直過釣魚船。鷄犬還應識，雲霞頓覺鮮。追思應不遠，賞愛諒難偏。此處堪長往，游人早共傳。各當恩寄重，歸卧恐無緣。（《張司業詩集》卷三）

李商隱《奠相國令狐公文》：戊午歲丁未朔乙亥晦，弟子玉谿李商隱，叩頭哭奠故相國贈司空彭陽公。嗚呼！昔夢飛塵，從公車輪；今夢山阿，送以哀歌。古有從死，今無奈何！

天平之年，大刀長戟，將軍樽旁，一人衣白。十年忽然，蜩宣甲化。人譽公憐，人譖公駡。公高如天，愚卑如地。脱蟺如蛇，如氣之易。愚調京下，公病梁山，絶崖飛梁，山行一千。草奏天子，鐫辭墓門，臨絶丁寧，托爾而存。公此去耶？禁不時歸。鳳棲原上，新舊衮衣（原注：公先人亦贈司空）。有泉者路，有夜者臺。昔之去者，宜其在哉！聖有夫子，廉有伯夷。浮魂沉魄，公其與之。故山峨峨，玉谿在中。送公而歸，一世蒿蓬。嗚呼哀哉！（《樊南文集》卷六）

李商隱《令狐墓誥》（按：「誥」當爲「志」之誤）：爲中書舍人兼翰林學士。司神聲而爲帝言，其深如混茫，其高大如天涯。（晏殊《類要》卷一六，轉録自陳尚君《全唐文補編·全唐文又再補》卷五）

李商隱《撰彭陽公志文畢有感》：延陵留表墓，峴首送沉碑。敢伐不加點，猶當無愧辭。百生終莫報，九死諒難追。待得生金後，川原亦幾移。（《玉谿生詩集箋注》卷一）

顧陶《唐詩類選後序》：所不足於此者，以删定之初，如相國令狐楚、李凉公逢吉、李淮海紳、劉賓客禹錫、楊茂卿、盧仝、沈亞之、劉猛、李涉、李璆、陸暢、章孝標、陳罕等十數公，詩猶在世。及稍淪謝，即文集未行，縱有一篇一咏得於人者，亦未稱所録。（《全唐文》卷七六五）朱閔《歸解彭陽公碑陰》：或曰：「子不識彭陽公而云知，豈誣也哉？」曰：公尹洛，禮陳商；爲鄆，薦蔡京；莅京，辟李商隱。予偶不識公耳，公之知予，如春潦之奔壑，夏雲之得龍，秋弧之發矢，冬爐之納火勢，豈後於二三子哉！（《全唐文》卷九〇一）

附録三　令狐楚年譜

令狐楚，字慤士。郡望燉煌。家居太原。

劉禹錫《唐故相國贈司空令狐公集紀》(《劉禹錫集》卷一九。以下簡稱《令狐公集紀》)云：「公名楚，字慤士，燉煌人。」燉煌爲令狐楚之郡望。《舊唐書·令狐楚傳》：「令狐楚，字慤士，自言國初十八學士德棻之裔。」查《新唐書·宰相世系表五下》，令狐楚之六世祖與令狐德棻同爲隋令狐熙之子，可知楚非德棻直系之後，劉禹錫《彭陽侯令狐氏先廟碑》(《劉禹錫集》卷二)亦無德棻之名。《舊唐書·令狐德棻傳》：「令狐德棻，宜州華原人，隋鴻臚少卿熙之子也。先居燉煌，代爲河西右族。」《隋書·令狐熙傳》：「令狐熙字長熙，燉煌人也，代爲西州豪右。」《金石萃編》卷五六《于志寧碑》王昶跋：「碑又云：『金紫□禄大夫司□□□□□監修國史護軍彭陽公燉煌□□□棻』，此是撰文者自叙。《金石文字記》云：『令狐德棻撰，子立政書。』……德棻自署其貫曰燉煌，《舊唐書·令狐德棻傳》云宜州華原人。」按：華原，令狐德棻之貫；燉煌，令狐氏之郡望。岑仲勉《唐史餘瀋》卷四《唐史中之望與貫》云：「自西漢廢姓存氏，於是郡望代起，良以公孫之稱，遍於列國，王子之後，分自殷周，稱其本郡，所以明厥氏所從出也。故就最初言之，郡望、籍貫，是一非二。歷世稍遠，支胤衍繁，土地之限制，饑饉之驅迫，疾疫之蔓延，亂離之遷徙，游宦之僑寄，基於種種情狀，遂不能不各隨其便，散之四方，而望與貫漸分。然人仍多自稱其望者，亦以明厥氏所從出也。」

《新唐書·宰相世系表五下》：「令狐氏出自姬姓。周文王子畢公高裔孫畢萬，爲晋大夫，生芒季。芒季生武子魏犫，犫生顆，以獲秦將杜回功，别封令狐，生文子頡，因以爲氏。世居太原。」可知令狐氏出自春秋時晋國，以地名爲氏，太原爲其發源地。《新表》又曰：「秦有太原守五馬亭侯（令狐）範，十四孫漢建威將軍（令狐）邁，與翟義起兵討王莽，兵敗死之。三子：伯友、文公、稱，皆奔燉煌。」《周書·令狐整傳》：「令狐整，字延保，燉煌人也。本名延，世爲西土冠冕。曾祖嗣，祖詔安，并官至郡守，咸爲良二千石。父虬，早以名德著聞，仕歷瓜州司馬、燉煌郡守、郢州刺史，封長城縣子。」又云：「太祖常從容謂整曰：『卿遠祖立忠而去，卿今立忠而來，可謂積善餘慶，世濟其美者也。』整遠祖漢建威將軍邁，不爲王莽屈，其子稱避地河右，故太祖稱之云。」整即令狐熙之父。由上述可知令狐氏自漢令狐邁討伐王莽敗亡，其後代遂移居燉煌，世爲河西右族，燉煌遂爲令狐氏之郡望。自令狐整又返居内地。

約自令狐熙，令狐氏便徙家雍州。《隋書·令狐熙傳》載熙曾爲雍州别駕；《舊唐書·令狐德棻傳》云宜州華原人，便是明證。《新唐書·地理志一》：「京兆府京兆郡，本雍州。……領縣二十：……華原，畿。義寧二年以華原、宜君、同官置宜君郡，并置土門縣以隸之。武德元年曰宜州。貞觀十七年州廢，省宜君、土門，以華原、同官隸雍州。垂拱二年更華原曰永安……神龍元年復永安曰華原。」《舊唐書·令狐彰傳》：「令狐彰，京兆富平人也。遠祖自燉煌徙家焉，代有冠冕。」劉禹錫《和令狐僕射相公題龍回寺》詩自注：「相公家本咸陽，有喬木之息。」（《劉禹錫集》外集卷三）《詩經·周南·漢廣》：「南有喬木，不可休息。」「喬木」意謂棲息之地。華原、富平、咸陽，唐皆屬京兆府。令狐楚之祖上曾徙居雍州，蓋無疑義。

令狐楚《盤鑒圖銘記》云「太原令狐楚記」，自稱太原人。《新唐書·宰相世系表五下》載令狐楚之父「承簡字居易，太原府功曹參軍」。劉禹錫《彭陽侯令狐氏先廟碑》亦云「第三室曰太原府功曹參軍贈太子太保諱承簡」，又云令狐承簡「歷正平尉、汾州司法參軍、陝西大都督府兵曹，終於太原府首掾」。其父在太原爲官，可能至令狐楚之父時，其家已遷至太原。劉禹錫《令狐公集紀》云「家於并汾間」；盧綸《送尹樞令狐楚及第後歸覲》云：「鞍馬并汾地，争迎陸與潘。」(《全唐詩》卷二七六)這些已明白無疑地告訴了我們令狐楚家在太原。就某種意義而言，説太原是其籍貫，也未嘗不可。

《舊唐書·令狐楚傳》云其「祖崇亮，綿州昌明縣令。父承簡，太原府功曹。」《新唐書·宰相世系表五下》所載同。《新表》又載令狐楚有二弟，即「從，檢校膳部郎中。」「定，字履常，桂管觀察使。」楚則行四，李商隱《上令狐相公狀》二篇皆稱楚爲「四丈」(《樊南文集補編》卷五)，可知。岑仲勉《唐人行第録》已言及。

令狐姓在唐時也是較僻的。如下列二書所載令狐楚之子令狐綯事：孫光憲《北夢瑣言》卷一一：「先是令狐相(綯)自以單族，每欲繁其宗黨，與崔、盧抗衡，凡是富家，率皆引進。」錢易《南部新書》庚：「令狐相綯以姓氏少，族人有投者，不吝其力，由是遠近皆趨之，至有姓胡冒令者。進士温庭筠戲爲詞曰：『自從元老登庸後，天下諸胡悉帶令(鈴)。』」

代宗大曆三年(七六八)，令狐楚生。一歲。

令狐楚卒於文宗開成二年十一月，見《舊唐書·令狐楚傳》和《文宗紀下》、劉禹錫《令狐公集紀》，除日期略有差異外，年月皆同，當是確定無疑的。然享年記載有歧。兩《唐書·令狐楚傳》皆云「年七十二」，而劉禹錫《令狐公集紀》云「享年七十」。此享年關係到令狐楚生年的推算，故有辨明之必要。傅璇琮先生主編的《唐才子傳校箋》卷五《令狐楚傳》的校箋者根據令狐楚詩《夏至日衡陽郡齋書懷》：「一來江城守，七見江月圓。齒髪將六十，鄉關越三千」，認爲此詩作於長慶元年（八二一）夏至日，若以大曆元年生計算，則作詩時年五十六；若以大曆三年生計算，則爲五十四歲，五十六歲比較接近六十，遂定令狐楚生於大曆元年（七六六），并認爲劉禹錫《令狐公集紀》「七十」下奪一「二」字。此問題看似解決，其實不然。令狐楚詩「齒髪將六十」不過是在渲染自己的年齒之長，難以作爲確定生年的依據。令狐楚實生於大曆三年（七六八），享年七十，也就是説，劉禹錫《令狐公集紀》的記載是正確的，兩《唐書》的《令狐楚傳》所云卒時「年七十二」是不對的。以常理論，劉禹錫與令狐楚交往甚密，不會錯記其年齡，而《舊唐書・令狐楚傳》或據官書，未必準確。理由有三：一、令狐楚有一篇《祭豐州李大夫十八丈文》，此李大夫十八丈，岑仲勉《唐人行第録》云其名未詳，其實是李景略。據兩《唐書・李景略傳》，景略先爲靈武節度使杜希全辟在幕府，轉殿中侍御史兼豐州刺史、西受降城使，因威名爲杜希全所忌，上表誣奏，貶爲袁州司馬。希全死，徵爲左羽林將軍。又爲太原少尹、節度行軍司馬。又爲河東節度使李説所排，遷豐州刺史兼御史大夫、天德軍、西受降城都防禦使。貞元二十年（八〇四）卒於鎮。祭文所述李大夫仕歷，與李景略無一不合，故知爲李景略。特別值得注意的是祭文中以下數句：「齠齔之年，獲見大夫。目以成器，異於群倫。自降而遷，垂三十春。」齠齔指垂髫换齒之年，一般指七八歲。《韓詩外傳》卷一：「故男八月生齒，八歲而齠齒。」《舊唐書·德宗紀下》：「（貞元二十年春正月）丙申，天德軍防禦團練使、豐州刺史李景略卒。」令狐楚之祭文即作於是年。以「齠齔」爲八歲計，若以令狐楚生於大曆元年，八歲爲大曆八年（七七三），至貞元二十年爲三十一年，不合曰「垂三十春」。「垂」是將近之意。若以令狐楚生於大曆三年，八歲則爲大曆十年（七七五），計至貞元二十年爲二十九年，與「垂三十春」者正合。所以令狐楚生於大曆三年之説是正確的。二、李商隱《代彭陽公遺表》（《樊南文集》卷一）有云：「然臣從心之年已至，致政之禮宜遵，尋欲拜章，以求歸老。」彭陽公即令狐楚，此表爲令狐楚臨死之前李商隱爲其代作的遺表。從心，《論語·爲政》：「七十而從心所欲，不逾矩。」致政，《禮記·王制》：「七十致政。」李商隱《遺表》所云「從心之年已至，致政之禮宜遵」皆爲未過七十的口吻，故馮浩注曰：「玩『從心』二句，似七十爲是。」（《樊南文集詳注》卷一）馮浩是以李商隱的《遺表》爲依據作出的令狐楚享年七十的判斷，是正確的。三、楊巨源《和令狐郎中》（《全唐詩》卷三三三）詩曰：「題詩一代占清機，秉筆三年直紫微。自稟道情齠齔異，不同蘧玉學知非。」令狐郎中即令狐楚。楊詩云「秉筆三年直紫微」，令狐楚元和九年爲職方郎中、充翰林學士，可知此詩作於元和十二年，時任此職已經三年。楊詩又云「不同蘧玉學知非」，《淮南子・原道》：「蘧伯玉年五十而知四十九年非。」正用此事，可知令狐楚時年五十歲。由元和十二年（八一七）上推四十九年（古人年齡以虛歲計），正好是大曆三年，可證令狐楚生於是年。

德宗貞元七年（七九一），二十四歲。由太原赴京應進士試，及第。旋歸太原。

李逢吉《送令狐秀才赴舉》詩曰：「子有雄文藻思繁，齠年射策向金門。前隨鸞鶴登霄漢，却望風沙走塞垣。」（《全唐詩》卷四七三）顯然作於令狐楚離太原赴京時。李逢吉早年亦居太原，二人之交由來已久，故往來甚密，并始終不渝。

《舊唐書・令狐楚傳》：「楚兒童時已學屬文，弱冠應進士，貞元七年登第。」《唐才子傳》卷五《令狐楚》亦云「貞元七年尹樞榜進士及第」。吴曾《能改齋漫録》卷三「林藻歐陽詹相繼登第」條：「予家有唐趙傪《唐登科記》，嘗試考之：德宗貞元七年，是歲辛未，刑部侍郎杜黄裳知貢舉，所取三十人，尹樞爲首，林藻第十人。是榜後爲宰相者四人：令狐楚、竇楚、皇甫鎛、蕭俛。試《珠還合浦賦》，詩題《青雲千里》。」劉禹錫《令狐公集紀》亦云：「既冠，參貢士，果有名字。時司空杜公以重德知貢舉，擢居甲科。」司空杜公即謂杜黄裳。闕名《玉泉子》：「杜黄裳知貢舉，聞尹樞時名籍籍，乃微服訪之。問場中名士，樞唯唯。黄裳乃具告曰：『某即今年主司也，受命久矣，唯得一人，其他相煩指列。』樞聳然謝曰：『既辱下問，敢有所隱。』即言子弟崔元略，孤寒有林藻、令狐楚數人，黄裳大喜。其年樞狀頭及第。試《珠還合浦賦》。成，或假寐，夢人告曰：『何不序珠來去之意？』既寤，乃改數句。及謝恩，黄裳謂曰：『序珠來去之意，如有神助。』」

是年試賦題爲《珠還合浦賦》，詩題爲《青雲干吕》。參見徐松《登科記考》卷一二。

盧綸《送尹樞令狐楚及第後歸覲》：「佳人比香草，君子即芳蘭。宝器金罍重，清音玉佩寒。貢文齊受寵，獻醴兩承歡。鞍馬并汾地，争迎陸與潘。」據此詩可知令狐楚此時已結識盧綸，其後編《御覽詩》，以李益、盧綸詩入選最多，亦所有自。由盧綸詩尚可知，令狐楚及第後即回太原省視父母。

編年文：

珠還合浦賦；

爲百官賀白烏表。

編年詩：

青雲干呂。

貞元九年（七九三），二十六歲。赴桂州爲桂管觀察使王拱從事。

《册府元龜》卷七二九：「令狐楚弱冠擢進士第，桂州觀察使王拱愛其才，辟爲幕府，懼不從請，飛章而後致意。父承簡時爲太原功曹，楚有庭闈之戀，至桂林謝知，不預晏游，乞解職奉養。李説、嚴綬、鄭儋繼鎮太原，高其節行，累辟爲掌記。」《舊唐書·令狐楚傳》：「桂管觀察使王拱愛其才，欲以禮辟召，懼楚不從，乃先聞奏而後致聘。楚以父掾并州，有庭闈之戀，又感拱厚意，登第後徑往桂林謝拱。」《新唐書》本傳略同。劉禹錫《令狐公集紀》：「琅邪王拱識公於童丱，雅器重之。至是，拱自虞部正郎領桂州，鋭於辟賢，以酬不次之遇，先拜章而後告公。既而授試弘文館校書郎。公爲人子，重難遠行，禀命而去。居一歲，竟迫方寸而歸。」王拱何年領桂州史無明文。《舊唐書·德宗紀下》：「（貞元八年七月甲寅）以桂管觀察使齊映爲洪州刺史、江西觀察使。」王拱爲齊映後任，此即爲王拱爲桂管觀察使之年月。令狐楚赴桂州則爲貞元九年事，詳見貞元十年考辨。楊巨源有《別鶴詞送令狐校書之桂府》（《全唐詩》卷三三三），即送令狐楚之作。時楚爲王拱奏授弘文館校書郎，校書郎亦爲唐人入仕之初階。

編年文：

爲桂府王拱中丞賀南郊表；

爲桂府王中丞謝加朝議大夫表；

爲道州許使君謝上表；

爲人作薦昭州刺史張遜狀；

謝賜冬衣表。

貞元十年（七九四），二十七歲。爲桂管觀察使王拱從事。冬季，辭桂州命，返至京師。旋歸太原。

王拱爲桂管觀察使是在貞元八年七月，令狐楚赴桂州則是在貞元九年（七九三）。令狐楚有《爲桂府王拱中丞賀南郊表》，南郊大禮事在貞元九年十一月，《舊唐書·德宗紀下》：「（貞元九年）十一月乙酉，日南至，上親郊圓丘。」并大赦天下。可知當時令狐楚已在桂府。劉禹錫

《令狐公集紀》云楚在桂府時間爲一年；《新唐書·令狐楚傳》云：「雖在拱所，以父官并州，不得奉養，未嘗預宴樂，滿歲謝歸。」都是以實打實的計算。令狐楚返歸太原實是在貞元十年（七九四），以下證之。

令狐楚《祭豐州李大夫十八丈文》云：「靈州不協，坐謫三楚。遐服徂征，高館晤語」；又云：「羽林森森，天授兵符。適值南還，穎耀神都。風天雪夜，買酒相呼。」此一段文字爲我們提供了許多關於令狐楚行踪的消息。前面已經説過，此李大夫爲李景略。《舊唐書·李景略傳》：「尋爲靈武節度杜希全辟在幕府，轉殿中侍御史兼豐州刺史、西受降城使……杜希全忌之，上表誣奏，貶袁州司馬。希全死，徵爲左羽林軍。」李景略之貶袁州司馬在貞元七年，《舊唐書·郭晞傳》載：「晞子鋼爲朔方節度使杜希全賓佐，希全以鋼攝豐州刺史……貞元七年，晞上章奏請罷鋼官。」郭鋼代李景略爲豐州刺史，以及罷職皆爲貞元七年事。李景略徵爲左羽林將軍則在貞元十年，《舊唐書·杜希全傳》云：「貞元十年正月卒。」即爲景略徵還之年月。令狐楚有《爲羽林李景略將軍進射雁歌表》，即作於貞元十年。前引令狐楚之祭文是説：李景略貞元十年貶袁州時，二人曾在館舍晤談，地點是在長安，時令狐楚正在京城應進士試；景略徵爲左羽林將軍時，令狐楚亦恰由南方歸來，二人遂得再會於京師。由「風天雪夜」之句觀之，當時是冬季。此祭文以及《爲羽林李景略將軍進射雁歌表》可證貞元十年冬令狐楚已返至京師。

編年文：

謝敕書賜臘日口脂等表；

謝敕書賜春衣并尺表；

爲羽林李景略將軍進射雁歌表；

爲昭義王大夫謝知節度觀察等留後表；

爲石州刺史謝上表。

貞元十一年（七九五），二十八歲。在太原爲河東節度使李説從事。

《舊唐書・令狐楚傳》：「李説、嚴綬、鄭儋相繼鎮太原，高其行義，皆辟爲從事，自掌書記至節度判官，歷殿中侍御史。」誤列嚴綬於鄭儋前。《新唐書・令狐楚傳》所誤同。令狐楚《白楊神新廟碑》：「乙亥歲，今尚書隴西公廉刺并部」；後又云「則又備位於隴西公之府，相得最舊」，乙亥即貞元十一年，隴西公即謂李説。可證貞元十一年令狐楚已爲李説幕府從事。《舊唐書・德宗紀下》：「（貞元十一年五月癸巳）以河東行軍司馬李悦爲河東節度觀察留後、北都留守。」李悦即李説。《舊唐書・李説傳》：「貞元十一年五月，(李)自良病，凡六日而卒……乃下制以通王領河東節度大使，以説爲行軍司馬、充節第留後、北都副留守……尋正拜河東節度使，檢校禮部尚書。」

編年文：

爲太原李少尹謝上表；

謝敕書手詔慰問狀。

貞元十二年(七九六)，二十九歲。在太原爲李説從事。

編年文：

爲太原李説尚書進白兔狀。

貞元十三年(七九七)，三十歲。在太原爲李説從事。

編年文：

賀劍南奏破吐蕃表。

貞元十四年（七九八），三十一歲。在太原爲李説從事。

編年文：

賀修八陵畢表；

賀靈武破吐蕃表。

貞元十五年（七九九），三十二歲。在太原爲李説從事。

編年文：

代李僕射謝賜男絹等物并贈亡妻晉國夫人表；

代太原李僕射慰義章公主薨表；

奏教習長槍及弓弩狀；

奏排比第二般差撥兵馬狀；

奏差兵馬赴許州救援并謝宣慰狀；

爲人謝賜行營將士襖子及弓弩狀；

爲人作奏薛芳充支使狀；

爲太原李説尚書進白兔第二狀；
代李僕射謝賜男緋魚袋表；
代李僕射謝子恩賜第二狀；
代李僕射謝子恩賜第三狀；
謝賜臘日口脂紅雪紫雪曆日等狀；
爲人謝賜男歲節料并口脂臘脂等狀。

貞元十六年（八〇〇），三十三歲。仍爲太原府從事。十月，李説卒，鄭儋繼爲河東節度使。

《舊唐書·令狐楚傳》：「楚才思俊麗，德宗好文，每太原奏至，能辨楚之所爲，頗稱之。」

《舊唐書·德宗紀下》：「（貞元十六年十月）乙丑，河東節度使、檢校禮部尚書、太原尹、兼御史大夫、北都留守李悦卒。甲午，以河東行軍司馬鄭儋檢校工部尚書、太原尹、河東節度使。」《舊唐書·李説傳》：「説在鎮六年……十六年十月卒……是月，制以河東節度行軍司馬鄭儋檢校工部尚書兼太原尹、御史大夫、河東節度度支營田觀察等使、北都留守。在任不期年而卒。」

編年文：

代李僕射謝子恩賜第四狀；

代李僕射謝子恩賜狀；

代李僕射謝子恩賜第五狀；

代李僕射謝子恩賜第六狀；

賀韓僕射充招討使狀；

賀行營破賊狀；

賀行營破賊狀第二狀；

賀破賊兼優恤將士狀；

謝賜衣甲及藥物等狀；

白楊神新廟碑；

爲五臺山僧謝賜袈裟等狀；

爲五臺山僧謝賜袈裟等第二狀；

爲鄭儋尚書謝河東節度使表；

爲太原鄭尚書謝賜旌節等表；

薦齊孝若書。

貞元十七年（八〇一），三十四歲。仍爲太原府從事。八月，鄭儋卒，嚴綬繼爲河東節度使。

韓愈《唐故河東節度觀察使滎陽鄭公（儋）神道碑文》：「（貞元）十七年疾，廢朝夕，八月庚戌薨，享年六十一。」（《韓昌黎全集》卷六）《舊唐書·德宗紀下》：「（貞元十七年）八月戊午，以河東行軍司馬嚴綬檢校工部尚書、兼太原尹、御史大夫、河東節度使。」《舊唐書·嚴綬傳》：「儋卒，遷綬銀青光禄大夫、檢校工部尚書兼太原尹、御史大夫、北都留守、充河東節度支度營田觀察處置等使。……在鎮九年……（元和）四年，入拜尚書右僕射。」《舊唐書·令狐楚傳》：「鄭儋在鎮暴卒，不及處分後事，軍中喧嘩，將有急變。中夜十數騎持刃迫楚至軍門，諸將環之，令草遺表。楚在白刃之中，搦管即成，讀示三軍，無不感泣，軍情乃安。」《册府元龜》卷七一八：「令狐楚爲太原掌書記，時節度使鄭儋在鎮暴卒，不及指撝後事，軍中喧嘩，將欲有變。中夜，忽數十騎持刃，迫楚至軍門，諸將逼之，令草遺表。楚在白刃之中，搦管立成，讀示三軍，無不感泣，由是名聲益重。」

據舊傳，令狐楚在太原府所任職歷爲掌書記、節度判官、殿中侍御史。劉禹錫《令狐公集紀》云：「凡更三牧，官至監察御史。」稍有不同。

江休復《江鄰幾雜志》云：「韓文公《鄭儋碑文》『自號白雲翁』，令狐楚《白雲表奏》取使府爲名耳。」方崧卿《韓集舉正》卷八云：「令狐楚嘗爲太原從事，唐志有《表奏》十卷，自號白雲孺子，蓋以媢（鄭）儋也。」其説非是。《舊唐書·狄仁杰傳》：「仁杰赴并州，登太行山，南望見白雲孤飛，謂左右曰：『吾親所居，在此雲下。』瞻望佇立久之，雲移乃行。」令狐楚仰慕狄仁杰之爲人，且同籍貫太原，故取此號。鄭儋之號白雲翁當亦爲狄仁杰事而起。陳景雲《韓集點勘》卷四：「按令狐楚《表奏》十卷，蓋集前後佐桂林、太原二府事，四帥幕下所草，非專爲鄭儋從事時作也。初桂帥王拱奏辟楚，楚以父官并州，不得奉養，未嘗預帥府燕樂，滿歲謝歸太原。諸帥皆高其行，相繼引入幕府。及後表奏之編，自佐桂林幕府始，自號白雲孺子，蓋用狄梁公登太行遥望并州親舍事，方氏媢儋之誚，恐承小説之失實也。」

編年文：

奏太原府資望及官吏選數狀。

貞元十八年（八〇二）至十九年（八〇三），在太原府爲嚴綬從事。

貞元二十年（八〇四），三十七歲。仍在太原府爲嚴綬從事。

編年文：

祭豐州李大夫十八丈文；

爲樓煩監楊大夫請朝覲表；

爲樓煩監楊大夫請朝覲第二表；

爲樓煩監楊大夫請朝覲第三表；

降誕日爲楊大夫奏修功德并進馬狀。

貞元二十一年（八〇五），三十八歲。在太原府爲嚴綬從事。

正月德宗薨，太子李誦即位，是爲順宗。以風疾不能言。八月，順宗内禪，太子李純即位，是爲憲宗。改貞元二十一年爲永貞元年。

編年文：

爲鄭尚書賀登極赦表；
爲鄭尚書賀册皇太子狀；
賀册皇太子赦表；
賀皇太子知軍國表；
賀皇太子知軍國箋；
代鄭尚書賀登極表；
爲監軍賀赦表；
鄭尚書賀册皇太后表；
爲福建閻常侍奉慰德宗山陵表；
沁源縣琴高靈泉碑記。

憲宗元和元年（八〇六），三十九歲。在太原府爲嚴綬從事。

編年文：

代鄭尚書賀册太后禮畢赦表；

賀順宗謚議表；
奉慰過山陵表。

元和二年（八〇七），四十歲。在太原丁父憂。

《舊唐書·令狐楚傳》：「丁父憂，以孝聞。免喪，徵拜右拾遺。」劉禹錫《令狐公集紀》：「元和初，憲宗聞其名，徵拜右拾遺。」令狐楚丁父憂當在元和二年至四年。晁公武《郡齋讀書後志》卷二：「（令狐）楚相憲宗，爲文善於箋奏，自爲序云：『登科後爲桂、并四府從事，掌箋奏者十三年。始遷御史，綴其稿，得一百九十三篇。』」「四府」謂王拱、李説、鄭儋、嚴綬。由貞元十一年計起，至元和二年爲十二年，再加桂府一年恰爲十三年。故訂令狐楚之父亡在元和二年。

《新唐書·嚴綬傳》：「初綬未顯，過于閿鄉尉李達，達不禮，方飯它客，不召綬。後達罷彭城令，過并州，晨入謁，不知綬也。綬方大宴賓客，召達至，戒客勿起，讓曰：『吾昔羈旅閿鄉，君方召客食而不顧我，今我召客亦不敢留君。』達慚，不得去，左右引出，悸而瘖，卧館數月，其佐令狐楚爲請，乃免。」

編年文：
賀南郊表。

元和三年（八〇八），四十一歲。在太原丁父憂。

編年文：
賀赦表。

元和四年（八〇九），四十二歲。在太原丁父憂。後入京爲右拾遺。

《舊唐書·令狐楚傳》與劉禹錫《令狐公集紀》皆云「徵拜右拾遺」。唐人爲父母服喪一般爲三年，故以爲徵拜右拾遺爲元和四年事。是年三月，嚴綬入朝爲左僕射，李鄘代爲河東節度使。見《資治通鑒》卷二三七唐憲宗元和四年。

元和五年（八一〇），四十三歲。大約在是年改太常博士。

劉禹錫《令狐公集紀》：「徵拜右拾遺。歷太常博士，入爲尚書禮部員外郎。」《舊唐書·令狐楚傳》亦云：「改太常博士、禮部員外郎。」錢易《南部新書》乙：「令狐楚久爲太常博士，有詩云：『何日肩三署，終年尾百僚。』」可知其爲太常博士一年有餘。

元和六年（八一一），四十四歲。爲禮部員外郎。丁母憂約在此年。

令狐楚《南宮夜直宿見李給事封題其所下制敕知奏直在東省因以詩寄》，南宮指尚書省，後專指禮部。李給事爲李逢吉。李逢吉《和嚴揆省中宿齋遇令狐員外當直之作》（《全唐詩》卷四七三），即和令狐楚之作。《舊唐書·李逢吉傳》：「（元和）六年，遷給事中。」由上可知元和六年令狐楚已爲禮部員外郎。

編年文：

賀德音表。

編年詩：

南宮夜直宿見李給事封題其所下制敕知奏直在東省因以詩寄。

元和七年(八一二)至八年(八一三),在京丁母憂。

元和九年(八一四),四十七歲。母憂服除,爲刑部員外郎。十月,轉職方員外郎、知制誥。十二月,轉職方郎中,仍充翰林學士。

《舊唐書·令狐楚傳》:「母憂去官。服闋,以刑部員外郎徵,轉職方員外郎、知制誥。」劉禹錫《令狐公集紀》:「性至孝,既孤,以善居喪聞。中月,除刑部員外郎。時帝女下嫁,相禮闕官,公以本官攝博士。當問名之答,上親臨帳幄,簾内以窺之,禮容甚偉,聲氣朗徹。上目送良久,謂左右曰:『是官可用。』記其姓名。未幾,改職方、知制誥。」劉紀提到了公主下嫁事。《唐會要》卷六《公主》:「(元和)九年八月,岐陽公主出降杜悰,發左右神策兵三百赴光範門翼道,至其宅。京兆尹裴武充禮會使。」《舊唐書·憲宗紀下》:「(元和九年七月)戊辰,以太子司議郎杜悰爲銀青光禄大夫、殿中少監、駙馬都尉,尚岐陽公主。」即謂岐陽公主出降杜悰事。可知令狐楚丁母憂期滿,爲刑部員外郎在元和九年。

《册府元龜》卷五五一:「令狐楚爲職方員外郎、知制誥,善於箋表制誥,每爲一詞,纔成,衆立傳寫。憲宗聞其名,召見,擢爲翰林學士。」《舊唐書·憲宗紀下》:「(元和九年十月)甲寅，以刑部員外郎令狐楚爲職方員外郎、知制誥。」又：「（十一月戊戌）以職方員外郎、知制誥令狐楚爲翰林學士。」丁居晦《重修承旨學士壁記》：「［相］令狐楚元和九年七月二十五日自職方員外郎知制誥充。十一月十一日賜緋。十二月七日，轉本司郎中。」（《翰苑群書》）岑仲勉《翰林學士壁記注補六》以爲丁記兩柱日月，尤其是後一柱，疑爲奪誤，「郎中」似應補「知制誥」三字。故當以舊紀爲正。劉禹錫《令狐公集紀》：「適有旨選司言高第者視草内庭，宰臣以公爲首，遂轉本司郎中，充翰林學士。」結合丁記與劉紀，當是元和九年十二月轉職方郎中，仍充翰林學士。

元和十年（八一五）至十一年（八一六），爲職方郎中，充翰林學士。

元和十二年（八一七），五十歲。二月，加承旨。三月正除。八月，出守中書舍人。

元稹《承旨學士院記》：「令狐楚，元和十二年二月二十四日，以職方郎中、知制誥、翰林學士、賜緋魚袋充，三月二十日正除。八月四日，出守本官。」（《翰苑群書》）丁居晦《重修承旨學士壁記》云令狐楚：「（元和）十二年三月，遷中書舍人。八月四日，出守本官。」（同上）令狐楚

《盤鑒圖銘記》：「元和十三載二月八日，予爲中書舍人、翰林學士。」元和十三年二月令狐楚已非學士，但仍是中書舍人，「翰林學士」四字衍。《舊唐書·令狐楚傳》：「楚草（裴）度淮西招撫使制，不合度旨，度請改制內三數句語，憲宗方責度用兵，乃罷（李）逢吉相任，亦罷楚內職，守中書舍人。」《資治通鑑》卷二四〇唐憲宗元和十二年：「李逢吉不欲討蔡，翰林學士令狐楚與逢吉善，（裴）度恐其合中外之勢以沮軍事，乃請改制書數位，且言其草制失辭。（八月）壬戌，罷楚爲中書舍人。」是爲令狐楚罷翰林學士之原因。

楊巨源《將歸東都寄令狐舍人》《和令狐舍人酬峰上人題山欄孤竹》《酬令狐舍人》《和令狐郎中》等詩（《全唐詩》卷三三三），皆酬和令狐楚之作。

令狐楚爲翰林學士期間，曾撰《元和辨謗略》，纂《御覽詩》。

《册府元龜》卷五五〇：「令狐楚爲職方員外郎、知制誥，撰《元和辨謗略》。書成，帝嘉其該博，轉職方郎中、知制誥，充翰林學士。」《舊唐書·文苑傳下·唐次》：「乃采自古忠臣賢士遭罹讒謗放逐，遂至殺身，而君猶不悟，其書三篇，謂之《辨謗略》，上之。……憲宗即位……嘗閱書禁中，得次所上書三篇，覽而善之，謂學士沈傳師曰：『唐次所集辨謗之書，實君人者時宜觀覽。朕思古書中多有此事，次編録未盡，卿家傳史學，可與學士類例廣之。』傳師奉詔，與令狐楚、杜元穎等分功修續，廣爲十卷，號《元和辨謗略》。其序曰……」可見此書爲沈傳師、令狐楚、杜元穎合撰，爲增廣唐次之書而成，及書成而楚已出院，由沈傳師領銜上之。《元和辨謗略序》一文，《全唐文》卷六八四亦收入沈傳師名下。此書後又經李德裕修訂增删，文宗時上之，號《大和辨謗略》。南宋時猶存。《新唐書・藝文志二》：「《元和辨謗略》十卷，令狐楚、沈傳師、杜元穎撰。」《崇文總目》卷二雜史類上：「《大和辨謗録》三卷，李德裕等撰。憲宗時命傳（傳之訛）師、楚等撰《元和辨謗録》十卷，大和中李德裕以其文繁，删爲三卷。」晁公武《郡齋讀書志》卷二上：「《大和辨謗略》三卷。右唐李德裕撰。先是唐次録周秦迄隋忠良罹讒謗事，德宗覽之不悦。後憲宗以爲善，命令狐楚等廣之，成十卷。至大和中文成，上之。」陳振孫《直齋書録解題》卷五：「《大和辨謗略》三卷，唐宰相李德裕撰。初，憲宗命令狐楚等爲《元和辨謗略》十卷，録周、秦、漢、魏迄隋，忠賢罹讒謗事迹，德裕等删其繁蕪，益以唐事，裁成三卷，大和中上之。集賢學士裴潾爲之序。元和書今不存。《邯鄲書目》亦止有前五卷。」今已全佚。

《御覽詩》卷首題「翰林學士、朝議郎、守中書舍人、賜紫金魚袋令狐楚奉敕纂進」。陳振孫《直齋書録解題》卷一五：「《唐御覽詩》一卷，唐翰林學士令狐楚纂。劉方平而下，迄於梁鍠，凡三十人，詩二百八十九首。一名《唐新詩》，又名《選進集》，又名《元和御覽》。」陸游《跋唐御覽詩》：「右唐《御覽詩》一卷，凡三十人，二百八十九首，元和學士令狐楚所集也。按盧綸墓碑云：『元和中，章武皇帝命侍臣采詩，第名家，得三百一十篇，公之篇句奏御者居十之一。』今《御覽》所載綸詩，正三十二篇，所謂居十之一者也。據此，則《御覽》爲唐舊書不疑。然碑云三百一十篇，而此纔二百八十九首，蓋散逸多矣。姑校定訛謬，以俟完本。《御覽》一名《唐新詩》，一名《選進集》，一名《元和御覽》云。紹興乙亥十一月八日，吴郡陸某記。」（《渭南文集》卷二六）毛晋《跋御覽詩》：「唐至元和間，風會幾更。章武皇帝命采新詩備覽，學士彙次名流，選進妍艷短章三百有奇。至今缺軼頗多，已無稽考。間有頓易原題，新綴舊幅者，無過集柔翰以對宸嚴，此令狐氏引嫌避諱之微旨也。寧曰改竄以立異，覽斯集者，當自得之。戊辰元春日，湖南毛晋記。」（汲古閣本《御覽詩》附）是書今存。許學夷《詩源辯體》卷三六評曰：「予初見《御覽詩》，以爲皆初盛唐臺閣冠冕之制，及讀其詩，乃大曆以後人，不知名者居半，且其詩多纖艷語，而實非正變，僻調亦往往見之。毛晋云：章武皇帝命采新詩備覽，學士彙次名流，選進妍艷短章三百有奇。則斯集可知。」《四庫全書總目》卷一八六《御覽詩》提要：「是書乃憲宗時奉敕編進……此本人詩數均與陸游所跋相合，蓋猶古本也。所録唯韋應物爲天寶舊人，其餘李端、司空曙等皆大曆以下人，張籍、楊巨源并及於同時之人，去取凡例，不甚可解。其詩唯取今體，無一古體，即《巫山高》等之用樂府題者，亦皆律詩。蓋中唐以後，世務以聲病協婉相尚，其奮起而追古調者，不過韓愈等數人。楚亦限於風氣，不能自異也。……故此集所録，如盧綸《送道士》詩、《駙馬花燭》詩，鄭鏦《邯鄲俠少年》詩，楊凌《閣前雙槿》詩，皆頗涉俗格，亦其素習然也。然大致雍容諧雅，不失風格，上比《篋中集》則不足，下方《才調集》則有餘，亦不以一二疵累棄其全書矣。」

令狐楚爲翰林學士期間，與王涯、張仲素所作五言和七言絶句體樂府歌詞，曾合編爲《翰林歌詞》，編者不詳，後人改名《三舍人集》。計有功《唐詩紀事》卷四二「張仲素」條：「右王涯、令狐楚、張仲素五言和七言絶句共作一集，號《三舍人集》。」此集今有所存，陳尚君將其輯入《唐人選唐詩新編》中，并在《前記》中認爲：三人未嘗同時任中書舍人，爲翰林學士的時間是：令狐楚自元和九年七月至十二年三月，王涯則元和十一年正月至是年十二月，張仲素則元和十一年八月至十四年三月，三人於元和十一年八月至十二月間同爲翰林學士，《新唐書·藝文志四》載有《翰林歌詞》一卷，即此《三舍人集》，書名當是唐末至北宋時人所改。全書收詩一百六十九首，其中王涯六十一首、令狐楚五十首、張仲素五十八首，今存有殘缺，共存一百十九首，其中令狐楚二十九首。書前有自稱「漢老」所作的序。「漢老」未知誰人。

編年文：

授裴度彰義軍節度使制。

元和十三年（八一八），五十一歲。四月，出爲華州刺史。十一月，遷河陽節度使。

《舊唐書·令狐楚傳》：「元和十三年四月，出爲華州刺史。其年十一月，皇甫鎛作相，其月，以楚爲河陽懷節度使。」《新唐書》本傳同。劉禹錫《令狐公集紀》：「出以試之，乃牧華州，兼御史中丞，賜以金紫。居鎮七月，遷大夫、充河陽三城懷州節度使。」令狐楚《周先生住山記》稱「元和十三年八月，華州刺史兼御史中丞令狐楚記」。李逢吉有《望京臺上寄令狐華州》（《全唐詩》卷四七三）。

《舊唐書·憲宗紀下》：「（元和十三年十一月）丁未，以華州刺史令狐楚爲懷州刺史、充河陽三城懷孟節度使。」《新唐書·令狐楚傳》：「（皇甫）鎛既相，擢楚河陽懷節度使代烏重胤。始，重胤徙滄州，以河陽士三千從，士不樂，半道潰歸，保北城，將轉掠旁州。楚至中潬，以數騎自往勞之，衆甲而出，見楚不疑，乃皆降。楚斬其首惡，衆遂定。」此事亦見《舊唐書》本傳。

王定保《唐摭言》卷二：「同華解最推利市，與京兆無異。若首送，無不捷者。元和中，令狐文公鎮三峰時，及秋賦，榜云：特加置五場。蓋詩、歌、文、賦、帖經，爲五場。常年以清要書題求薦者，率不減十數人，其年莫有至者。雖不遠千里而來，聞是皆浸去。唯盧弘正尚書獨詣華請試。公命供帳，酒饌侈靡於往時，華之寄客畢縱觀於側。弘正自謂獨步文場，公命日試一場，務精不務敏也。弘正已試兩場，而馬植下解。植，將家子弟，從事輩皆竊笑。公曰：『此未可知。』既而試《登山采珠賦》，略曰：『文豹且異於驪龍，采斯疏矣；白石又殊於老蚌，剖莫得之。』公大伏其精當，遂奪弘正解元。後弘正自丞郎將判鹺，俄而爲植所據。弘正以手札戲植曰：『昔日華元，已遭毒手；今來鹺務，又中老拳。』復日，試《破竹賦》。」是爲令狐楚在華州主鄉試之事。

在懷州額外加徵，後被罰俸。《册府元龜》卷六九九：「烏重胤、令狐楚、魏義通并爲懷州刺史，穆宗長慶元年六月，知懷州河南節度參謀兼監察御史韋珩奏論，當州元和九年秋至十四年夏，準聖旨額外加徵并節度使司簡，見苗徵子及草等共計五百六十萬、三千五百八十萬石束。敕曰：『前刺史烏重胤等并位居守土，職在牧人，加稅縱緣軍須，豈得不先聞奏？遇赦雖當原宥，亦合量有科懲。烏重胤、令狐楚、魏義通等宜各罰一月俸料，知州官釋放。』」

編年文：

中書門下賀赦表；

周先生住山記；

河陽節度使謝上表。

元和十四年（八一九），五十二歲。七月，入京爲中書侍郎、同中書門下平章事。

《舊唐書·憲宗紀下》：「（元和十四年七月）丁酉，以河陽三城懷州節度使、朝議郎、使持節懷州諸軍事、守懷州刺史兼御史大夫、賜紫金魚袋令狐楚可朝議大夫、守中書侍郎、同中書門下平章事。」《新唐書·宰相表中》：「（元和十四年）七月丁酉，（皇甫）鎛守門下侍郎，河陽節度使令狐楚守中書侍郎，同中書門下平章事。」「（十五年閏正月）辛亥，楚爲門下侍郎，御史中丞蕭俛、中書舍人翰林學士段文昌并守中書侍郎，同中書門下平章事。七月丁卯，楚罷爲宣歙觀察使。」又見兩《唐書·令狐楚傳》。《册府元龜》卷七三有《令狐楚平章事制》，《全唐文》卷五九收入憲宗皇帝李純名下。《資治通鑒》卷二四一唐憲宗元和十四年：「（七月）丁酉，以河陽節度使令狐楚爲中書侍郎、同平章事。楚與皇甫鎛同年進士，故鎛引以爲相。」

趙璘《因話録》卷三：「相國令狐公楚自河陽徵入，至閿鄉，暴風，有裨將飼官馬在逆旅，屋毀馬斃。到京，公旋大拜。時魏義通以檢校常侍代鎮三城，裨將當還，緣馬死，懼帥之責，以狀請一字爲判。公援筆判曰：『厩焚魯國，先師唯恐傷人；屋倒閿鄉，常侍豈宜問馬？』」即此年事。

《舊唐書·武儒衡傳》：「儒衡氣岸高雅，論事有風彩，群邪惡之，尤爲宰相令狐楚所忌。元和末年，垂將大用，楚畏其明俊，欲以計沮之，以離其寵。有狄兼謨者，梁公仁杰之後，時爲襄陽從事，楚乃自草制詞，召狄兼謨爲拾遺，曰……及兼謨制出，儒衡泣訴於御前，言其祖平一在天后朝辭榮終老，當時不以爲累。憲宗再三撫慰之，自是薄楚之爲人。」劉禹錫《令狐公集紀》亦記其事云：「初，憲宗覽國書，見五王復辟之際，狄梁公實尸之。公爲臺臣，獨召便殿，問曰：『仁杰有後乎？』公以其支孫試校書郎兼謨爲對。即日拜左拾遺，公遂草制。它日相銜者因抉其詞，以爲非《春秋》諱魯之旨。」

編年文：

讓中書侍郎表；

授狄兼謨拾遺制。

元和十五年（八二〇），五十三歲。正月，憲宗崩，爲山陵使。七月，出爲宣歙觀察使。八月，再貶衡州刺史。

《舊唐書·穆宗紀》：「（元和十五年七月）丁卯，以門下侍郎、平章事令狐楚爲宣州刺史兼御史大夫、充宣歙池觀察使。」「（八月）己亥，宣歙觀察使令狐楚再貶衡州刺史。」《舊唐書·令狐楚傳》：「十五年正月，憲宗崩，詔楚爲山陵使，仍撰哀册文。時天下怒皇甫鎛之奸邪，穆宗即位之四日，群臣素服，班於月華門外，宣詔貶鎛，將殺之。會蕭俛作相，托中官救解，方貶崖州。物議以楚因鎛作相而逐裴度，群情共怒，以蕭俛之故，無敢措言。其年六月，山陵畢，會有告楚親吏贓污事發，出爲宣歙觀察使。楚充奉山陵時，親吏韋正牧、奉天令于翬、翰林陰陽官等同隱官錢，不給工徒價錢，移爲羨餘十五萬貫上獻。怨訴盈路，正牧等下獄伏罪，皆誅。楚再貶衡州刺史。時元稹得幸，爲學士，素惡楚與鎛膠固希寵。稹草楚衡州制，略曰：『楚早以文藝，得踐班資，憲宗念才，擢居禁近。異端斯害，獨見不明，密隳討伐之謀，潛附奸邪之黨。因緣得地，進取多門，遂忝臺階，實妨賢路。』楚深恨稹。」關於令狐楚與元稹之間的一段公案，《舊唐書·元稹傳》：「（元和）十四年，自虢州長史徵還，爲膳部員外郎。宰相令狐楚一代文宗，雅知稹之辭學，謂稹曰：『嘗覽足下製作，所恨不多，遲之久矣。請出其所有，以豁予懷。』

積因獻其文，自叙曰：……楚深稱賞，以爲今代之鮑、謝也。」《册府元龜》卷九二〇：「令狐楚以宰相爲憲宗山陵使，以其下隱没官錢，罷爲宣州觀察使，又貶爲衡州刺史。先是，元積爲山陵使判官，積以他事求知制誥，事欲就，求楚薦之以掩其迹，楚不應。積既得志，深憾焉，楚之再出，積頗有力。復於詔中發楚在翰林及河陽舊事以詆訾之。」

裴庭裕《東觀奏記》卷上：「上延英聽政，問宰臣白敏中曰：『憲宗遷座景陵，龍輴行次，忽值風雨，六宫百官盡避去，唯有一山陵使胡而長攀龍駕不動，其人姓氏爲誰？爲我言之。』敏中奏：景陵山陵使令狐楚。上曰：『有兒否？』敏中奏：『長子緒，見任隨州刺史。』上曰：『可任宰相否？』敏中奏：『緒小患風痹，不任大用。次子綯，見任湖州刺史，有臺輔之器。』上曰：『追來。』翌日，授考功郎中、知制誥。到闕，召充翰林學士。間歲，遂立爲相。時人感嘆敏中亮直無隱，不掩人於上。」可見令狐楚爲山陵使時事給當時李忱留下了深刻印象，即位後擢其子綯爲相，與此事大有關係。

令狐楚《衡州刺史謝上表》云：「臣某言：去年九月十五日於宣州伏奉某月日敕旨……」可知其元和十五年九月已至宣州。又，《夏至日衡陽郡齋書懷》云：「一來江城守，七見江月圓。」詩作於長慶元年夏至（五月），上推七個月，可知楚至衡州爲元和十五年十一月。《衡州刺史謝上表》則作於長慶元年正月。

編年文：

唐憲宗章武皇哀册文；

進憲宗哀册文狀；

謝宣行哀册文狀；

謝除宣歙觀察使表；

大唐故朔方靈鹽等軍州節度副大使知節度事管内支度營田觀察處置押蕃落等使銀青光禄大夫檢校刑部尚書兼靈州大都督府長史御史大夫安定郡王贈尚書左僕射李公神道碑銘并序。

編年詩：

發潭州寄李寧常侍。

穆宗長慶元年（八二一），五十四歲。四月，移郢州刺史。十二月，遷太子賓客、分司東都。

《舊唐書·穆宗紀》：「（長慶元年四月）辛卯，以衡州刺史令狐楚爲郢州刺史。」《舊唐書·

令狐楚傳》：「量移郢州刺史，遷太子賓客、分司東都。」

令狐楚何年轉太子賓客分司東都史無明文。《舊唐書·穆宗紀》：「（長慶元年十二月）貶……刑部員外郎王鎰郢州刺史，坐與李景儉於史館同飲，景儉乘醉見宰相謾罵故也。」王鎰爲令狐楚後任，其貶郢州之年月亦即令狐楚離任郢州之時。

《文苑英華》卷二四五令狐楚《將赴洛下旅次漢南獻上相公二十兄言懷八韻》詩，相公二十兄謂李逢吉。李逢吉自元和十五年正月至長慶二年三月爲襄州刺史、山南東道節度使，見《舊唐書·穆宗紀》。此詩即作於長慶元年十二月，時令狐楚由郢州刺史改授太子賓客、分司東都。其赴洛陽時途經襄陽，詩即作於此時。《文苑英華》卷二四五於令狐楚此詩後緊接《奉和酬相公賓客漢南留贈八韻》，二詩韻同，署曰「前人」，意謂亦令狐楚作，大誤。後者實即李逢吉酬和令狐楚之作，只是後一首《全唐詩》編者未收歸令狐楚，也未收歸李逢吉。陳尚君《全唐詩補編·全唐詩續拾》卷二六補入李逢吉名下，甚是。

編年文：

衡州刺史謝上表。

編年詩：

夏至日衡陽郡齋書懷；

郢城秋懷寄江州錢徽侍郎；

將赴洛下旅次漢南獻上相公二十兄言懷八韻。

長慶二年（八二二），五十五歲。閏十月，爲陝虢觀察使。十一月，復爲太子賓客、分司東都。

《舊唐書·穆宗紀》：「（長慶二年閏十月）丙辰，以太子賓客令狐楚爲陝虢觀察使。」「（十一月丁卯）令狐楚復爲太子賓客、分司東都。楚已至陝州視事一日，追改之。」《舊唐書·令狐楚傳》：「二年十一月，授陝州大都督府長史兼御史大夫、陝虢觀察使。制下旬日，諫官論奏，言楚所犯非輕，未合居廉察之任。上知之，遽令追制，時楚已至陝州視事一日矣。復授賓客，歸東都。」

長慶三年（八二三），五十六歲。爲太子賓客、分司東都。

長慶四年（八二四），五十七歲。三月，爲河南尹。九月，爲汴州刺史、宣武軍節度使。

《舊唐書・敬宗紀》：「（長慶四年三月）分司東都太子賓客令狐楚爲河南尹。」「（九月）庚戌，以河南尹令狐楚檢校禮部尚書、汴州刺史、宣武軍節度、宋汴亳觀察等使。」《册府元龜》卷一七二：「敬宗長慶四年正月即位，三月，以太子少保張弘靖爲太子少師，分司東都太子賓客令狐楚爲河南尹兼御史大夫，太子賓客李益爲左散騎常侍，太子賓客張賈爲右散騎常侍，並以官僚加恩也。」《舊唐書・令狐楚傳》：「敬宗即位，（李）逢吉逐李紳，尋用楚爲河南尹、兼御史大夫。其年九月，檢校禮部尚書、汴州刺史、宣武軍節度、汴宋亳觀察等使。汴軍素驕，累逐主帥，前後韓弘兄弟率以峻法繩之，人皆偷生，未能革志。楚長於撫理……及莅汴州，解其酷法，以仁惠爲治，去其太甚，軍民咸悦，翕然從化，後竟爲善地。汴帥前例，始至率以錢二百萬實其私藏，楚獨不取，以其羨財治廨舍數百間。」

《册府元龜》卷四一三：「令狐楚爲河陽懷孟節度使，李商隱以所業文干之，年纔及冠，楚以其少俊，深禮之，令與諸子游。楚鎮天平、汴州，從爲巡官，歲給資裝，令随計上都。」又見《舊唐書・文苑傳下・李商隱》，并云：「商隱能爲古文，不喜偶對，從事令狐楚幕，楚能章奏，遂以其道授商隱，自是始爲今體章奏。」李商隱《樊南甲集序》：「樊南生十六，能著《才論》《聖論》，以古文出諸公間，後聯爲鄆相國（令狐楚）、華太守（崔戎）所憐。居門下時，敕定奏記，始通今體。……十年京師，寒且餓，人或目曰：『韓文杜詩，彭陽章檄，樊南窮凍。』」（《樊南文集》卷七）按：據馮浩、張采田所考，令狐楚爲河陽節度使時，李商隱方爲童子，時從父於浙，不可能有謁見之事。李商隱《上令狐相公狀七》云：「某頃在東都，久陪文會，嘗嘆美疹，滯此全才」（《樊南文集》補編卷五）；《上令狐相公狀一》云：「徒以四丈東平，方將尊隗，是許依劉」（同上）；《上令狐相公狀六》云：「伏思自依門館，行將十年」（同上），後者爲開成二年李商隱進士登第後所上，由開成二年上溯至大和三年令狐楚鎮天平時爲九年，可知李商隱首謁令狐楚當是在令狐楚爲河南尹時，《册府元龜》之「河陽」當爲「河南」之訛，令狐楚署李商隱爲巡官則在楚爲天平軍節度使時，楚鎮汴州李商隱則未嘗隨之，《册府元龜》及《舊唐書·文苑傳下·李商隱》紀事皆有誤（見馮浩《玉谿生詩集箋注》附録三《玉谿生年譜》、張采田《玉谿生年譜會箋》卷一）。李商隱作文得楚傳授，文體爲之一變，令狐之恩居大。楚卒後，商隱與令狐綯關係疏分，此是後話。《册府元龜》卷九一五：「李商隱以文宗開成二年登進士第，爲弘農尉，以書判拔萃。王茂元鎮河陽，辟爲掌書記，得侍御史。茂元愛其才，以子妻之。茂元雖讀儒書，然本將家子，李德裕秉政，用爲河陽帥。德裕與李宗閔、楊嗣復、令狐楚大相仇怨，商隱既爲茂元從事，宗閔黨大薄之。時令狐楚已卒，子綯爲員外郎，以商隱背恩，尤怒其無行。」王定保《唐摭言》卷四：「李義山師令狐文公，呼小趙君（令狐綯）爲郎君，於文公處稱門生。」孫光憲《北夢瑣言》卷七：「李商隱員外依彭陽令狐公楚，以箋奏受知……彭陽之子綯，繼有韋、平之拜，似疏隴西，未嘗展分。重陽日，義山詣宅，於廳事上留題，其略云：『十年泉下無消息，九日樽前有所思。郎君官重施行馬，東閣無因許再窺。』相國睹之，慚悵而已。乃扃閉此廳，終身不處也。」

編年詩：

奉和僕射相公酬忠武李相公見寄之作。

敬宗寶曆元年（八二五），五十八歲。爲汴州刺史、宣武軍節度使。

寶曆二年（八二六），五十九歲。爲汴州刺史、宣武軍節度使。

《舊唐書·李德裕傳》：「寶曆二年，亳州言出聖水，飲之者愈疾。德裕奏曰：『臣訪聞此水，本因妖僧誑惑，狡計丐錢……乞下本道觀察使令狐楚，速令填塞，以絶妖源。』從之。」《册府元龜》卷六八九：「宋汴觀察使令狐楚上言：『亳州聖水出，有疾者飲之輒愈，無遠近老幼，莫不奔赴，兼繇中書門下。』（李）德裕又狀論云：『亳州聖水訪問，本因無良僧三數人欲求丐錢物，與側近百姓相知稱此水能療疾病，訛言一扇，遂至惑人。數月已來，自淮泗達於閩越，無不奔走。又聞此水每斗三貫價，每三二十家即顧一人就亳州取水，發心之時，數十家已不食葷血，服此水後又三七日蔬食，兼於門墻帖榜，食葷辛者不得入門，就任妄中又多非本水，皆是無良之徒所在別取水販賣。其百姓羸老病疾者，既須逾月蔬食，又盡屏絶醫藥，飲此惡水，並皆困篤。自秋已來，此水過江者每日常不下三五十人，除當道百姓外，兼半是越州、福建百姓。近已於蒜山津嚴加捉搦，若不絶其根本，終恐信惑不已。伏以吴時有聖水，宋、齊有聖火，皆虛誕人以爲妖。今亳州水頗近於此，又爲黎甿之害。伏乞特申典制，速令填塞，所冀人知禁令，俗保乂安。』於是宰相裴度於汴州狀後判曰：『妖由人興，水不自作，牒宋汴觀察使填塞，訖報。』時人皆以爲當。」

編年文：

盤鑒圖銘記。

編年詩：

奉送李相公重鎮襄陽。

文宗大和元年（八二七），六十歲。仍爲汴州刺史、宣武軍節度使。

劉禹錫《汴州刺史廳壁記》：「長慶四年，詔書命河南尹燉煌令狐公來莅來刺，錫之介圭、使印、兵符，汴人交賀，肴驛騰貴。惟是邦始都於魏惠王，始郡於宇文周，星躔回環，天駟垂光。地爲四戰，故其俗右武人，具五都，故其氣習豪。公自爲宰相時，已熟四方之利病，凡所戾止，參然前知。既視事三日，揖群吏，與之言曰：『吾食止圭田，吾用止公入。』凡他給過制、傷廉浼潔者，悉罷之，一歸乎公藏。凡曲防苛禁、不情乖體者，悉剗之，一出乎令典。凡關徵船筭、奪時專利者，悉更之，一遵乎詔條。然後刑罹事而詳，賞以時而均，興學以勸藝，示寬以化勇，居數月，而汴州人恂恂然，無復故態。明年大成，議者若曰：『奕奕浚都，國之咽頤。咀清咽和，旁暢四支。東夏黠馬，由我以肥。是浚之治，非所澤於所履而已。』初公七代祖在隋爲納言，大業中持節居此，亦號刺史，距今餘二百年。公實能似。既拜闕，發魚書，合左右契，由阼階躋，遐踵前武，歆然如聞其馨香，肅然如睹其形容，信乎君子之澤遠而有光輝也。他日，命游梁客志之，書於廳事。謹按前賢之在此堂者，張平原首之，陸氏撰節度使記，揭於東壁，詳矣。今公命爲刺史記，書於右端，謹月而日之，以公爲冠。大和元年夏五月某日記。」（《劉禹錫集》卷八）

《册府元龜》卷七九四：「令狐楚威儀儼整，望之若不可犯，性寬厚愛重，而門無雜賓。嘗與從事宴語方酣，有非類偶至，因立命徹去筵席，毅形語色。故累居重任，正直之稱如初。」

令狐楚在汴州時，劉禹錫、白居易等有多首詩篇與之唱和。楊巨源《和汴州令狐相公白菊》（《全唐詩》卷三三三）、姚合《寄汴州令狐相公》（《姚少監詩集》卷三）、朱慶餘《上汴州令狐相公》（《全唐詩》卷五一四）諸詩，亦皆作於此期間。

編年詩：

九日黄白二菊花盛開對懷劉二十八

大和二年（八二八），六十一歲。十月，入京爲户部尚書。

《舊唐書·令狐楚傳》：「大和二年九月，徵爲户部尚書。」「九月」小誤。《舊唐書·文宗紀上》：「（大和二年十月癸酉）以（李）逢吉爲宣武軍節度使代令狐楚，以楚爲户部尚書。」劉禹錫《令狐公集紀》：「文宗纂服，三年冬上表，以大臣未識天子，願朝正月。制曰可。操節入覲，遷户部尚書。」與舊紀合。張采田《玉谿生年譜會箋》卷一云：「《舊傳》作大和二年九月（令狐楚）徵爲户部尚書，小誤。今從《紀》。」

編年詩：

節度宣武酬樂天夢得；

郡齋左偏栽竹百餘竿炎涼已周青翠不改而爲墻垣所蔽有乖愛賞假日命去齋居之東墻由是俯臨軒階低映帷户日夕相對頗有翛然之趣；

重修望京樓因登樓賦詩。

大和三年（八二九），六十二歲。三月，爲東都留守。十一月，爲鄆州刺史、天平軍節度使。

《舊唐書·文宗紀上》：「（大和三年）三月辛巳朔，以户部尚書令狐楚爲東都留守。」「（十二月）己丑，以東都留守令狐楚檢校右僕射、天平軍節度使。」白居易有《送東都留守令狐尚書赴任》（《白居易集》卷二六）、《將至東都先寄令狐留守》詩（同上卷二七）；劉禹錫有《同樂天送令狐相公赴東都留守》（《劉禹錫集》外集卷一）；張籍有《送令狐相公赴東都留守》（《張司業集》卷三）；姚合有《和東都令狐留守相公》（《姚少監詩集》卷九）。劉禹錫詩題下注曰：「自户部尚書拜。」詩曰：「尚書劍履出明光，居守旌旗赴洛陽。世上功名兼將相，人間聲價是文章。衙門曉闢分天仗，賓幕初開辟省郎。從發坡頭向東望，春風處處有甘棠。（自注：『自華、陝至河南，皆故林也。』）」

《舊唐書·令狐楚傳》：「（大和）三年三月，檢校兵部尚書、東都留守、東畿汝都防禦使。其年十一月，進位右僕射、鄆州刺史、天平軍節度、鄆曹濮觀察等使。奏故東平縣爲天平縣。屬歲旱儉，人至相食，楚均富贍貧，而無流亡者。」《册府元龜》卷六七五：「令狐楚爲天平軍節度觀察等使，屬連歲旱儉，人至相食，樂其惠化，而無流亡者。」改任鄆州之月，《舊紀》作十二月，《舊傳》作十一月。張采田《玉谿生年譜會箋》卷一：「案《本紀》作十二月己丑，當指赴任時而書。」

《説郛》卷四六引《玉泉子真録》：「令狐綯父楚鎮東平，綯侍以赴任。嘗送親友郊外逆旅中，有老父焉，似不知令狐公也。時方久旱，綯因問民間疾苦，父老即陳以旱歉，盜賊且起，復曰：『而今却是風不鳴條，雨不破塊時也。』綯以其言前後相反，詰之。父老答曰：『自某月不雨，至於是月，得非不破塊乎？賦税徵迫，販妻鬻子不給，繼以桑柘，得非不鳴條乎？』綯即命駕，掩耳而去。」

又《類説》卷一一引《芝田録》：「令狐文公除守兖州，州方旱，米價甚高。迓吏至，公首問米價幾何，州有幾倉，倉有幾石，屈指獨語曰：『舊價若干，諸倉出米若干，定價出糶，則可賑救。』左右竊聽，語達郡中，富人競發所蓄，米價頓平。」

編年詩：

立春後言懷招汴州李匡衙推；

赴東都别牡丹。

大和四年（八三〇），六十三歲。爲鄆州刺史、天平軍節度使。

編年詩：

鄂州使至賓七副使中丞見示與元相公獻酬之什鄗人任户部尚書時中丞是當司員外郎每示篇章多相唱和今因四韻以寄所懷。

大和五年（八三一），六十四歲。爲鄆州刺史、天平軍節度使。

劉禹錫《天平軍節度使廳壁記》：「大和三年冬，天平監軍使以故侯病聞，上方注意治本，乃以牙璋玉節鼎右僕射官稱，賜東都留守令狐公曰：『予擇文武惟汝兼。前年鎮汴州，有顯庸。往年弼憲宗有素貴，徒得君重，剛吾四支。』公西拜稽首，登車有耀。不逾旬抵治所，夾清河而域之。惟鄆州在春秋爲須句之國，涉漢爲濟東，蓋《禹貢》兖州之域。宣精在上，奎爲文宿，晝野在下，魯爲儒鄉。故其人知書，風俗信厚。天寶末，大憝起於幽都，虜將因兵鋒取其地，右勇左德，積六十年。公之來思，如古醫之治劇病，宣泄頤養，氣還神復。大凡抗詔條國，式於身以先之，示菲約以裕人，信賞罰以格物，物力日完，人風自移。涉月報政，逾年鼎治。牙門之容，暨暨而恭；壘門之容，仡仡而和；里中之容，闐闐而遂。勞者以安，去者以歸，分星不搖，田祖降福。凡革前非，罷供第，無名錢歲鉅萬，菽粟如之，錦繒且千兩。去苛法急徵，毁家償租之令，故流庸自占四萬室，衆無吁咨，和氣乃來，三田仍稔。草木咸瑞，豈偶爾哉！初斯堂西墉，有刺史記，而元戎雄尊之位，虛其左方，豈有待邪？公命愚志之，俾來者仰公，知變風之自。大和五年夏四月二十六日記。」（《劉禹錫集》卷八）

王定保《唐摭言》卷一一：「張祜，元和、長慶中深爲令狐文公所知，公鎮天平日，自草薦表，令以新舊格詩三百篇表進，獻辭略曰：『凡製五言，苞含六義。近多放誕，靡有宗師。前件人久在江湖，早工篇什，研機甚苦，搜象頗深。輩流所推，風格罕及云云。謹令録新舊格詩三百首，自光順門進獻，望請宣付中書門下。』祜至京師，方屬元江夏偃仰内庭，上因召問祜之辭藻高下，稹對曰：『張祜雕蟲小巧，壯夫耻而不爲者，或奬激之，恐變陛下風教。』上頷之，由是寂寞而歸。祜以詩自悼，略曰：『賀知章口徒勞説，孟浩然身更不疑。』」當是大和五年事。張祜《奉和令狐相公送陳肱侍御》(《全唐詩》卷五一〇)亦作於在鄆州令狐楚天平軍府之時。

《册府元龜》卷七一八：「李商隱爲令狐楚天平、宣武巡官，商隱能爲古文，不喜偶對，楚能章奏，遂以其道授商隱，自是始爲今體章奏。」李商隱初謁令狐楚蓋在楚爲河南尹時，後鎮天平，方署商隱爲從事(參本年譜長慶四年紀事)。李商隱有《天平公座中呈令狐令公》，令狐楚未嘗官中書令，「令公」爲「相公」之訛。馮浩《玉谿生詩詳注》卷一云：「唐之宰相曰同中書，固以此也。」未確。岑仲勉《唐史餘瀋》卷四「李温詩注」條：「楚無赫赫功，此特涉上『令』字而訛『相公』爲『令公』耳。……若《香山詩集》二八《早春同劉郎中寄宣武令狐相公》等兩首，二九《令狐相公拜尚書後》等兩首，三二《早春醉吟寄太原令狐相公》一首，均作『相公』，不作『令公』。集中著『令公』不姓者乃裴度，馮實誤證。」

范攄《雲溪友議》卷中《買山讖》：「邕州蔡大夫京者，故令狐相公楚鎮滑臺之日，因道場，見於僧中，令京挈瓶鉢。彭陽公曰：『此童眉目疏秀，進退不懾，惜其卑幼，可以勸學乎？』師從之。乃得陪相國子弟(原注：青州尚書緒、丞相綯、綸也)。後以進士舉上第，乃彭陽令狐公之舉也。尋又學究登科，而作尉畿服。」按：令狐楚未嘗鎮滑州，當是鎮汴州時初見蔡京，并隨至鄆州。其薦蔡京舉進士則在鄆州。朱閱《歸解書彭陽公碑陰》：「或曰：『子不識彭陽公而云知，豈誣也哉？』曰：公尹洛，禮陳商；爲鄆，薦蔡京；莅京，辟李商隱。」（《全唐文》卷九〇一）知令狐楚之薦蔡京是爲天平軍節度使時。蔡京開成元年進士及第。

劉禹錫有《和鄆州令狐相公春晚對花》《酬鄆州令狐相公官舍言懷見寄兼呈樂天》等詩。

編年文：

進張祜詩册表；

刻蘇公太守二文記。

編年詩：

寄禮部劉郎中；

坐中聞思帝鄉有感。

大和六年（八三二），六十五歲。二月，改太原尹、北都留守、河東節度使。

《舊唐書·文宗紀下》：「（大和六年）二月甲子朔，以前義昌軍節度使殷侑檢校吏部尚書、充天平軍節度、鄆曹濮等州觀察使，代令狐楚。以楚檢校右僕射兼太原尹、北都留守、河東節度使。」《册府元龜》卷六七一：「令狐楚鎮鄆州時，北門大旱，文宗意憂軫，以楚理鄆有績，擢爲北都留守兼太原尹。楚久在并州，練其風俗，因人利之，故封内晏然。」《舊唐書·令狐楚傳》：「六年二月，改太原尹、北都留守、河東節度等使。楚久在并州，練其風俗，因人所利而利之，雖屬歲旱，人無轉徙。楚始自書生，隨計成名，皆在太原，實如故里。及是秉旆作鎮，邑老歡迎。楚綏撫有方，軍民胥悦。」白居易《送令狐相公赴太原》：「青衫書記何年去，紅旆將軍昨日歸。」自注：「藩鎮例驅紅旆。」（《白居易集》卷二六）劉禹錫亦有《和白侍郎送令狐相公鎮太原》（《劉禹錫集》外集卷二）、《令狐相公自天平移鎮太原以詩申賀》（同上外集卷三）等詩。後者題下自注曰：「相公昔爲并州從事。」詩曰：「北都留守將天兵，出入香街宿禁扃。鼙鼓夜聞驚朔雁，旌旗曉動拂參星。孔璋舊檄家家有，叔度新歌處處聽。夷落遥知真漢相，争來屈膝看儀刑。」令狐楚父掾太原，自己早年又多年爲太原府從事，舊府僚佐來作節帥，可謂衣錦還鄉。

編年詩：

游晉祠上李逢吉相公；

游義興寺寄上李逢吉相公。

大和七年（八三三），六十六歲。六月，入爲吏部尚書。

《舊唐書・令狐楚傳》：「（大和）七年六月，入爲吏部尚書，仍檢校右僕射。」《舊唐書・文宗紀下》：「（大和七年六月）乙酉，以前河東節度使令狐楚檢校右僕射兼吏部尚書。」

《類説》卷一二引《紀異録》：「進士顧非熊，令狐相國楚聞其辯捷，乃改一字令曰：『水裏取一鼉，岸上取一駝，將者駝來馱者鼉，是爲駝馱鼉。』非熊曰：『屋裏取一鴿，水裏取一蛤，將者鴿來合者蛤，是爲鴿合蛤。』公大奇之。」顧非熊多年困於舉場，會昌五年方進士及第，故此段故事疑爲令狐楚後期入京時事。

與劉禹錫《彭陽唱和集》前二卷編成，編者爲劉禹錫。劉禹錫《彭陽唱和集引》：「今年，公在并州，余守吴門，相去迥遠，而音徽如近。且有書來，抵曰：『三川守白君編録與吾子贈答，緘縹囊以遺余，白君爲詞以冠其前，號曰《劉白集》。悠悠思與所賦，亦盈於巾箱，盍次第之，以塞三川之誚。』於是緝綴，凡百有餘篇，以《彭陽唱和集》爲目，勒成兩軸。爾後繼賦，附於左方。大和七年二月五日，中山劉禹錫述。」（《劉禹錫集》外集卷九）令狐楚與劉禹錫唱和始於元和十五年，劉禹錫《彭陽唱和集後引》：「貞元中，予爲御史，彭陽公從事於太原，以文章相往來有日矣。無何，予受譴南遷，十餘年間，公登用至宰相，出爲衡州，方獲會面。輸寫蘊積，相視泫然。

爾後，或雜賦詩贈答，編成兩軸。」（同前）據此可知貞元十九年二人即有音信往來，時劉禹錫爲監察御史，然直至元和十五年令狐楚出爲衡州刺史時二人方獲晤面，時劉禹錫正在洛陽丁母憂，二人會面當在洛陽。因《彭陽唱和集》今佚，現存劉禹錫詩最早爲約作於長慶四年的《和汴州令狐相公到鎮改月偶書所懷二十二韻》（《劉禹錫集》外集卷一）及寶曆元年的《客有話汴州新政書事寄令狐相公》（同前卷二），時令狐楚爲汴州刺史、宣武軍節度使。寶曆二年作有《令狐相公俯贈篇章斐然仰謝》：「鄂渚臨流別，梁園衝雪來。旅愁隨凍釋，歡意待花開。城曉烏頻起，池春雁欲回。飲和心自醉，何必管弦催。」（同前卷三）是年秋劉禹錫罷和州刺史北歸，經由汴州，受到令狐楚的盛情款待。此後詩篇往來遂繁。劉禹錫《洛中逢白監同話游梁之樂因寄宣武令狐相公》詩云：「曾經謝病各游梁，今日相逢憶孝王。少有一身兼將相，更能四面占文章。開顏坐内催飛盞，迴首庭中看舞槍。借問風前兼月下，不知何客對胡床？」（《劉禹錫集》外集卷一）爲回憶當時汴州事之作。大和元年又爲令狐楚作《汴州刺史廳壁記》《彭陽侯令狐氏先廟碑》。《彭陽唱和集後引》又云：「大和五年，予領吴郡，公鎮太原，常發函寓書，必有章句，絡繹於數千里内，無曠旬時。八年，公爲吏部尚書，予牧臨汝，有詩嘆七年之別，署其後云：『集卷自此爲第三。』未幾，予轉左馮，公登左揆，每恨近而不見，形於咏言。開成元年，公鎮南梁，予以太子賓客分司東都，新韻繼至，率云：『三軸成矣。』二年冬，忽寄一章，詞調凄切，似有永訣之旨，伸紙悸嘆。居數日，果承訃書。嗚呼！聆風相悦者四十年，會面交歡者十九年，以詩見投凡七十九首，勒成三卷，以副平生之言。」可知此集先成二卷，第三卷則編成於開成二年。《宋史·藝文志八》：「劉禹錫《彭陽唱和集》二卷。又《彭陽唱和後集》一卷。」與之相合。劉禹錫與令狐楚的唱和詩，劉禹錫保留下來的還是比較多的，令狐楚保留下來的則很少。

大和八年（八三四），六十七歲。在京爲吏部尚書。

大和九年（八三五），六十八歲。六月，轉太常卿。十月，守尚書左僕射，進封彭陽郡開國公。十一月，以本官領鹽鐵轉運等使。

《舊唐書·文宗紀下》：「（大和九年六月）癸巳，以吏部尚書令狐楚爲太常卿。」「（十月）以吏部尚書令狐楚爲左僕射，以刑部尚書鄭覃爲右僕射。」《舊唐書·令狐楚傳》：「九年六月，轉太常卿。十月，守尚書左僕射，進封彭陽郡開國公。十一月，李訓兆亂，京師大擾。訓亂之夜，文宗召右僕射鄭覃與楚宿於禁中，商量制敕，上皆欲用爲宰相。楚以王涯、賈餗冤死，叙其罪狀浮泛，仇士良等不悦，故輔弼之命移於李石。乃以本官領鹽鐵轉運等使。先是，鄭注上封置榷茶使額，鹽鐵使兼領之，楚奏罷之……先是元和十年，出内庫弓箭陌刀賜左右街使，充宰相入朝以爲翼衛，及建福門而止。至是，因訓、注之亂，悉罷之。……又奏請罷修曲江亭絹一萬三千七百匹，回修尚書省，從之。」劉禹錫《令狐公集紀》：「大和九年冬十一月，京師有急，兵起，上方御正殿，即日還宫。是夕，召公決事禁中，以見事傅古義爲對，其詞讜切，無所顧望，上心嘉之。居一二日，守本官兼諸道鹽鐵轉運使。以斡利權，既非素尚，仡仡牢讓。」《資治通鑒》卷二四五唐文宗大和九年：「(十一月)癸亥，百官入朝，日出，始開建福門，惟聽以從者一人自隨，禁兵露刃夾道。至宣政門，尚未開。時無宰相御史知班，百官無復班列。上御紫宸殿，問：『宰相何爲不來？』仇士良曰：『王涯等謀反繫獄。』因以涯手狀呈上，召左僕射令狐楚、右僕射鄭覃等升殿示之。上悲憤不自勝，謂楚等曰：『是涯手書乎？』對曰：『是也。』『誠如此，罪不容誅。』因命楚、覃留宿中書，參決機務。使楚草制，宣告中外。楚叙王涯、賈餗反事浮泛，仇士良等不悦，由是不得爲相。」

《刻蘇公太守二文記》云「彭陽縣公令狐楚記」，可知令狐楚先封爲彭陽縣公，後進封爲彭陽郡開國公。令狐楚八世祖令狐整與七世祖令狐熙皆曾封爲彭陽縣公，见《周書·令狐整傳》《隋書·令狐熙傳》，令狐楚之封彭陽公原此。李吉甫《元和郡縣圖志》卷三寧州彭原縣：「本漢彭陽縣地，在今縣理西南六十里臨涇縣界彭陽故城是也。暨於後漢，又爲富平縣之地。後魏破赫連定後，於此復置富平縣，廢帝改爲彭陽縣，屬西北地郡。隋開皇三年罷郡，以縣屬寧州，十八年改爲彭原縣，因彭池爲名。」

李逢吉此年正月卒。李逢吉卒後，令狐楚將二人往來之詩編成《斷金集》一卷，取《周易·繫辭上》「二人同心，其利斷金」之義。計有功《唐詩紀事》卷四七「李逢吉」：「逢吉與令狐楚有唱和詩，曰《斷金集》。裴夷直爲之序云：『二相未遇時，每有所作，必驚流輩。不數年，遂壓秉筆之士。及入官登朝，益復隆高。我不求異，他人自遠。』逢吉卒，楚有《李相薨後題斷金集》詩云：『一覽斷金集，載悲埋玉人。牙弦千古絶，珠淚萬行新。』」此集今佚，現存李逢吉贈楚之詩有五首，令狐楚贈李逢吉詩有六首并《題斷金集》一首。

編年文：

奏節度使等帶器仗就尚書省參辭狀；

請罷榷茶使奏。

編年詩：

李相薨後題斷金集。

開成元年（八三六），六十九歲。四月，爲興元尹、山南西道節度使。

《舊唐書·文宗紀下》：「（開成元年四月）甲午，詔以山南西道節度使、檢校兵部尚書李固言爲門下侍郎、同中書門下平章事，以左僕射、諸道鹽鐵轉運使令狐楚檢校左僕射，爲山南西道節度使。」《舊唐書·令狐楚傳》：「開成元年上巳，賜百僚曲江亭宴，楚以新誅大臣，不宜賞宴，獨稱疾不赴，論者美之。以權在内官，累上疏乞解使務。其年四月，檢校左僕射、興元尹、充山南西道節度使。」劉禹錫有《送令狐相公自僕射出鎮南梁》詩（《劉禹錫集》卷二八）。

《舊唐書·文苑傳下·劉蕡》：「時登科者二十二人，而中官當途，考官不敢留蕡在籍中，物論喧然不平之……唯登科人李郃謂人曰：『劉蕡下第，我輩登科，實厚顔矣。』請以所授官讓蕡。事雖不行，人士多之。令狐楚在興元，牛僧孺鎮襄陽，辟爲從事，待如師友。」

賈島有《寄令狐相公》（《長江集》卷三），又有《謝令狐相公賜衣九事》（同上卷六），令狐相公即令狐楚，爲賈島赴任長江主簿途中寄謝興元節度使令狐楚之作。

劉禹錫《酬令狐相公寄賀遷拜之什》：「邅迴二紀重爲郎，洛下遥分列宿光。不見當關呼早起，曾無侍史與焚香。三花秀色通春幌，十字清波繞宅墻。白髮青衫誰比數，相憐只是有梁王。（自注：相公昔曾以大僚分司，故有同病相憐之句。）」（《劉禹錫集》外集卷三）時劉禹錫罷同州刺史，以太子賓客分司東都。

開成二年（八三七），爲興元尹、山南西道節度使。十一月，卒於漢中官舍，年七十。册贈司空，謚曰文。

《册府元龜》卷七七五：「令狐楚字慤士，世以儒雅著稱。楚少年强記，十五善屬文，位至簡較（檢校）左僕射、興元尹、充山南西道節度使。」劉禹錫《山南西道節度使廳壁記》：「去年夏四月，今丞相趙郡公徵還泰階，遂命左僕射燉煌公往踐其武，鼏之九相，及公而十焉。初，公自河陽節度使入操國柄，其後鎮宣武，以禮悛獷悍；治天平，以清去掊剋；居太鹵，以仁蘇薦饑。今來是都，躡二三大君子之躅，道同氣協，無所改更。如鼓和琴，布指成韻，羌夷砥平，旱麓發生，人無左言，樂有夏聲。俗既富庶，居多閑暇，圜視府局，素闕者補之。先是，公堂嘗爲行殿，人不敢斥，别營侯居。應門有閌，棨戟未具。公乃條白上言，詔下有司，可其奏。軍門肅清，方有眉目，趨而入者，聳然生敬焉。惟梁山國也，其節用虎，出揚其威。入貯宜潔，舊處仄陋，黷其雄稜。公遂分宅之别齋，且據便地，署曰節室。卜剛日，乃遷焉。敬君命而一民心，軍中增氣而知禮。戟衣既垂，帥節既嚴，流眄屋壁，見前修之名氏，列於座右。第以梁州刺史鼎興元尹記，與今稱謂不合，因發函進牘於不佞，且曰：『我已飾東壁，以新志累子。』於是按南梁故事，起自始登齋壇，之後爲記云。時開成二年歲在丁巳春二月某日記。」（《劉禹錫集》卷八）白居易有《洛下閑居寄山南令狐相公》等詩（《白居易集》卷三三）。

身體多病，李商隱代作有《爲彭陽公興元請尋醫表》（《樊南文集》補編卷一）

《舊唐書·文宗紀下》：「（開成二年十一月辛酉朔）丁丑，興元節度使令狐楚卒。」丁丑爲十七日。劉禹錫《令狐公集紀》：「開成二年十一月十二日薨於漢中官舍，享年七十。」所記日期與《舊紀》有異。岑仲勉《玉谿生年譜會箋平質》云：「按：此不誤也。唐實録書法，於外臣之卒，率以報到日爲準，固因追書不便，尤與廢朝有關。據《通典》一七五，興元去西京，取駱谷道六百五十二里，快行五日可達。丁丑，十七日也。」岑氏所考良是，則令狐楚卒於十二日，報到京城已爲十七日。

《册府元龜》卷九〇七：「令狐楚爲山南西道節度使，臨終，誡諸子曰：『吾生何益於人，無請謚號，無受軍府捐贈，葬以布車一乘，無或加飾，無用鼓吹，銘志能叙事者則爲之，無擇高位。』」《舊唐書・令狐楚傳》：「（開成）二年十一月卒於鎮，年七十二。册贈司空，謚曰文。……未終前三日，猶吟咏自若。疾甚，諸子進藥，未嘗入口，曰：『修短之期，分以定矣，何須此物？』前一日，召從事李商隱曰：『吾氣魄已殫，情思俱盡，然所懷未已，强欲自寫聞天，恐辭語乖舛，子當助我成之。』即秉筆自書曰……書訖，謂其子緒、綯曰：『吾生無益於人，勿請謚號。葬日，勿請鼓吹，唯以布車一乘，餘勿加飾，銘志但志宗門，秉筆者勿擇高位。』當殁之夕，有大星隕於寢室之上，其光燭廷。楚端坐與家人告訣，言已而終。」此言楚享年七十二，與劉禹錫《令狐公集紀》所云「享年七十」亦異。當以劉紀爲正。此關係到令狐楚生年的推算，辯以見計其生年部分。

李商隱《代彭陽公遺表》：「臣某言：臣聞達士格言，以生爲逆旅；古者垂訓，謂死爲歸人。苟得其終，何怛於化？臣永惟際會，獲遇升平，鐘鼎之勛莫彰，風露之姿先盡。雖無逃大數，亦有負清朝。今則舉纊陳詞，對棺忍死，白日無分，玄夜何長。淚兼血垂，目與魂斷。臣某中謝。臣早緣儒學，得厠人曹，克紹家聲，不虧士行。詞賦貢名於宗伯，書檄應聘於諸侯。東泛西浮，南登北走，時推倚馬，人或薦雄。西掖承榮，得以言之無罪；曲臺備位，粗明物有其容。允謂才難，便叨郎選。振衣華省，歷履名曹；高步内庭，光揚密命。憲宗皇帝以臣行多餘力，忠絶它腸，進無所因，静以有立，過蒙顧問，深降褒稱，乃於同列之中，獨許非常之拜。殊恩既浹，當路相排，旅翮未高，孤根已動。河潼爲郡，盟津統師。溺以待援，痿而念起。憲宗帝求輔相，即記姓名，果遣急徵，仍加大用。戴君之力雖弱，許國之誠在兹。實有微衷，可裨元化。況初誅背叛，務活疲羸。方伏奏於鳳扆之前，忽庀徒於烏耘之次。小吏抵罪，邪臣結謀，指之有名，嘿不得訴。空甘罪戾，仰托聖明，粗得生還，幾臨死所。其後官移督護，四年不謁於承華；任改察廉，一日暫留於分陜。欲舉而墜，將安更危。賴敬宗皇帝纘乃丕圖，是思求舊，振於洛宅，榮彼夷門。自兹以來，敢虚其遇，周旋五紀鎮守，惟切分憂；前後兩歸闕庭，皆非久次。拙直不同於衆，讒毁每集其躬。含意未宣，救過不暇。伏思自長慶厥後，開成之前，凡幾忝遷升，幾遭退斥。若非不欺天地，不負君親，至於幾微，尋合顛隕。伏惟皇帝陛下道超覆載，仁極照臨，既委鹽鐵，又分端揆，逮今控壓，亦在重鎮。陛下之恩，微臣何益；微臣之節，陛下方知。興言及斯，碎首殊晚。然臣從心之年已至，致政之禮宜遵，尋欲拜章，以求歸老。伏以諸道節制，頻歲更移，其於送迎，例多積累。臣在此雖無一毫侵損，亦無纖介誅求，帑藏甚殷，倉儲可羨，特緣行李，忍過秋冬。而江山之氣候難常，蒲柳之蕭衰易見。自夏則膝脛無力，入冬則腸胃不調，對冠冕而始訝儻來，指墓墳而已知息處。昨今月八日，臣已召男國子博士緒、左補闕綯、左武衛兵曹參軍綸等，示以歿期，遺之理命。使内則雍和私室，外則竭盡公家，兼約其送終，務遵儉約，勿爲從俗，以至慮居。至十二日夜，有僕夫告臣云：『大星隕地，雅當正室，洞照一庭。』臣即端坐俟時，正辭無撓。臣之年亦極矣，臣之榮亦足矣。以祖以父，皆蒙褒寵；有弟有子，並列班行。全腰領以從前人，歸體魄以事先帝，此不自達，誠爲甚愚。但以將掩泉扃，不得重辭雲陛，更陳尸諫，猶進瞽言，雖叫呼而不能，豈誠明之敢忘。伏惟皇帝陛下春秋鼎盛，華夏鏡清，是修教化之初，當復理安之始。然自前年夏秋以來，貶譴者至多，誅戮者不少。伏望普加鴻造，稍霽皇威。歿者昭雪以雲雷，存者霑濡以雨露，使五稼嘉熟，兆人樂康。用臣將盡之苦言，慰臣永蟄之幽魄。臣某云云。臣當道兵馬，已差監軍使竇千乘勾當。其節度留務，差行軍司馬趙祝，觀察留務，差節度判官杜勝訖。有舊規模，無新革易，悉當輯睦，決無喧驚。臣心雖澄定，氣已危促，辭多逾切，嗚急更哀。升屋而三號豈來，赴壑而一去無返。忠誠直道，竟埋没於外藩；腐骨枯骸，空歸全於故國。回望昭代，無任攀戀永訣之至，謹奉表代辭以聞。臣某誠號誠咽，頓首頓首。」(《樊南文集》卷一)

李商隱又有《爲令狐博士緒補闕綯謝宣祭表》（《樊南文集》卷一）。《全唐文》卷七三有唐文宗李昂《賜令狐楚謚詔》，實即《舊唐書·令狐楚傳》、《册府元龜》卷五九六所收之詔文。

劉禹錫《令狐僕射與予投分素深縱山川阻峭然音問相繼今年十一月僕射疾不起聞予已承訃書寢門長慟後日有使者兩輩持書并詩計其日時已是卧疾手筆盈幅翰墨尚新新詞一篇音韻彌切收淚握管以成報章雖廣陵之弦於今絶矣而蓋泉之感猶庶聞焉焚之繐帳之前附於舊編之末》：「前日寢門慟，至今悲有餘。已嗟萬化盡，方見八行書。滿紙傳相憶，裁詩怨索居。危弦音有絶，哀玉韻猶虚。忽嘆幽明異，俄驚歲月除。文章雖不朽，精魄竟焉如。零淚霑青簡，傷心見素車。凄凉從此後，無復望雙魚。」（《劉禹錫集》外集卷三）白居易《令狐相公與夢得交情素深眷予分亦不淺一聞薨逝相顧泫然旋有使來得前月未殁之前數日書及詩寄贈夢得哀吟悲嘆寄情於詩詩成示予感而繼和》：「緘題重叠語殷勤，存殁交親自此分。前月使來猶理命，今朝詩到是遺文。銀鉤見晚書無報，玉樹埋深哭不聞。最感一行絶筆字，尚言千萬樂天君。（自注：『令狐與夢得手札後云：見樂天君，爲伸千萬之誠也。』）」（《白居易集》卷三四）

《舊唐書·令狐楚傳》云「有文集一百卷行於時」；《新唐書·藝文志四》：「令狐楚《漆奩集》一百三十卷。又《梁苑文類》三卷，《表奏集》十卷。」劉禹錫《令狐公集紀》亦云「嗣子左補闕綯，集公之文，成一百三十卷」。《宋史·藝文志七》則載「令狐楚《梁苑文類》三卷」；「令狐楚《表奏》十卷，又《歌詩》一卷」。今皆佚。

令狐楚二子：緒、綯，見兩《唐書·令狐楚傳》及《新唐書·宰相世系表五下》。據李商隱《代彭陽公遺表》，楚尚有一子綸，馮浩注曰：「綸，《世系表》作緘。」然令狐緘爲楚弟令狐定之子；《雲溪友議》卷中《買山讖》范攄自注亦云令狐楚子緒、綯、綸，未詳所以。

令狐緒幼有足疾，以蔭授官，任隨、壽、汝三郡刺史，頗有善政。令狐綯字子直，大和四年進士登第，歷左拾遺、左補闕、史館修撰，庫部、户部員外郎等。又爲湖州刺史。宣宗大中二年，召拜考功郎中、知制誥，充翰林學士。大中四年爲兵部侍郎、同中書門下平章事。十三年罷相，歷任河中尹河中晋絳節度使、汴州刺史宣武軍節度使、揚州大都督府長史淮南節度副大使知節度事。在淮南逢龐勛之亂，失地喪師，轉太子少保、分司東都。又爲鳳翔尹、鳳翔隴節度使。封趙國公。緒、綯兩《唐書》皆附見《令狐楚傳》。樂史《廣卓異記》卷六：「右按《唐書》，令狐楚自翰林學士、中書舍人拜相，子綯自湖州召入，充翰林學士，間歲拜相……」

緒不載其字。據《新表》，綯子：滈、澄、專、涣。《舊唐書·令狐楚傳》附令狐綯云子爲滈、涣、渢。令狐滈與温庭筠等艷游，又依仗權勢，交通權貴，恣受貨賂，爲衆所非。曾爲右拾遺、詹事府司直。令狐涣至中書舍人，與韓偓、吴融等交游。《册府元龜》卷七七一：「綯子涣，位至中書(舍)人、翰林學士。」至於令狐專，令狐綯之子名皆帶「氵」旁，獨其名專，《全唐文》卷八〇六崔瑄《論令狐滈及第疏》云令狐綯，男，舊名壽，改名滈。「壽」與「專」皆從「寸」，則令狐專爲未改之名，或後改名「渢」，也未可知。

編年文：

遺疏。

編年詩：

春思寄夢得樂天；

皇城中花園譏劉白賞春不及。

附録四　令狐楚子孫文録

令狐緒文一篇

請停汝郡人碑頌奏

臣先父元和中特承恩顧，弟綯官不因人，出自宸衷。臣伏睹詔書，以臣刺汝州日，粗立政勞，吏民求立碑頌，尋乞追罷。臣任隨州日，郡人乞留，得上下考。及轉河南少尹，加金紫。此名已聞於日下，不必更立碑頌。乞賜寢停。

按：此文載《舊唐書》卷一七二《令狐楚傳》附令狐緒、《全唐文》卷七五九。《舊唐書·令狐緒傳》：「在汝州日，有能政，郡人請立碑頌德。緒以弟綯在輔弼，上言曰……」即此文。

再貶李德裕崖州司户參軍制

朕祇荷丕業，思平泰階，將分邪正之源，冀使華夷胥悦。其有常登元輔，久奉武宗，深苞禍心，盜弄國柄，雖已行譴斥之典，而未塞億兆之言。是議再舉朝章，式遵彝憲。守潮州司馬員外置同正員李德裕，早藉門第，叨踐清華，累居將相之榮，唯以奸傾爲業。當會昌之際，極公臺之榮，騁諛佞而得君，遂恣横而持政，專權生事，妒賢害忠，動多詭異之謀，潛懷僭越之志。秉直者必棄，向善者盡排，誣貞良造朋黨之名，肆讒搆生加諸之釁，計有逾於指鹿，罪實見其欺天。屬者方處鈞衡，曾無嫌避，委國史於愛婿之手，寵秘文於弱子之身，洎參信書，亦引親昵。恭惟《元和實録》乃不刊之書，擅敢改張，罔有畏忌，奪他人之懿績，爲私門之令猷。又附李紳之曲情，斷成吴湘之冤獄，凡彼簪纓之士，遏其取捨之途。驕居自誇，狡蠹無對，擢爾之髮，數罪未窮。載闚罔上之由，益驗無君之意。使天下之人，重足一迹，皆讐懼奉面，而慢易在心。爲臣若斯，於法何逭？於戲！朕務全大體，久爲含容，雖黜降其官榮，尚蓋藏其醜狀。而睥睨未已，兢惕無聞，積惡既彰，公議難抑。是宜移投荒服，以謝萬邦，中外臣寮，當知予意。可崖州司户參軍，所在馳驛發遣，縱逢恩赦，不在量移之限。

按：此文載《舊唐書》卷一八下《宣宗紀》，云：「（大中三年）九月辛亥，西川節度使杜悰奏收復維州。制曰」，即此文。又載《唐大詔令集》卷五八，不署撰人，《全唐文》卷七九收宣宗李忱名下，陳尚君《全唐文補編》卷八六將此文改移令狐綯名下。《全唐文》一般將未知作者名之制敕歸之於當時皇帝。《南部新書》丁：「大中中，李太尉三貶至朱崖，時在兩制者皆爲擬製，用者乃令狐綯之詞。李虞仲集中此制尤高，未知孰是。」云用者爲令狐綯之詞，知爲綯作。故録於此。

請中禁天門街左右置私廟并按品定廟室數奏

准太常禮院奏，中書侍郎兼吏部尚書平章事崔龜從奏，准令式合立私廟祔。准會昌五年二月一日敕，百官并不得京城内置廟。如欲於京城内置者，但准舊於所居處置廟，即不失敬親之禮。伏以武宗時緣南郊行事，見天門街左右有廟宇，許令私第内置。若令依舊會昌五年敕文，盡勒於所居處置廟，兼恐十年間，私廟漸逼於宫墻，齊人必苦於吞并。臣具詳本末，冀便公私。今請夾天門街左右諸坊，不得立私廟。其餘圍外遠坊，任取舊廟及擇空閑地建立廟宇。

應立廟之初，先取禮司詳定，兼請准《開元禮》，二品已上祠四廟；三品祠三廟；三品已上不須兼爵者四廟；外有始封祖，通祠五廟。三品已上不得過九架，并厦兩頭。其三室廟制，合造五間，其中三間隔爲三室，兩頭各厦一間虚之，前後亦虚之。每室中西壁三分之一近南去地四尺，開一坎室，以石爲之，可容兩神主。廟垣合開南門、東門，并有門屋。餘并准《開元禮》及《元和曲臺禮》爲定制。其享獻之禮，除依舊禮使少牢特牲饋食外，有設時新及今時熟饌者并聽。仍請永爲定式。

按：此文載《唐會要》卷一九、《册府元龜》卷五九三、《全唐文》卷七五九。《唐會要》卷一九《百官家廟》：「其年（大中五年）十一月，太常禮院奏：據中書侍郎兼吏部尚書平章事崔龜從奏……」未言奏者姓名。《册府元龜》卷五九三《掌禮部》：「令狐綯爲相，大中五年十一月奏，准太常禮院奏，中書侍郎兼吏部尚書平章事崔龜從奏……從之。」即據此將此文收入令狐綯名下，可從。

請詔男滈就試表

臣男滈，爰自孩提，便從師訓，至於詞藝，頗及輩流。會昌二年臣任户部員外郎時，已令應舉。至大中二年，猶未成名。臣自湖州刺史蒙先帝擢授考功郎中、知制誥，轉充翰林學士。累叨寵澤，遂忝樞衡。事體有妨，因令罷舉，自當廢絶，一十九年。每遣退藏，更令勤勵。臣以禄位逾分，齒髮已衰，男滈年過長成，未霑一第。犬馬私愛，實切憫傷。臣二三年來，頻乞罷免，每年取得文解，意待纔離中書，便令赴舉。昨蒙恩制，寵以近藩。伏緣已逼禮部試期，便令就試。至於與奪，出自主司，臣固不敢撓其權柄。臣初離機務，合具上聞。昨延英奉辭，本擬面奏，伏以戀恩方切，陳誠至難。伏冀宸慈，察臣丹懇。

按：此文載《舊唐書》卷一七二《令狐楚傳》附令狐滈、《全唐文》卷七五九。《舊唐書·令狐楚傳》附滈：「滈少舉進士，以父在内職而止。及綯輔政十年，滈以鄭顥之親，驕縱不法，日事游宴，貨賄盈門，中外爲之側目。以綯黨援方盛，無敢措言。及懿宗即位，訟者不一，故綯罷權軸。既至河中，上言曰……」即此文。

訴子寃表

一從先帝，久次中書，得臣恩者謂臣好，不得臣恩者謂臣弱。臣非美酒美肉，安能啖衆人之口？

按：此文録自陳尚君《全唐文補編》卷八六，題爲《補編》所擬，云出《北夢瑣言》卷二。孫光憲《北夢瑣言》卷二「宰相怙權」條云：「宣宗時，相國令狐綯最受恩遇而怙權，尤忌勝己。以其子滈不解而第，爲張雲、劉蜕、崔瑄迭上疏疏之，宣宗優容。綯出鎮維揚，上表訴子之冤，其略云……時以執己之短，取誚於人。」即此文。當是殘篇。

薦處士李群玉狀

右，苦心歌篇，屏迹林壑。佳句流傳於衆口，芳聲籍甚於一時。守道安貧，遠絶名利。當文明之聖代，宜備搜羅；俾典校於瀛州，佇光志業。臣綯等今日延英已面陳奏狀，伏奉聖旨，令與一文學官者。臣等商量，望授弘文館校書郎。未審可否，謹具奏聞，伏聽敕旨。

按：此文載《四部叢刊初編》影印宋刊本《李群玉詩集》卷首、《全唐文》卷七五九。《李群玉詩集》卷首題下署「大學士僕射令狐相公綯」。

唐故銀青光禄大夫檢校司空兼太子少師分司東都上柱國樂安縣開國侯食邑一千户贈太師孫公墓志銘并序

聖敬文思和武光孝皇帝御極之十□年七月，東都居守左僕射孫公陳疏移病，請罷其任。天子優寵元老，乃拜檢校司空兼太子少師分司東洛，且欲俾之頤衛，以就良已。詔下之明日，三川守臣以急章聞曰：公以十四日薨。天子怛然悼耆德，特輟朝會，命廷臣申吊賻之禮。以三師追褒册命，恩數有加焉。公諱簡，字樞中，其先有嬀之後，齊太公田和其裔也。和孫書爲齊大夫，以伐樂安之功，遂封於樂安，因賜姓孫氏。吴將軍武，書之孫也。子孫在吴者稱富春氏，吴主其後也。其不遷者爲樂安氏。至隋并州晋陽縣令唐封晋陽公諱孝敬，公之七代祖也。晋陽公生仲將，爲唐鄆州壽張丞。壽張生希莊，爲韓王典籤。典籤生諱嘉之，即公之高祖也。天册中，擢進士第，登拔萃科，有文學重名，後累官至宋州司馬，贈秘書監。自晋陽公而下，位雖不隆，而道德皆顯。曾大父諱逖，開元中，三擢甲科，初入第三等，又入第二等，超拜左拾遺，大名鏗發，炳耀當代。雄名如蕭穎士、顔真卿、李華，咸出座下。累遷中書舍人，刑部侍郎，贈尚書右僕射，謚曰文公。大父諱宿，又傳文公之業，登□制科，爲諫議大夫、中書舍人，終華州刺史。烈考諱公器，又繼詞科高第，歷監察，後爲濠、信二州刺史，邕管經略使兼御史中丞。時屬五溪不率王命，奉詔招討，克有戎功，薨後累贈司空。司空公前娶滎陽鄭氏，續娶河東裴氏。太保公即司空第三子，裴甥也。幼鍾司空公之艱，哀毀天至。司空公親弟獻可，皇大理司直，娶范陽盧氏。太保公歿，司空公之喪未幾，季父司直又殞。太保公以季父無嗣，遂執喪以繼其後。服除，舉進士。元和二年，故太常崔公邠掌春闈，升居上第。後赴調集，判入高等，授秘書省正字。所試出人，人皆傳諷。秩滿，趙丞相宗儒鎮河中，辟公爲觀察推官，再調補京兆府鄠縣尉。又從張華州惟素之幕，授監察御史里行，充鎮國軍判官。徵爲監察御史，除秘書郎。裴中令度鎮北都，辟爲留守推官，以殿中侍御史内供奉充職。又轉節度掌書記，又改節度判官。奏加上柱國，賜緋魚袋。大京兆盧士玫仰公之才名，表公爲府司録。王潛僕射在荆南，思得髦賢，奏公爲檢校禮部員外郎兼侍御史，充節度判官。入爲侍御史。又丁繼房盧太夫人憂，孺慕之情，如實出己，君子以爲難。寶曆元年，以司勳員外郎判吏部，廢置，轉禮部郎中。又罹裴太夫人之禍，殆不勝喪。及出，除左司郎中，加朝散階。轉吏部郎中，又加朝請大夫。用公正之望，遷諫議大夫。以文學之稱，守本官知制誥。用忠悃奉諍臣之職，騁敏捷爲誥令之能，職業具舉，時論推服。所草詞制勒成十卷，行下於代。轉中書舍人，拜同州刺史兼御史中丞，賜紫金魚袋。左輔理所故事，同在轂下，連歲凶荒，人萌困瘽，孳孳爲政，臻於泰寧。感白雀嘉穀之瑞，表公德化。時省司以長春管田耗折官米，將以極典處本州綱吏。公抗表論雪，皆得貸死，人到於今稱之。遷陝虢觀察使、檢校右散騎常侍兼御史中丞。其理如馮翊。局鄰郡螟賊爲灾，過境不傷稼，復有神禾同穎，益彰異政。徵拜刑部侍郎。與御史府及法司同按蕭本僞事，皆取決於公，欺妄立辨。又掌吏部東銓事，掄擬絶私。真除吏部侍郎。拜河南尹，其政如同陝之素值。飛騰起，公慮害我穡事，用詩之界火之義，遂令坑焚，去其大患，竟致豐穰。加中散大夫階，遷鎮節制河中、檢校禮部尚書兼御史大夫，不易同、陝、洛之祜。此鎮，先是循渾、郭之制，供須節使，費逾他鎮，有至十倍者。公皆削減，以己率下，一毫不自私，繇是大治。加中大夫，入拜尚書左丞，復兼判選部事。加太中大夫，出鎮山南西道、檢校户部尚書，其政如前之四治。前後三爲太常卿，相武宗及今聖郊天之儀，動循故實，禮無違者。□檢校兵部尚書、節度宣武軍。及受代，帑廩所留，多初萬倍。以誠信臨下，萬衆恬然。加正議大夫、檢校右僕射。又爲之加銀青光禄大夫，又封樂安縣開國男，又進封樂安縣侯，出拜東都留守、檢校左僕射。再爲吏部尚書，又爲東都留守，檢校左僕射如故。保釐之治，先後如一，節省浮費，府庫充牣。天子方將以上庠隆位處國老，以□諮訪其道，時未□□治平郡而公不起，享壽八十二。公前夫人沛國武氏，故宰相元衡之女。今夫人隴西李氏諱宗衡，皇濠州刺史，實□帝之近屬。夫人閫闈之德，動爲女師，輔左之道，光於内則。有子九人：長曰景蒙，前奉先令；次曰景章，前太子中舍人；次曰讜，前河南府士曹；次曰景裕，前河南府兵曹；次曰紓，前渭南縣尉、集賢校理；次曰徽，前河東節度推官、試秘書省校書郎；次曰綠，前進士；次曰幼實，次曰弘休，并河南參軍。景蒙等各敦士行，負公幹，銜哀克家，睦友無間。紓、徽、綠，兼能以文嗣續，爲時聞人，將大□後。女六人：長適吴興沈稱師，早世；次適隴西李稠；次適鉅鹿魏鑣；次適燉煌令狐緘；次適北平陽塾，率□不□嚴□□處□□。以其年十二月廿六日，歸祔於洛之北邙先司空大隧之次。惟公始以至行發聞，後用□華門顯。□□吁□華皓不倦。立義分於友朋之内，周慈愛於族親之間。孰謙自居，當官正色，自卑非以至崇貴，未嘗有失。□□□於臺閣，遺愛被於所治。有以見□君子始中終之道，斯爲全德歟？小子不佞，辱公曩信之□，且早歲受□知，又從父弟獲備公諸倩之列，景蒙等以在姻親之末，見托爲志，其敢固辭。銘曰：

公之世先，積羡琁源。熾昌之勢，發自陳田。將軍聞美，吴主霸權。蔚茂之氣，□爲文思。蓬丘秋官，雄藻融粹。掞天華國，掇其美□。華陰掌綸，特擅麗温。司空行化，三土懷仁。儲社疊慶，到公乃盛。孝以承家，貞而不兢。振耀詞英，翱翔公卿。出入更踐，高享令名。州邦藩翰，皆流德聲。天子有道，喜公壽考。忽驚棟折，輿嗟蒼昊。伊洛北山，秀氣薰□。天長地厚，公之閟宫在焉。

按：此文載周紹良、趙超主編《唐代墓志彙編續集》咸通〇九九，云録自《洛陽出土歷代墓志輯繩》。題下署「從表侄金紫光禄大夫守□□右僕射兼門下侍郎同平章事充太清官使弘文館大學士上柱國彭陽縣開國男食邑三百户令狐綯撰」。後署「第五男前京兆府渭南縣尉集賢校理紓書」。《唐代墓志彙編續集》寶曆〇一〇亦收録有《孫簡墓志》，文字全同，唯撰者爲令狐綯，録自《隋唐五代墓志彙編》洛陽卷第十三册。後者顯然是將「綯」字誤認爲「綯」，當合爲一。孫簡之婿令狐緘爲令狐楚弟令狐定之子，由此志可知，孫簡與令狐楚兩家有親戚關係。

唐故銀青光禄大夫檢校尚書右僕射判東都尚書省事兼御史大夫□東都留守東都畿汝州都防禦使上柱國汝南縣開國侯食邑一千户贈司空□□狄公墓志銘并序

聖敬文思和武光孝皇帝嗣立之第□□□□□□□□二建丑月之五日，天水狄公薨於洛師履道里之私第，享年七十三。上震悼，□□□□册上公□於徽數。公諱兼謨，字汝諧，其先周之後也。成王少子孝伯，封於狄城，因而命氏焉。秦并天下，□□隴西，爲秦州之强家大姓。至後秦建國天水，狄伯支爲佐命之臣，晋史稱曰名將子孫，今爲天水人。曾叔□□□□輔，梁文惠公仁杰，天錫大忠，獨遏鳴牝，續皇綱於既絶，復明辟於已廢，振耀今古，聯輝□書。餘烈□□□生公焉。曾祖仁續，皇潞州長子縣令。祖光友，洺州長史，贈懷州刺史。顯考□邁，累增至左僕射。公生有奇狀，及長，姿度庬異魁偉，動有老成之風，讀書觀其大略，爲文勇□□義，雖環堵□室，常翛然自得。李宰相程，司取士柄，選公於衆，擢登上第。既而言曰：「某拔狄某，□□□朝廷擇他，曰名卿賢侯耳，非止一區區科第也。」繇是爲京師聞人。鄭相國餘慶，作藩岐隴，將行躬聘，□□□□。是時，蔡人叛命，詔征□師。鄭公以治兵之事委公，公乃賦車籍馬，疊發伍符，精甲數千，一夕齊盈。□□□□，機用有餘。鄭公曰：「全致也。」後又從孟尚書於襄陽。憲皇在宥，厲精理道，時絢先□□□□□□□□□□□□□□名進聞薦，請徵爲左拾遺。由一命之秩，升五諫之列。仍自草制，美粲國章。公居其□□□□□□□□□□，時人榮之。天子以河朔大兵之後，凶荒赤地，召公與語。臨遣，振無軺□□□□□□□□□□□□活方衆。天旨皇澤，浹人肌骨。還報，以右補闕酬焉。改侍御史，屬歲□□□□□□□□宰以□□□□□□□□□授奉天令。公不簿一同，理有異等。往守蘄春，報政居最，入爲司□□□□□□，復刺南陽。南陽□□□□□□□□，公靡所畏避，賦政無頗，編人戴公，權臣沮意。乃除國子司業，分司東都。公不□□□□□□□□□□，乃改太常少卿。又出爲蘇、鄭二郡守。其理二邦，如蘄、鄧之美。□益明□□□□徵爲□□□□□外□□其官。文宗皇帝以綱憲爲朝政之急，授公御史中丞。郡國承風，上下整□，□加□□□□。公乃詳定刑書，適其輕重，舞文巧詆之吏，無以措手。文宗躬覽可賞，頒行中外。聞□□□太子，得罪於文宗，將移天性，百辟恫恐，相臣進諫，盛怒難回。公獨及霑灑，懇曰：「太子生於深宮，□漸師訓。陛下不使早聞義方，是君父之失教。今天下之本也，本不可摇，特宜寬宥，俾之誨過。不□，陛下異日有望思之恨。」嬰鱗犯顔者數四，雖競不納，然而時議，以公有梁公之□□□□□。上意□屬，改兵部侍郎。無何，太原缺帥，宜得才望碩重者鎮之，□□□膺是選。詔命檢校工部尚書兼御史大夫以專徵。威懷兼施，北方大化，長城靈蔡，邦國倚柱。又加兵部尚書，□□勞能。徵復爲兵部侍郎。武宗鍾愛益王，求正人以訓導，以公兼益王傅，仍權總選部事。衡鏡乎□，清濁式序，乃□左丞，□□臺□。上以天平連潦，□殫爲河，思用才臣，往救昏溺。於是授公檢校吏部尚書，統鄆曹濮之□。公□□□□，昭蘇□封。詔加銀青光禄大夫，則漢之增秩之典也。朝廷方將大用，褒詔急徵，時權忌正行過□□，除秘書□監，分司□邑。達遠曠放，不汩於中。拜東都留守，又改太子少保。上以公元勳之後，舊老清白，□□□□□□□□□□。公有遺榮之志，俾諧素尚，命加檢校右僕射，再處守於東周。一旦移書，□疾俄至，□□啓□□於□□□□□□。君子曰：「其全人歟！」惟公修祖德，服忠教，直方博大，外勁内和。立朝書□□之道，撫俗布愷悌之化。便蕃崇顯，彰焯問望，經濟之略，華皓不衰，窮達一致，存殁光大如公者，蓋鮮矣。《中庸》云：「大德者，必得其名位禄壽四者。」公皆得焉。嗚呼！所宜至而不至者，臺衮而已，生靈之恨耶！□夫人扶風郡。夫人京兆韋氏。自鼓琴瑟，至服褕翟，垂三十年。婦德母儀，士林師法。有子二人，長曰咸中，福建□□□□試太常寺協律，孝友克家，文學潤己，有致遠之資焉。次曰禎前，領軍騎曹，幼而嬰疾，天與至性。粤以明年五月□□□，奉公之裳帷，葬於河南府洛陽縣金庸鄉雙洛村，祔梁公之塋。先期協律，以絢世□□□，□文内署，不謂空簿見托，志於窀穸，因采公門吏竇監察宣孟之狀，得其遺懿，繫爲銘曰：

龜龍麟鳳，四者之瑞。祇表休徵，靡益於事。孰若賢畯，持鍾間氣。生爲盛時，奮□□□。□□□路，宣力騁志。切劘政經，□容規刺。掖垣風動，强禦無避。所□有成，彌彰全器。入爲公卿，道冠明廷。出爲侯□，□□華貊。先祖是似，德聲赫赫。不躋鼎鉉，負我未畫。於萬祀年，名光竹帛。九原一閟，三秦遂隔。嵩高伊洛，□永安宅。

按：此文録自趙振華、何漢儒《唐狄兼謨墓志研究》，發表於《洛陽師範學院學報》二○○五年第一期。文稱「二十世紀九十年代，洛陽邙山出土了唐代官吏狄兼謨墓志」，「墓志青石質，邊長九十四厘米、厚一十八厘米，楷書四十三行，滿行四十五字，表面局部風化，殘泐約二百字，仍存一千四百餘字」。墓志題下署「翰林學士太中大夫□□□舍人上柱國彭陽縣開國男食邑三百户令狐綯撰」，後署「故吏從重表侄前東都畿汝州都防禦推官將仕郎試太常寺協律郎裴翻書」。狄兼謨進士及第年，徐松《登科記考》及孟二冬《登科記考補正》皆失考。此志明言狄兼謨座主爲李程，可知其於元和十二年進士及第。姚合有

《送狄尚書鎮太原》(《全唐詩》卷四九六),此狄尚書即狄兼謨。詩云:「中外恩重疊,科名歲接連」,後面一句是説狄兼謨及第之年與姚合登第之年相連。姚合進士及第在元和十一年,則狄兼謨及第不是元和十年就是元和十二年。劉禹錫有《酬太原狄尚書見寄》(《劉禹錫集》外集卷六),此狄尚書亦爲狄兼謨。詩云「身上官銜如座主」,可知其座主也曾爲河東節度使。李程元和十二年知貢舉,寶曆二年爲太原尹、河東節度使,亦爲狄兼謨元和十二年進士及第之旁證。

又,陳尚君《全唐文補編》卷八六令狐綯名下録《雁塔題名》曰:「侍御史令狐緒、右拾遺令狐綯、前進士蔡京、前進士令狐緯(小字注:改名緘)、前進士李商隱,大和九年四月一日。」云録自宋拓《雁塔題名帖》,《文物》一九六一年第八期刊《宋拓雁塔唐賢題名帖》。《補編》於此題名後又録:「後十六年,與緘、綯同登,忽見前題,黯然凄愴。時方忝職禁署。大中四年二月廿三日。」云所出同前。陳尚君加按語曰:「此則有『時方忝職禁□□』語,知爲令狐綯題。《重修承旨學士壁記》載:綯於大中三年九月至四年十一月,爲翰林承旨學士。前一篇亦并收其名下。」今盡録於此。據上述題名,可知令狐緘原名緯,後改名緘。緘爲令狐定之子。令狐綯之名則不見於《新唐書·宰相世系表》,推測是令狐楚之侄。陳尚君《全唐文補編・又再補》卷五令狐緡名下據《雁塔題名帖》録：「開成四年八月廿九日，令狐緡添□前字。」令狐緡之名亦不見《新唐書・宰相世系表》，陳云緡「疑爲令狐綯之昆從」。

令狐澄文一篇

唐故朝散大夫檢校尚書比部郎中兼侍御史知度支陝州院事令狐府君墓志銘并序

府君諱綩，字垂之，錫姓受氏具小子，烈祖贈太師文公所撰祖德碑，君即皇綿州昌明縣令贈司空諱崇亮之曾孫，皇太原府功曹參軍贈太尉諱承簡之孫，皇郢州刺史諱從之第三子。母夫人博陵崔氏，故代州司馬諱諠，即君之外王父也。君幼時實以正嫡，特鍾故郢州府君愛。既孤，能剋己自立，事母夫人以孝聞。及壯，以門蔭解巾河中府虞鄉尉。秩滿，調授稷山、猗氏二縣令。其在稷山，有大獄，前政不能决者，君立爲辨析，人伏其能。而又清慎勘恪，庭無留事。丞相夏侯公理故絳，舉君所行以勉屬邑。今相國徐公鎮河中，以君廉能，署攝河西縣令。未及奏上，旋丁博陵崔夫人之艱。及居喪，朝晡常祀，必手自捧持，號泣薦奠。孺慕之行，聞於親族間。大司計熟君政事，連委重務，自河中院轉河陰院，奏授侍御史。又轉解縣池院及安邑院事，得檢校比部員外郎。久之，署攝東渭橋給納使。復檢校比部郎中知陝州院事。累考十六，授五品命服。君亟領煩劇，彌彰利用，剖剔盤錯，鋩刃不頓。方將布二天之化，息愁恨之聲，寵列幡蓋，忝分憂寄。而運窮數絶，痛矣奈何！以咸通八年五月二日暴疾，終於陝院之官舍，享年四十七。君娶故曲沃縣令博陵崔厚女，先君而殁。生二子：男曰喬兒，女曰梁四。別子三人、女一人。喬七纔勝喪，有成人之度。餘皆累然孩提，可哀也已。得吉以其年八月六日歸葬京兆府萬年縣焦村之先塋，啓崔氏之墳而祔焉，禮也。嗚呼！君於小子爲同堂叔父，仁愛素厚，承訃增哀。其孤喬，遵理命俾撰文志，銜悲叙德，署諸墓門。銘曰：

孝爲行基，君實充之。卓魯之化，人皆去思。研桑之術，吏不敢欺。有才無數，竟何施爲？秦原逶迤，秋風凄悲。一閉玄壤，千秋已而。

按：此文載周紹良主編《唐代墓志彙編》咸通〇六二。題下署「堂侄浙江西道觀察判官朝議郎殿中侍御史内供奉柱國賜緋魚袋澄撰上」，後署「堂侄鄉貢進士洵書并篆額」。云録自《關中金石文字存逸考》卷五。據志文，令狐紞爲令狐從之子，從則爲令狐楚之弟。令狐澄與書墓之令狐洵既自稱堂侄，則他們的父親與令狐紞并非同父兄弟。二人之名皆不載《新唐書·宰相世系表》。

朱勝非《紺珠集》卷一〇令狐澄《大中遺事》題下注云：「《新羅國記》附，柳玭《續十四事》附。」録《新羅國記》三條。「第一骨」條：「其國王族謂之第一骨，餘貴族爲第二骨。」「望德寺塔動」條：「國爲唐建此寺，故以爲名。兩塔相對，高十三層。忽震動開合，如欲傾倒者四，其年安禄山亂，疑其應也。」「花郎」條：「擇貴人子弟之美者，傅粉裝飾之，名曰花郎，國人皆尊事之也。」「第一骨」條又見《説郛》卷四九、《海録碎事》卷四上。《新唐書·東夷傳·新羅》：「其建官以親屬爲上，其族名第一骨、第二骨以自別。」可參看。據《紺珠集》卷一〇《大中遺事》題下之注，可知《新羅國記》與《大中遺事》爲二書，而《説郛》《海録碎事》則直引作《大中遺事》，只是文前冠以「新羅國記」之條目。《大中遺事》專記唐宣宗聖德事，《新羅國記》顯非《大中遺事》中文，不應録入《大中遺事》。「花郎」條亦見《説郛》卷四九，「尊事之」作「争事之」。「花郎」條與「望德寺塔動」條之文字，陳尚君《全唐文補編》卷八六收入令狐澄《新羅國記》佚文二則，「花郎」條云録自《三國史記》卷四，「望德寺塔動」條云録自《三國史記》卷九，「如欲傾倒者四」作「如欲傾倒者數日」。《三國史記》爲古代高麗金富軾撰，其書國内可見。其實「第一骨」條亦見《三國史記》卷五。三條金富軾引文前皆曰：「唐令狐澄《新羅國記》曰。」考《新唐書·藝文志二》地理類載：「顧愔《新羅國記》一卷。」并注：「大曆中歸崇敬使新羅，愔爲從事。」《宋史·藝文志三》地理類亦載：「顧愔《新羅國記》一卷。」史籍不載令狐澄出使新羅事，《新羅國記》的作者當是顧愔而非令狐澄。再如「望德寺塔動」條云塔動爲安禄山之亂的預兆，顧愔隨歸崇敬出使新羅在大曆三年（見《舊唐書·東夷傳·新羅》），與禄山亂時代相近，而令狐澄所處時代則與禄山亂已遠，其事未必還播在人口。故顧愔當是《新羅國記》及佚文的作者。吴聿《觀林詩話》：「唐人多作五粒松詩，有以五粒爲鬣者。大曆時，監察御史顧愔《新羅國記》云：『松樹大連抱，有五粒子，形如桃仁而稍小，皮硬，中有仁。取而食之，味如胡桃，浸酒療風。』然則松名五粒者，以子名之也。」所引爲顧愔《新羅國記》又一佚文。然則朱勝非《紺珠集》與金富軾《三國史記》何以將《新羅國記》的作者歸之令狐澄？却頗令人費解。令狐澄是個藏書家，見方崧卿《韓集舉正叙録》，或《新羅國記》爲令狐澄所藏，其書未有作者姓名，朱勝非遂誤以爲令狐澄即《新羅國記》的作者。姑録於此以備考。周斌《唐人顧愔及其〈新羅國記〉考論》（《西華師範大學學報·哲學社會科學版》二〇一六年第二期）有關於此問題的論述，可參看。

關於令狐澄，《新唐書・宰相世系表五下》載澄爲綯子，又載令狐定之子緘之二子爲渢、湘（《舊唐書・令狐綯傳》載渢爲綯子）。《新唐書・藝文志二》著録令狐澄《貞陵遺事》二卷，云：「綯子也，乾符中書舍人。」然《舊唐書・令狐楚傳》附令狐綯皆云子滈、涣、渢，而不及澄。所附《令狐定傳》云令狐澄爲緘子，緘爲定子，定則爲楚之弟，且僅云令狐澄「累辟使府」，不言其爲中書舍人。劉崇遠《金華子雜編》卷上：「令狐補闕滈與中書舍人澄皆有才藻，令狐之文彩，世有稱焉。自楚及澄，三代皆擅美於紫微。」不能證令狐澄即楚之孫，且頗疑「澄」爲「涣」之訛。令狐楚、令狐綯、令狐涣三代皆爲翰林學士，見《册府元龜》卷七七一。上録令狐澄撰《令狐紞墓志》自稱堂侄，文亦云「君於小子爲同堂叔父」，古稱同祖父爲同堂，杜佑《通典》卷九二《禮五十二》：「今人謂從父昆弟爲同堂」，則令狐澄之父與令狐紞同祖父。然令狐澄之父無論是綯還是緘，與紞皆同祖父，仍未解决問題。方崧卿《韓集舉正叙録》云有「唐令狐氏本，右唐令狐綯之子澄所藏本，咸通十一年書」。陳景雲《韓集點勘》卷二云：「（令狐）澄，桂管廉使定之孫、相國楚之從孫，附見舊史楚傳，乾符中歷中書舍人，别見新史《藝文志》。又舊史楚傳後附子綯及孫滈，偶滈下衍一澄字，新史《世系表》及《藝文志》遂誤以澄爲楚之孫、緒之子，方氏亦沿其誤。」《新唐書·宰相世系表》載令狐楚兄弟之子孫頗有脱誤，如令狐從子孫便一無所録，其餘所録與《舊唐書·令狐楚傳》出入也較大，難以爲據，疑陳説爲是。姑録於此，以俟再考。

令狐專文一篇

唐故上都唐安寺外臨壇律大德比丘尼廣惠塔銘并序

維像教東度，秘疊南翻，元元云吾師竺乾，宣尼稱西方有聖。厥後感夢孝明，漸於中國。菩提達摩降及大照禪師，七葉相承，謂之七祖，心印傳示，爲最上乘。群生以癡，蓋愛網纏覆身宅，不以慧炬燭之，慈航濟之，即皆蹈昏溺之中，迷方便之路矣。於戲！文殊戾止，金粟來儀，窮象譯之微言，罄龍宫之奥典，即我唐安大德其人也。大德諱廣惠，俗姓韋氏，漢丞相之遺祉，周司空之遠孫。地承華緒，門藉清流，靈根夙殖，道性天授，積金翠之莫飾，視葷腴而不味。於是分瓶灌頂，染法壞衣，奉檀越之真諦，識楞伽之要義。賓波羅窟，深入禪菁，阿耨達池，恒藏戒水。傍灑甘露，俛導蒙塵。運智慧之妙，其動也雲舒曾漢；了般若之性，其息也月鑒澄泉。

帝□緇徒，皆以宗師敬受初法。我皇十年，以名臘隆抗，充外臨壇大德。德彌高而身彌遜，聲愈廣而志愈冲，負笈執經，扣鶴林者請益如市；無明有漏，傳心印者皆脱其網。豈謂毗城示老，雪山現疾，雖菩薩之善本，生没是常；而金剛之威力，堅持不壞。以大中十三年夏五月廿六日寂然入滅，報齡五十七，僧臘卅八。弟子性通等，號奉衣屨，如將復生，以其年六月十八日，幢蓋香花，遷座於韋曲之右。嗚呼！如來留影之壁，石室空存；舍利全身之函，珠臺永閟。專微眇凡品，因緣甚親。嘗蒙引諭人天，粗探真覺。承筵作禮，肩繞玉之師子；出囂入浄，同生火之蓮花。追荷法誘，爰薦菲詞。慚非陸氏之雄文，終謝蔡侯之健筆。銘曰：

四流易染，萬類難化。世同驚飆，色如奔馬。非習調御，孰明般若。非習能仁，寧有喜捨。生既不有，滅亦不生。無去無來，大觀體同。至寶深藏，慧光不息。松塔斯成兮秦山北，後天地不泯者惟師之德。

按：此文載陸心源《唐文拾遺》卷三一、陸增祥《八瓊室金石補正》卷七五、周紹良主編《唐代墓志彙編》大中一五〇，後二種題下署「令狐專撰上」。《金石補正》後載：「道光辛卯仲春，余獲此石於城南韋曲西北。按《咸寧志》無唐安寺，或年久湮没，未可知也。長安李瀫淳容庵氏識。」據《新唐書·宰相世系表五下》，令狐專爲綯子。

附録五　令狐澄《貞陵遺事》輯佚

《新唐書·藝文志二》雜史類著録令狐澄所著《貞陵遺事》二卷，陳振孫《直齋書録解題》卷五雜史類：「《貞陵遺事》二卷、續一卷，唐中書舍人令狐澄撰，吏部侍郎柳玭續之。澄所記十七事，玭所續十四事。」尤袤《遂初堂書目》雜史類亦著録有《貞陵遺事》。是書記宣宗朝事，又名《大中遺事》。貞陵爲宣宗陵名，大中則爲宣宗年號。《太平廣記》引作《真陵十七史》，「史」爲「事」字之訛，實即《貞陵遺事》。《舊唐書·宣宗紀》大中十三年載廟號宣宗，葬貞陵，宋人或寫作「真陵」，如《册府元龜》卷三一：「懿宗以大中十三年八月即位，上聖武獻文孝皇帝尊謚，廟號宣宗，葬真陵。」或是宋人避仁宗諱改。周密《志雅堂雜鈔》卷下《書史》：「《貞陵十七事》，唐令狐澄纂，言宣宗聖德十七事。」原書已佚。《文淵閣書目》卷六載有令狐澄《貞陵遺事》一册，其佚或在明中葉之後。朱勝非《紺珠集》卷一〇、曾慥《類説》卷二一、陶宗儀《説郛》卷四九（三書皆録作《大中遺事》）録有數條，司馬光《資治通鑒考異》也有徵引(作《貞陵遺事》)。王讜《唐語林》有原出《貞陵遺事》者,《唐語林原序目》其中即有《貞陵遺事》,只是各條不具載出處。周勛初《唐語林校證》考出七條出《貞陵遺事》,爲可靠之論。今據各書,共輯得十一條。

唐會昌末年,武宗忽改御名爲火下火,及宣宗以光王龍飛,於古文「光」字實從炛焉。噫,先兆之明若是耶?

按:《太平廣記》卷一三六「唐武宗」條,注云出《真陵十七史》。

唐宣宗在藩時,常從駕回,而誤墜馬,人不之覺。比二更,方能興。時天大雪,四顧悄無人聲。上寒甚,會巡警者至,大驚,上曰:「我光王也,不悟至此,方困且渴,若爲我求水。」警者即於旁近得水以進,遂委而去。上良久起,舉甌將飲,顧甌中水,盡爲芳醪矣。上喜,獨自負,舉一甌,已而體微暖有力,步歸藩邸。後遂即皇帝位。

按:《太平廣記》卷一三六「唐宣宗」條,注云出《真陵十七史》。《類説》卷二一引《大中遺事》:「上爲諸王時,嘗從獵墜馬,困渴,求水欲飲,已變爲芳醪。」又見《紺珠集》卷一〇所引。此條又載司馬光《資治通鑒考異》卷二一,云令狐澄《貞陵遺事》曰,并曰:「此三事皆鄙妄無稽，今不取。」樂史《廣卓異記》卷一「水變爲芳醪」條云：「右按令狐澄《宣宗七十事》曰」，即此條，書名「七十」二字當乙。其中文字與《太平廣記》略同，唯文後有小字注云：「初年十歲，忽不豫，有神光滿身，而南面獨語，如對百僚。鄭太后謂之心疾，乃白穆宗，往而視之，曰：『此吾家英物，非心疾也。』」未知是否爲《貞陵遺事》所原有。小字注中之事又見蘇鶚《杜陽雜編》卷下，「穆宗」作「文宗」。

唐大中初，京師嘗淫雨涉月，將害粢盛，分命禱告，百無一應。宣宗一日在内殿，顧左右曰：「昔湯以六事自責，以身代犧牲，雖甚旱，卒不爲灾。我今萬姓主，遠慚湯德，而灾若是，兆人謂我何？」乃執鑪，降階踐泥，焚香仰視，若自責者久之，御服沾濕，感動左右。旋踵而急雨止，翌日而凝陰開，比秋而大有年。

按：《太平廣記》卷一六二「唐宣宗」條，注云出《真陵十七史》。

故事：京兆尹在私第，但奇日入府，偶日入遞院。崔郢爲京兆尹，囚徒逸獄，始命造京兆尹廨宅，京兆尹不得離府。宣宗以崔罕、郢并敗官，面召翰林學士韋澳授之，便令赴任。上賜度支錢二萬貫，令造府宅。澳公正方嚴，吏不敢欺，委長安縣尉李信主其事，造成廨宇，極一時壯麗，尚有羨緡却進，澳連書信兩上下考。

按：見《唐語林》卷一。此條又見裴庭裕《東觀奏記》卷中，司馬光《資治通鑑考異》卷二二云：「《貞陵遺事》《東觀奏記》皆曰：『帝以崔罕、崔郢并敗官，面除澳京兆尹。』按《大中制集》：澳代罕，郢代澳。云罕、郢并敗官，誤也。今從《實録》《新紀》《舊紀》《新傳》耳。」可知此條亦載《貞陵遺事》。

優人祝漢貞者，累朝供奉，滑稽善伺人意，出口爲七字語。上有指顧，遽令摹咏，捷若夙搆，尤爲帝所喜。上行幸，召漢貞前，抵掌笑談，頗言及外間事。上正色曰：「我養汝輩，供戲樂耳，敢干預朝政耶？」遂疏之。後其子犯贓，上命杖殺，而徙漢貞於邊。

按：見《唐語林》卷二。司馬光《資治通鑑考異》卷二二「（大中十一年）七月，流祝漢貞」云：「《實録》：『大中十一年七月，貶嗣韓王乾裕於嶺外。初，伶人祝漢貞寵冠諸優，復出入宫邸，乾裕以金帛結之，求刺史，雖已納賂，而不敢言。至是爲御史臺劾奏，故貶杖漢貞，流天德軍。』今從《貞陵遺事》。」可知此條原出《貞陵遺事》。

宣宗微疾，召醫工梁新對脉。（原注：禁中以診脉爲對脉。）數日，自陳求官，不與，但每月别給錢三百緡。

按：見《唐語林》卷二。《説郛》卷四九録《大中遺事》：「唐宫中以診脉爲對脉。」又見《紺珠集》卷一〇、《類説》卷二一、《海録碎事》卷一四，諸書所引即此條之原注，可知此條原出《貞陵遺事》，文中之注亦令狐澄所加。

宣宗嗜書，嘗構一殿，每退朝，必獨坐内觀書，或至夜中燭炧委，禁中謂上爲老儒生。

按：見《唐語林》卷二。《紺珠集》卷一〇引《大中遺事》：「宣宗夜艾猶觀書，燭炧委積，近侍呼之爲老儒生。」（「老儒生」條）可知此條原出《貞陵遺事》。

宣宗即位於太極殿，時宰臣李德裕行册禮，及退，上謂宫侍曰：「適行近我者，非太尉耶？此人每顧我，使我毛髪森竪。」後二日，遂出爲荆南節度。

按：見《唐語林》卷七。司馬光《資治通鑑考異》卷二二唐武宗會昌六年三月叙此事，并曰：「今從《舊紀》。又《貞陵遺事》曰：『上初即位於太極殿，時宰相李德裕與行册禮，及退，上謂宦侍云云。聽政之二日，遂出爲荆門。』」可知此條原出《貞陵遺事》。

羅浮生軒轅集，莫知何許人，有道術。宣宗召至京師，初若偶然，後皆可驗。舍於禁中，往往以竹桐葉滿手，再三挼之成銅錢。或散髮箕踞久之，用氣上攻，其髮條直如植。忽思歸海上，上置酒内殿，召坐，上曰：「先生道高，不樂喧雜，今不可留矣。朕雖天下主，在位十餘年，兢慄不暇。今海内小康矣，所不知者壽耳。」集曰：「陛下五十年天子。」上喜。及帝崩，壽五十。

按：見《唐語林》卷七。《紺珠集》卷一〇引《大中遺事》：「軒轅先生居羅山，宣宗召入禁中。能以桐竹葉滿手挼之，悉成錢。」（「挼葉成錢」條）又：「先生又能散髮箕踞，又用氣攻其髮，一條條如植。」（「氣攻髮直」條）《類説》卷二一、《説郛》卷四九亦皆引之，《類説》作二條，《説郛》作一條，其實皆爲節録。關於軒轅集事，《舊唐書·宣宗紀》及唐人筆記多有記載，蘇鶚《杜陽雜編》卷下所記最詳。

舊制：三二歲，必於春時内殿賜宴宰輔及百官，備太常諸樂，設魚龍曼衍之戲，連三日，抵暮方罷。宣宗妙於音律，每賜宴前，必製新曲，俾宫婢習之。至日出數百人，衣以珠翠緹繡，分行列隊，連袂而歌，其聲清怨，殆不類人間。其曲有曰《播皇猷》者，率高冠方履，褒衣博帶，趨走俯仰，皆合規矩。（按：《唐詩紀事》此句下有「于于然有唐堯之風焉」句。）有曰《葱嶺西》者，士女踏歌爲隊，其詞大率言葱嶺之士，樂河湟故地，歸國而復爲唐民也。有《霓裳曲》者，率皆執幡節，被羽服，（按：《唐詩紀事》此句下有「態度凝澹」句。）飄然有翔雲飛鶴之勢。如是者數十曲。教坊曲工遂寫其曲，奏於外，往往傳於人間。

按：見《唐語林》卷七。計有功《唐詩紀事》卷二《宣宗》有此文，云：「出令狐澄《正陵遺事》。」「正」爲宋人避諱改。《紺珠集》卷一〇引《大中遺事》「播皇猷」條：「上明于音律，常製曲曰《播皇猷》，皆方履高冠，連袂而舞。有曰《葱（嶺）西》踏歌隊者，大率其詞言葱嶺之士樂河湟，故曰歸爲唐民。又有執旛節者，如翔雲飛鶴之變。」《類説》卷二一亦引作《大中遺事》之文，與《紺珠集》略同，皆爲節録，故文意皆不甚貫通。宣宗製曲事又載《新唐書・禮樂志十二》。又按：《唐語林》原出《貞陵遺事》數條之輯録，皆參周勛初所著《唐語林校證》。

裴惲進詩有「太康」字，宣宗曰：「太康失邦，何以比我？」宰執奏：晋平吴，改元太康。上曰：「天子需博覽，不然幾錯罪惲。」由是耽味經史，夜觀書不休，宮中竊目上爲老博士。

按：見朱勝非《紺珠集》卷一〇引《大中遺事》，題爲「天子須博覽」，又載《類説》卷二一、《説郛》卷四九所引《大中遺事》。《唐詩紀事》卷二《宣宗》：「庶子裴惲進詩賀聖政，有『太康』字，帝怒曰：『太康失邦，乃以比我！』户部韋澳奏云：『晋平吴寇，改號太康，雖有失邦之言，乃見歸美之文。』上曰：『天子大須博覽，不然幾錯罪惲。』」未言出處，可參看。

羅寧作《〈貞陵遺事〉〈續貞陵遺事〉輯考》（《西南交通大學學報·社科科學版》二〇一〇年第二期）亦輯得《貞陵遺事》十一條，并認爲《唐語林》卷二自「樂工羅程者」至「高尚書少逸爲陝州觀察使」共八條皆出自《貞陵遺事》，周勛初先生《唐語林校證》已考證其中二條原出《貞陵遺事》，其餘六條皆曰「不知原出何書」，當亦出《貞陵遺事》，遂亦列入輯佚中。羅寧所輯自有一定道理。上述數條《唐語林》列入《政事上》中，且皆爲唐宣宗英明公正事，周密《志雅堂雜鈔》卷下云：「《貞陵十七事》，唐令狐澄纂，言宣宗聖德十七事。」正相符合。上述八條有六條載於《資治通鑑》，因唐自武宗之後的實録散佚，司馬光修《資治通鑑》，多采唐人筆記中的見聞，《貞陵遺事》亦在其中。《唐語林》引書，同一門類中事出自同一書者，一般連續排列，核之周勛初《唐語林校證》，大致是符合此規律的。故亦將此六條輯出，雖無確證，存疑可也，故附録於後。

樂工羅程者，善彈琵琶，爲第一，能變易新聲。得幸於武宗，恃恩自恣，宣宗初亦召供奉。程既審上曉音律，尤自刻苦，往往令侍嬪御歌，必爲奇巧聲動上，由是得幸。程一日果以睚眥殺人，上大怒，立命斥出，付京兆。他工輩以程藝天下無雙，欲以動上意，會幸苑中，樂將作，遂旁設一虚坐，置琵琶於其上，樂工等羅列上前，連拜且泣。上曰：「汝輩何爲也？」進曰：「羅程負陛下，萬死不赦，然臣輩惜程藝天下第一，不得永奉陛下，以是爲恨。」上曰：「汝輩所惜羅程藝耳，我所重者，高祖、太宗法也。」卒不赦程。

故事：每罷左護軍，由右出；罷右護軍，由左出。蓋防微也。宣宗既以法馭下，每罷去，輒令自本軍出，中外不能測。

宣宗雖寬人愛人，然刻於用法，常曰：「犯朕法，雖我子弟亦不宥。」内外由是畏憚。

柳僕射仲郢任鹽鐵使，奉敕醫人劉集宜與一場官。集醫行閭閻間，頗通中禁，遂有此命。仲郢手疏執奏曰：「劉集之藝若精，可用爲翰林醫官，其次授州府醫博士。委務銅鹽，恐不可責其課最。又場官賤品，非特敕所宜，臣未敢奉詔。」宣宗御筆批：「劉集與絹百匹，放東回。」數日延英對，曰：「卿論劉集大好。」

宣宗獵苑北，見樵者數人，因留與語。言涇陽百姓，因問：「邑宰爲誰？」曰：「李行言。」「爲政何如？」曰：「性執滯。有劫賊五六人匿軍家，取來直不肯與，盡杖殺之。」上還宫，以書其名帖於殿柱上。後二年，行言領海州，中謝。上曰：「曾宰涇陽否？」對：「在涇陽二年。」上曰：「賜金紫。」再謝。上曰：「卿知著紫來由否？」行言奏不知。上顧左右，取殿柱帖子來宣示。

高尚書少逸爲陝州觀察使，有中使於石硤驛怒餅餌黑，鞭驛吏見血，少逸封餅以進，中使亦自言。上怒曰：「高少逸已奏來。深山中如此食，豈易得也？」遂謫配恭陵，復令過陝赴洛。

誤作《貞陵遺事》之文

大中時，工部尚書陳商立《漢文帝廢喪議》，立《春秋左傳學議》，以孔聖修經，褒貶善惡，類例分明，法家流也。左丘明爲魯史載述時政，惜忠賢之泯滅，恐善惡之失墜，以日繫月，修其職官，本非扶助聖言，緣飾經旨，蓋太史氏之流也。舉其《春秋》，則明白而有實；合之左氏，則叢雜而無徵。杜元凱曾不思夫子所以爲經，當以《詩》《書》《周易》等列，丘明所以爲史，當與司馬遷、班固等列。取二義乖剌不侔之語，參而貫之，故微旨有所未周，宛章有所未一。文多不載。又吴郡陸龜蒙亦引啖助、趙匡爲證，正與陳工部義同。葆光子同寮王公貞範精於《春秋》，有駁正元凱之謬，條緒甚多，人咸訝之。獨鄙夫嘗以陳、陸、啖、趙之論，竊然之，非苟合也，唯義所在。

按：見《説郛》卷四九，又見孫光憲《北夢瑣言》卷一「駁杜預」條，文字全同。文有「葆光子同寮」之語，葆光子即孫光憲之號，當爲《北夢瑣言》中文，《説郛》誤收。

大中末，相國令狐綯罷相，其子滈應進士舉，在父未罷相前拔文解及第，諫議大夫崔宣上疏，述滈弄父權，勢傾天下。以舉人文卷須十月前送納，豈可父身尚居於樞務，男私拔其解名，干撓主司，侮弄文法，恐奸欺得路，孤直杜門，云云，請下御史臺推勘。疏留中不出。

按：見《説郛》卷四九，亦見孫光憲《北夢瑣言》卷一「令狐滈預拔文解」條，文字全同。文後有曰：「葆光子曰：令狐公在大中之初，傾陷李太尉，唯以附會李紳而殺吴湘，又擅改元和史，又言賂遺閹宦，殊不似德裕立功於國，自儉立身，掎其小瑕，忘其大美。洎身居巖廟，别無所長，諫官上章，可見之矣。與朱崖之終始，殆難比焉。」可知爲《北夢瑣言》中文。再説，令狐澄無論是令狐綯之子還是其堂侄，也不可能直書綯名，《説郛》誤收無疑。

大中四年，進士馮涓登第，榜中文譽最高。是歲，暹羅國起樓，厚賫金帛，奏請撰記，時人榮之。初，官京兆府參軍，恩地即杜相審權也。杜有江西之拜，制書未行，先召長樂公密話，垂延辟之命，欲以南昌牒奏任之，戒令勿泄。長樂公拜謝，辭出宅，速鞭而歸。於通衢遇友鄭賓，見其喜形於色，駐馬懇詰，長樂遽以恩地之辟告之。滎陽尋復自詣京兆門謁賀，具言得於馮先輩也。京兆嗟憤而鄙其淺露，洎制下開幕，馮不預焉，心緒憂疑，莫知所以。廉車發日，自霸橋乘肩輿，門生咸在，長樂拜别，京兆公長揖馮曰：「勉旃！」由是嚣浮之譽，徧於搢紳，竟不通顯。中間有涉交通中貴，愈招清議。官止祠部郎中、眉州刺史，仕蜀至御史大夫。

按：見《説郛》卷四九，又見孫光憲《北夢瑣言》卷三「杜審權斥馮涓」條，文字全同。《太平廣記》卷二六五「馮涓」條引《北夢瑣言》，即此文，可知爲《北夢瑣言》中文，《説郛》誤收。文云馮涓仕蜀至御史大夫，唐哀帝天祐四年王建始於蜀稱帝，恐亦爲令狐澄所不及記。

大中初，盧携舉進士，風貌不揚，語亦不正，呼携爲彗（原注：平聲），蓋短舌也。韋氏昆弟皆輕侮之。獨韋岫尚書加欽，謂其昆弟曰：「盧雖人物甚陋，觀其文章有首尾。斯人也，以是卜之，他日必爲大用。」爾後盧果策名，竟登廊廟。

按：見《説郛》卷四九，又見孫光憲《北夢瑣言》卷五「韋尚書鑒盧相」條，文字全同，唯於文後尚云：「奬拔京兆，至福建觀察使，向時輕薄諸弟，卒不展分，所謂以貌失人者，其韋諸季乎？」顯然是孫光憲評論之語。此條當屬《北夢瑣言》，《説郛》誤收。

大中初，綿州魏城縣人王助舉進士，有奇文。蜀自李白、陳子昂後，繼之者乃此人也。嘗撰《魏城縣道觀碑》，詞華典贍。於時薛逢牧綿州，見而賞之。以其邑子延遇，因改名助，字次安，壯其文類王勃也。自幼婦刊建，薛使君列銜於碑陰，以光其文。雖兵亂焚蕩，而螭首巋然，好事者經過，皆稅駕而覽之。助後以瞽廢，無聞於世，賴河東公振發增價，而子孫榮之。其子朴仕蜀，至翰林學士。

按：見《説郛》卷四九，又見孫光憲《北夢瑣言》卷五「薛逢賞王助」條，文字全同。此云王朴仕蜀至翰林學士，恐令狐澄所不及記，故當屬《北夢瑣言》，《説郛》誤收。以上當是《説郛》爲湊十七事而亂入之也。

引用書目

漢書　［漢］班固撰　［唐］顏師古注　中華書局一九六二年校點本
後漢書　［宋］范曄撰　［唐］李賢等注　中華書局一九六五年校點本
周書　［唐］令狐德棻等　中華書局一九七一年校點本
隋書　［唐］魏徵、令狐德棻　中華書局一九七三年校點本
北史　［唐］李延壽　中華書局一九七四年校點本
舊唐書　［五代］劉昫等　中華書局一九七五年校點本
新唐書　［宋］歐陽修、宋祁等　中華書局一九七五年校點本
宋史　［元］脱脱等　中華書局一九七七年校點本
資治通鑒　［宋］司馬光撰　［元］胡三省注　中華書局一九五六年校點本
册府元龜　［宋］王欽若等編　中華書局影明刻本

唐會要　[宋]王溥　中華書局一九五五年排印本
元和郡縣圖志　[唐]李吉甫　中華書局一九八三年賀次君點校本
水經注　[北魏]酈道元　上海古籍出版社一九九〇年陳橋驛點校本
吴郡志　[宋]范成大　叢書集成初編本
大清一統志　影印文淵閣四庫全書本
山西通志　[清]石麟等　影印文淵閣四庫全書本
崇文總目　[宋]王堯臣等　叢書集成初編本
集古録跋尾　[宋]歐陽修　中國書店影印《歐陽修全集》本
金石録　[宋]趙明誠　上海書畫出版社金文明《金石録校證》本
遂初堂書目　[宋]尤袤　叢書集成初編本
郡齋讀書志　[宋]晁公武　四部叢刊三編影袁州刻本
直齋書録解題　[宋]陳振孫　叢書集成初編本
寶刻叢編　[宋]陳思　叢書集成初編本
寶刻類編　[宋]闕名　叢書集成初編本

絳雲樓書目　［清］錢謙益　叢書集成初編本
皕宋樓藏書志　［清］陸心源　中華書局清人書目題跋叢刊本
四庫全書總目　［清］永瑢等　中華書局影印本
荆楚歲時記　［南朝梁］宗懔　［隋］杜公瞻注　中華書局二〇一八年姜彦雄輯校本
元和姓纂　［唐］林寶　中華書局一九九四年岑仲勉校記　郁賢皓、陶敏整理本
因話録　［唐］趙璘　上海古籍出版社一九五七年校點本
玉泉子　［唐］闕名　上海古籍出版社一九八八年校點本
東觀奏記　［唐］裴庭裕　江蘇廣陵古籍刻印社影《筆記小説大觀》本
雲溪友議　［唐］范攄　上海古典文學出版社一九五七年校點本
北夢瑣言　［五代］孫光憲　中華書局二〇〇二年賈二强點校本
唐摭言　［五代］王定保　上海古典文學出版社一九五七年校點本
太平廣記　［宋］李昉等　中華書局一九六一年標點本
南部新書　［宋］錢易　叢書集成初編本
唐語林校證　［宋］王讜編　周勛初校證　中華書局一九八七年版

春明退朝録　[宋]宋敏求　影印文淵閣四庫全書本
唐詩紀事　[宋]計有功　上海古籍出版社一九八七年校點本
清波雜志　[宋]周煇　江蘇廣陵古籍刻印社影《筆記小説大觀》本
翰苑群書　[宋]洪邁輯　影印文淵閣四庫全書本
紺珠集　[宋]朱勝非　影印文淵閣四庫全書本
類説　[宋]曾慥　影印文淵閣四庫全書本
野客叢書　[宋]王楙　江蘇廣陵古籍刻印社影《筆記小説大觀》本
能改齋漫録　[宋]吴曾　上海古籍出版社一九七九年標點本
海録碎事　[宋]葉廷珪　中華書局二〇〇二年李之亮校點本
回文類聚　[宋]桑世昌　影印文淵閣四庫全書本
錦繡萬花谷　[宋]闕名撰　上海辭書出版社影明嘉靖刻本
説郛　[元]陶宗儀　上海古籍出版社《説郛三種》影宛委山堂本
玉谿生年譜會箋　[清]張采田　上海古籍出版社一九八三年新一版
唐史餘瀋　岑仲勉　上海古籍出版社一九七九年新一版

法苑珠林　［唐］釋道世　四部叢刊初編本
雲笈七籤　［宋］張君房　四部叢刊初編本
韓昌黎全集　［唐］韓愈　中國書店影東雅堂本
劉禹錫集　［唐］劉禹錫　中華書局一九九〇年卞孝萱等點校本
白居易集　［唐］白居易　上海古籍出版社一九八八年版朱金城《白居易集箋校》本
張司業詩集　［唐］張籍　四部叢刊初編本
樊南文集　［唐］李商隱著　［清］馮浩詳注　錢振倫、錢振常補編箋注　上海古籍出版社一九八八年標點本
玉谿生詩集箋注　［唐］李商隱著　［清］馮浩箋注　上海古籍出版社一九七九年標點本
石湖居士詩集　［宋］范成大　四部叢刊初編本
渭南文集　［宋］陸游　中國書店影印《陸放翁全集》本
曝書亭集　［清］朱彝尊　四部叢刊初編本
竇氏聯珠集　［唐］褚藏言編　四部叢刊三編影宋本
元和三舍人詩　闕名編　中華書局二〇一四年傅璇琮、陳尚君、徐俊編《唐人選唐詩新編》（增

訂本）陳尚君校點《元和三舍人集》本

文苑英華 [宋]李昉等編 中華書局影明刊本

唐文粹 [宋]姚鉉編 四部叢刊初編影明本

唐百家詩選 [宋]王安石編 清康熙宋犖、丘迥刊印《王荆公唐百家詩選》本

唐大詔令集 [宋]宋敏求輯 影印文淵閣四庫全書本

樂府詩集 [宋]郭茂倩 中華書局一九七九年校點本

古今歲時雜咏 [宋]蒲積中編 影印文淵閣四庫全書本

萬首唐人絶句 [宋]洪邁編 書目文獻出版社據明萬曆趙宧光、黄習遠刊刻的排印本

會稽掇英總集 [宋]孔延之編 影印文淵閣四庫全書本

吴都文粹 [宋]鄭虎臣編 影印文淵閣四庫全書本

瀛奎律髓 [元]方回編 上海古籍出版社一九八六年李慶甲集評校點《瀛奎律髓彙評》本

唐詩品彙 [明]高棅 上海古籍出版社影印汪宗尼校訂本

唐詩鏡 [明]陸時雍 影印文淵閣四庫全書本

唐詩解 [明]唐汝詢 四庫全書存目叢書影明萬曆刻本

删補唐詩選脉箋釋會通評林　［明］周珽　四庫全書存目補編叢書影明崇禎刻本
四六法海　［明］王志堅　影印文淵閣四庫全書本
删訂唐詩解　［清］吴昌祺　清康熙刻本
而庵説唐詩　［清］徐增　四庫全書存目叢書影清康熙刻本
唐詩摘抄　［清］黄生選評　［清］朱之荆增訂　黄山書社何慶善點校《唐詩評三種》本
續古文苑　［清］孫星衍編　叢書集成初編本
金石粹編　［清］王昶編　中國書店影掃葉山房本
八瓊室金石補正　［清］陸增祥　文物出版社影印本
唐詩增評　［清］吴智臨　黄山書社何慶善點校《唐詩評三種》本
全唐詩　［清］彭定求等編　中華書局一九六〇年據揚州書局刻本的標點本
古今圖書集成　［清］蔣廷錫　陳夢雷等編　中華書局影清雍正印本
全唐文　［清］董誥等編　上海古籍出版社影揚州官刻本
唐文拾遺　［清］陸心源編　上海古籍出版社《全唐文》後附影清光緒刊本
唐宋文舉要　高步瀛選注　上海古籍出版社一九八二年新一版

全唐詩補編　陳尚君　中華書局一九九二年第一版
唐代墓志彙編　周紹良主編　上海古籍出版社一九九二年第一版
唐代墓志彙編續集　周紹良、趙超主編　上海古籍出版社二〇〇一年第一版
全唐文補遺（第一輯）　吴鋼主編　三秦出版社一九九四年第一版
全唐文補編　陳尚君輯校　中華書局二〇〇五年第一版
樂府古題要解　［唐］吴兢　中華書局排印《歷代詩話續編》本
本事詩　［唐］孟棨　中華書局排印《歷代詩話續編》本
詩話總龜　［宋］阮閲　人民文學出版社一九八七年校點本
韻語陽秋　［宋］葛立方　中華書局排印《歷代詩話》本
吴禮部詩話　［元］吴師道　中華書局排印《歷代詩話續編》本
升庵詩話　［明］楊慎　中華書局排印《歷代詩話續編》本
詩藪　［明］胡應麟　上海古籍出版社一九七九年排印本
詩源辯體　［明］許學夷　人民文學出版社一九八七年校點本
載酒園詩話　［清］賀裳　上海古籍出版社《清詩話續編》本

韓集點勘　［清］陳景雲　中國書店影東雅堂本《韓昌黎全集》後附
四六叢話　［清］孫梅　民國排印萬有文庫本
古今詞話　［清］沈雄　中華書局排印唐圭璋《詞話叢編》本
詩境淺説　俞陛雲　北京出版社二〇〇三年校點本

修訂後記

此書最初由我與楊曉靄教授輯編和箋校，當時胡大浚教授正任西北師範大學古籍整理研究所所長，曾給予大力的支持與幫助，提出過許多中肯的意見，并爲我們所領納。令狐楚祖籍燉煌，又受封爲彭陽郡開國公，漢之彭陽屬安定郡，爲縣，唐時改名彭原，屬寧州，今屬甘肅慶陽，因之將《令狐楚集》列入胡大浚教授主編的《隴右文獻叢書》中，一九九八年由甘肅人民出版社出版。其實太原可以説是令狐楚的籍貫，其本人曾自稱「太原令狐楚」，他前大半生便是在太原度過的。距此書出版轉眼二十多個年頭過去了，其間陸續發現了很多問題，而且又發現了一些關於令狐楚作品的新文獻，舊書的不盡如人意之處顯露無遺。如不知什麽原因，竟然將《文苑英華》中的令狐楚兩篇「狀」遺漏了。再如，《元和三舍人集》《樂府詩集》《唐詩紀事》《全唐詩》中關於令狐楚與王涯、張仲素樂府歌詞的署名頗有出入，因當時未能覓到《三舍人集》，故判斷歸屬多依據《樂府詩集》與《唐詩紀事》，其實《全唐詩》所收與《三舍人集》相合，更

爲可信，則原取捨有誤，勢必需要改正。至於文字校對方面的問題，那就更多了。故總想重印一次，這個想法幾乎成了自己的一塊心病。

現有機會將此書重印，所做的改進工作主要有以下幾點：一、將原書的簡體橫排改爲繁體竪排。二、重寫了各篇的箋校，補充了一些材料，原不當處則作了修訂。三、增補了原先遺漏與新發現的令狐楚的幾篇詩文，并將令狐楚的文章殘篇單獨列出（原散見於所輯録的《令狐楚研究資料》之中）。四、將附録中的《令狐楚研究資料》重新編排，重新編寫了《令狐楚年譜》，爲避免重複，凡有關令狐楚生平事迹的文獻資料，引用於《令狐楚年譜》之中，故不再設「紀事」一項。五、書後編製《引用書目》，以明所出。需要説明的是：關於令狐楚文章的輯佚，有幾則佚文轉録自陳尚君先生所編《全唐文補編》；復旦大學圖書館所藏明鈔本《唐人詩集八種》中的《元和三舍人詩》，原件本人未能目睹，所依據的也是《唐人選唐詩新編》（增訂本）中陳尚君先生輯校的《元和三舍人集》；所輯令狐澄《貞陵遺事》，則參考了周勛初先生著《唐語林校證》。以上於我得益甚多，特在此一并鳴謝。

原《令狐楚集》中所存在的問題與缺陷，是我陸續發現的，發現後便隨時記録下來，故此次修訂，主要工作是由我完成的，如果有什麽不當之處，也只好由本人獨自承責了。

感謝鳳凰出版社編審樊昕先生對本書的支持，感謝本書責編蔡芳盈女士爲本書的出版所付出的辛勤勞動。因本人對書中的部分文字一改再改，自然增加了責編的工作，特再致謝意。

尹占華

二〇二二年二月於西北師範大學寓所